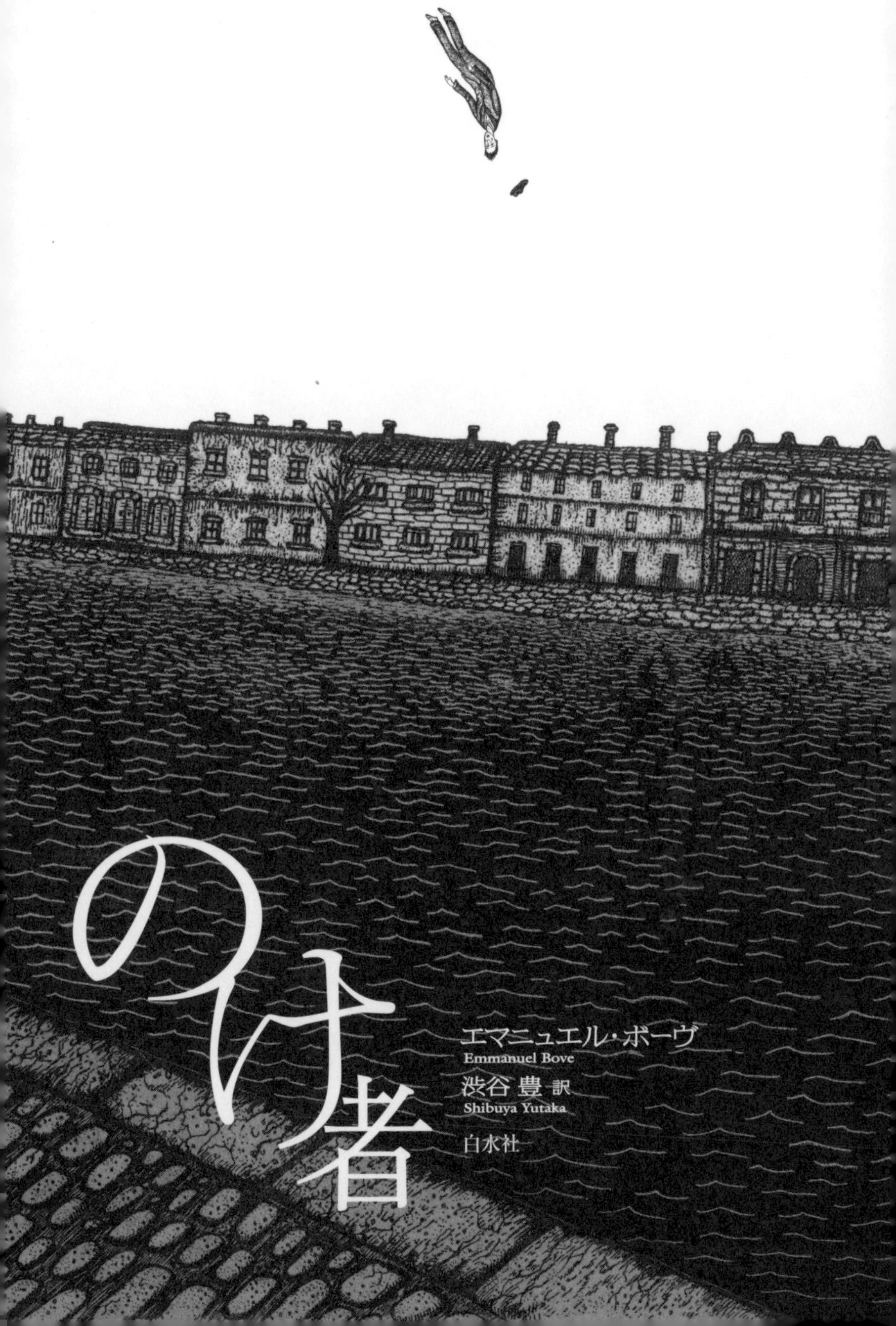

のけ者

エマニュエル・ボーヴ
Emmanuel Bove

渋谷 豊 訳
Shibuya Yutaka

白水社

のけ者

Emmanuel Bove
《La Coalition》
Émile-Paul frères, 1928

装丁　後藤葉子
装画　前原啓子

H・ド・Sへ

1

ルイーズ・アフタリオン夫人は息子を連れてパリに到着するとすぐ、もう十五年以上も顔を合わせていない姉の家にタクシーで向かった。姉のテレーズ・コックレルは夫と二人で士官学校のすぐそばのアパルトマンに住んでいた。古い建物の六階の、部屋が六つあるアパルトマンだった。その建物の所有者はリフォーム好きで、しかも金もうけの才覚もあったので、空き家になったアパルトマンから順に内装をモダンなものに変えて、家賃を倍にしていたのだが、何分にも元々の家賃が驚くほど安かった。それで、コックレル夫妻はほとんどすべての窓からボスケ大通りが見おろせるアパルトマンを、年にたったの二千フランで借りていた。テレーズは業者に頼んで物置部屋をバスルームに改造させていたが、窓がないので、いつもほんの数秒で鏡が曇って、天井まで湯気がもうもうと立ちこめるバスルームだった。サロンはアパルトマンの一番隅にあって、しかも床にまで届く大きな窓があったので、冬場はひどく冷えこんだ。サロンの調度品はどれも田舎風で、壁際の装飾用テーブルには銅の留め具のついたアルバムが載っていた。テレーズの夫のバンジャマンはそのアルバムに白紙のページが残っているのを嫌って、せっせと絵葉書を貼りつけていたが、もちろん、それが絵葉書の写真であることが分からないように、白い縁の部分を切りとるのは忘れなかった。サロンのいたるところに、貝殻や、小さな鈴や、海水浴場の土産物が置いてあった。壁にはペリエ夫人、つまりテレーズ・コックレルとルイーズ・アフタリオンの母親の肖像画が二枚掛かっていて、この絵を見た者は皆、「さすがにビリアだ、よく似ている！」と感嘆の声をあげた。ビリアというのはテレーズとルイーズの両親の友人で、この二枚の肖像画の作者だった。彼はペリエ家のお抱えの画家というわけではなく、むしろ別の家庭に取り入っていたのだが、それでもペリエ夫妻は彼の画家としての評判を皆に訊いたり、美術雑誌の中に彼の名を探したり、展覧会に足を運んだりしていた。もっとも、ペリエ氏は「私は見てくれが悪いから」と言って、けっしてモデルになろうとはしなかった。そんなペリエ氏に、ビリアは「あんたの表情は独特だから、写真を見て描いたって、満足してもらえる仕事はできませんよ」と答えて、その代わりペリエ夫人の肖像画を毎年かならず一点描いた。当時、ビリアはパッシーの大きなアトリエに住んでいて、ペリエ夫妻は四人の子供たち、つまりテレーズ、ルイーズ、シャルル、マルクの四人に「ぜったいに絵に触らないこと」と何度も言いきかせたうえで、よくそこを訪れた。ペリエ一家にとって、ビリアのアトリエを訪問するのはお祭に行くようなものだった。ペリエ夫人は中二階のビリアの部屋に上がると、手すりに肘をついて、階下のアトリエをうっとりと眺めた。油絵のカンバスや、石膏の頭部や、ビリア自身が「落書き」と呼ぶ風景画やクロッキーが、四方の壁を埋めつくしていた。石膏の頭部は、彼女にはデスマスクにしか見えなかった。

コックレル夫妻の家のサロンは、同時に開閉する仕掛けの二つのドアを介して、ダイニングルームに通じていた。ダイニングルームは全面が板張りで、格天井にはペンキ職人が樫の木の風合いを施していた。そのダイニングルームを出て、キッチンや、物置部屋だったバスルームを横目に見ながら長い廊下を進むと、突きあたりが寝室だった。ブラインドや、カーテンや、垂れ布をすり抜けてきた柔らかい光のおかげで、寝室には落ちついた雰囲気が漂っていた。いかにもバンジャマンが気分転換をしに来たり、心配事を忘れて子供じみた遊びに興じたりしていそうな部屋だった。

寝室の隣は、コックレル夫妻の娘エドモンドの部屋だった。もっとも、エドモンドはサン・ジェルマンの寄宿舎に入っていたので、この家にはいなかった。家の一番奥まったところに、ふだん納戸として使っている部屋があった。コックレル夫妻はその部屋を片づけて、アフタリオン夫人とその息子のニコラにあてがうことにした。彼らは女中に屋根裏部屋からソファベッドを運ばせて、そのわきに衝立を置いた。それがニコラの寝床になるはずだった。病院でよく見かけるタイプの鉄製の化粧台は、クロゼットの中にしまった。水差しは、化粧台の半円形の脚が邪魔してクロゼットの中に入らなかったので、目立たないように布巾をかけて、部屋の隅に置いた。

バンジャマンは元々テレーズの父親の秘書をしていた男で、彼女の父親が死んですぐに二人は結婚し、その一年後、エドモンドが生まれたのをきっかけに、親子三人でこのアパルトマンに越してきたのだった。ここはバンジャマンが生まれたアパルトマン、そして彼の両親が亡くなったアパルトマンだった。テレーズは単調な日々を送るうちに性格がきつくなり、とりわけ妹のルイーズには激しい憎しみを抱くようになっていた。「私、意地悪で言うんじゃないのよ」と彼女はよく言った。「でも、ルイーズも苦労した方がいいのよ。そうすれば、彼女も少しはものを考えるようになるでしょう」実際、テレーズは意地の悪い女ではなかった。彼女はいつも不幸せな人に同情していたし、そんな人々の力になりたいと本気で思ってもいた。ただし、いざとなるとかならず何か邪魔が入って、いまだに日頃の思いを実行に移せずにいるのだった。

テレーズはどんなときも断固たる態度で夫を擁護する女だった。エゴイストなりに、夫のこととなると、我がことのようにむきになるのだった。彼女にとって、夫は自分の分身のようなものだったのだ。外出するときも、彼女は夫の服装に自分の服装と同じだけ気を遣ったし、夫のために手のかかる料理をせっせと作りもした。二人で一緒に街に出ると、彼女はすぐに夫の腕をとった。ときには部屋を移動するだけのためにわざわざ手を繋ぐこともあった。彼女の望みは、「羨ましいわ、あんなご主人で」と他の女に言われることだった。夫にぴったりと寄りそって周りの女を眺めるとき、彼女の目は「まじめな人なの。あんた方には向かないわ」と言っていた。バンジャマンが通行人にほとんど目もくれずに車にガソリンを入れているのを、彼女は助手席に座って眺めながら、深い満足感に浸るのだった。

日曜日のかなりの時間を、彼女は服を選ぶことに費やした。そして、ようやく身支度を整えると、バンジャマンと一緒に家を出て、ブールヴァールのカフェで音楽を聴いた。彼女はことあるごとに「この人、やっぱり男だわ。私より背が高いし、力だってある！」と思っては胸をときめかせた。彼がところかまわずタバコの灰を落としたり、整理整頓ができなかったりすると、彼女は「まったく、男の人ときたら！」と嬉しそうに小言を言った。彼が料理ができないことや、縫い物ができないこと、それに彼女より先に服をだめにしてしまうことが、彼女にとっては無上の喜びだった。「信じられないわ、もうこんなに磨りへってしまったなんて！ 今度は鉄製の靴を買わないと！」週に二度、彼らは観劇に出かけて、芝居がはねた後は外で軽い食事をした。祝日の前夜は二人きりでディナーと決まっていた。夫はモーニング・コートで体を締めつけ、妻はイミテーションと本物がない交ぜになったネックレスを煌めかせながら、高級レストランのテーブルに着くのだ。ときには、友人たちを招いてホームパーティを催すこともあった。すると、彼女は食事の間ずっと腹を立てたり、顔を赤くしたりしながら喋りつづけて、ようやく会がお開きになる頃には、神経がすっかり高ぶって、自分で自分の言っていることが分からなくなっているのだった。

一方、バンジャマンはと言えば、彼はもっと穏やかな性格の持ち主だった。ただし、彼が妻の行きすぎた言動をたしなめたことは一度もなく、むしろ興奮して騒ぎまわっている妻を見て楽しんでいるようだった。彼の顔にはいつも「そんじょそこらの女じゃないんですよ、私の妻は」と書いてあった。とにかく、彼はけっして中立的な立場を崩さないので、周囲の人からは、これは余程のことがない限り口出ししない男なのだろうと思われていた。彼にはどこか、危険な連中に会わなければならなくなった人につき添っているボディガードのようなところがあった。偶然その場に居あわせたような顔をして、自分からは手を出さずにじっと雇い主の合図を待っている、頑強でものに動じないボディガードのようなところが。

アフタリオン親子がやってくる日の前日、バンジャマンはたっぷり時間をかけて妻と話しあった。彼は後でとやかく言われないように、アフタリオン親子をしきたり通りに迎えるつもりでいたが、実は、彼の胸にはこの親子にたいするかなり複雑な感情が渦巻いていた。もっとも、会ったこともない相手に先入観を持ったりしたら沽券にかかわると思って、数日前からしきりに「実際に会ってみる前に、彼らにたいして意見を持とうとは思わないよ」と繰りかえしてはいたが、それでも結局、テレーズにあれこれ質問しないではいられないのだった。「要するに、どんな人たちなんだい?」テレーズは質問されるたびに「こみ入った話なの。会えば分かるわ」と答えていた。彼女は何の手ぬかりもなく妹を迎える準備をするのに必死だった。後で何か起こったとき、悪いのはぜったいに妹の方でなければならなかった。妹が厄介になりたいと言ってきたとき、彼女はぼんやりと「これで仕返しできる」と考えた。もちろん、そんなことを口に出して言ったりはしなかったし、そもそも仕返しなどという言葉はあまりにも大げさだったが、それでも、この言葉が彼女の頭の片隅に影を落としたのは事実だった。彼女は日頃から、「やっぱり正義ってあるのよ」と口癖のように言っている女だった。彼女はもうどんな態度をとるか決めていた。あんなにまで彼女の嫉妬心をかき立てた妹を、優しく寛大に迎えてやるつもりだった。ただし、ことあるごとに意地の悪い小言を言うことまで控えるつもりはなかった。

＊＊＊

玄関の呼び鈴が鳴ると同時に、テレーズは「すぐにサロンに来て！」と夫に声をかけた。そして、自分は慌てて椅子に座ると、本を手にとって、読書に没頭しているふりをした。バンジャマンはサロンにやってくると、両手をポケットに入れたまま窓辺に近づき、さも興味ありげに大通りの往来を眺めはじめた。数秒後、女中に連れられてアフタリオン親子がサロンに入ってきた。親子は二人とも気まずそうな顔で優しい言葉を待っていた。ふいにテレーズが立ちあがって、客に駆けよった。彼女は妹を抱きしめると、なかなか離そうとしなかった。その間、バンジャマンはニコラの手を強く握っていた。

「さあ、お二人ともおかけなさい。最後に会ってからもう何年になるかしら？　ルイーズ、あなた、変わったわね。それに、あなたの息子！　すっかり大きくなって！　うちのエドモンドはこの子の肩くらいの背丈しかないわ」

そう言いながら、テレーズはふと自分がルイーズよりも一つ年上なのを思い出した。すると、自分の娘がニコラよりも背の低いことが、彼女には屈辱的なことに思えた。

「だけど、エドモンドは女の子じゃないか」とバンジャマンが口を挟んだ。

「すっかり大きくなったのね、私の甥は。もう一人前の男性ね」

ニコラは目を伏せた。コックレル氏は彼を足の先から頭のてっぺんまでじろじろ見つめて、こう言った。

「たくましい青年だ……すらりとして……」

「それに、母親にとても優しい子なの」とルイーズが言った。「そうよね、ニコラ?」

テレーズが椅子に座った。アフタリオン親子も勧められるままに腰をおろした。だが、バンジャマンだけは両手を後ろに組んで立ったままだった。忙しいのに、妻を喜ばせるためにほんの一時だけ仕事を離れてきた男を演じていたのだ。沈黙が生まれた。バンジャマンは両手を後ろに組んだまま体の向きを変えると、指先で花瓶の取っ手をさすって、そこに施された彫刻の凹凸を確かめた。テレーズの手はネックレスをもてあそんでいた。パチンコのゴムみたいにだらりと垂れたネックレスだった。

「それで、パリまでの汽車旅はどうだったの?」とテレーズが妹に訊ねた。

「運よく隅の席がとれたの」

「それはよかった。眠れたの?」

「ニコラは眠ったわ。私はだめ。いつもそうなの。汽車の中では眠れない」

「あいかわらず神経質なのね。今、お茶を煎れるわ。疲れたときは、熱いものを飲むのが一番なの」

バンジャマンはニコラに歩みよって、彼の周りを二、三度回ってから、話しかけた。

「パリは初めてかな?」

「いいえ、パリで生まれましたから。小学校もパリでしたし」

「ああ、そう……そうだったね、忘れていたよ。君はパリジャンだった。で、パリに戻ってこられて嬉しいかい?」

「ええ、とても。いくつかの通りをぼんやり覚えているので、そのうち見にいこうかと」

「分かるよ。何年も離れていた土地を訪ねるのは楽しいものだ。私も軍隊にいたときは、この界隈や大通りのことをよく思い出したものだ。外出許可がおりてここに立ち寄ったときは、やはり、それなりの感慨があったね。なにせ、当時は二度と戻ってこられないかもしれなかったのだからね」

このとき、「この子、仕事を探しているの」と母親がテレーズに言っているのを耳にして、ニコラはそちらを振りかえった。バンジャマンが妻に訊ねた。

「仕事の話かい?」

「この若者よ」とテレーズは甥を指さした。「この若者が仕事を探しているの」そう言いながら、テレーズは夫の顔をじっと見つめた。その視線があまりにも執拗だったので、ニコラには、この二人が自分の仕事について話すのはこれが初めてではないように思えた。

「そうか! 君は職を探しているのか」

「やっぱり働かないと」

「そりゃそうだ。働いた方がいい……で、希望の職種は決まっているのかね?」

「秘書の口があれば」とアフタリオン夫人が口を挟んだ。

「何の秘書です？」

「さあ」とニコラは答えた。

「例えば、政治家の秘書とか」と母親がまた口を挟んだ。

「ほう！　それはまた穏やかではないですな。そんな口が簡単に見つかるとでもお思いか？　それに、ここだけの話、政治家の秘書の稼ぎなんてたかが知れていますよ」

「あなた、本当にそんなこと知ってるの？」テレーズは夫に話を続けさせようとして、わざとそう訊ねた。

「私は知らないことは言わないよ。思い出してごらん、哀れなジェラールのことを。奴がどんなに苦労したか」

「たしかにそうね。あなたの言うとおりだわ」

テレーズはそう答えながら、妹の方を向いた。

「バンジャマンにはいろんな知り合いがいるの。その彼がだめと言ったらだめなのよ。ルイーズ、その考えはもう捨てないと」

「まあ、そういうことです。だが」とバンジャマンはふたたびニコラに歩みよって訊ねた。「君は本当に政治家の秘書になりたいと思っているのかね？」

「いや、別に……」

「君は自分の将来について本気で考えているのかね？　よく考えなければいかんよ。肝心なのは自分のやりたいことを知ることだ。なるほど、世の中には、いつの間にか成功してしまったような人間もいる。それは認めよう。だが、それは例外というものだ。君のために言うんだが、そんな例外を夢みちゃいかんよ。幸運なんてものはね、もし目の前に現れたら摑めばいい。でも、現れなければ、現れないなりに何とかやっていく、そういうものなんだ。自分のことを引き合いに出すのも気がひけるが、私は幸運に恵まれたことなど一度もないよ」

「バンジャマン、だめよ、そんなこと言っちゃ」とテレーズが口を挟んだ。「あなたが不平を言うなんておかしいわ」

「まあ、終わりまで聞いてくれ。今、私は幸運に恵まれなかったと言った。実際、その通りなんだ。テレーズ、君は幸運ってものがどんなものか知っているかい？　ヴィダル一家のことを考えてみればいい。運がいいって言うのは、あの一家みたいな連中のことなんだ」

「あなたは幸運に恵まれている。ぜったいよ」テレーズは言い張った。彼女にしてみれば、ここは自分とルイーズの立場の違いをはっきりさせるために譲れないところだった。

コックレル氏はそんな妻の気持ちを察して、すぐにこうつけ加えた。

「もちろん、一部の人と比べれば、私は幸運な人間だろう。今のは例外的な成功の話だ」

「そんな例外を物差しにしちゃいけないわ」

コックレル夫妻はこんな調子で延々と話しつづけた。その間、一度として四人の間に打ち解けた雰囲気が生まれることはなかった。一時間後、アフタリオン親子はようやく用意してあった部屋に案内された。

「あなたのベッドは、そっちの大きい方よ」とテレーズは妹に言った。「あなたの息子はソファで寝ればいいわ。うちの娘はずっとそのソファで寝ていたの」

「では、私はこの辺で」とバンジャマンが言った。「さすがに仕事をしませんとな」

バンジャマンが姿を消すと、テレーズはすぐにこう言った。

「バンジャマンは仕事の虫なの。あなた、気づいたかしら？　あの人、心ここにあらずって感じだったでしょう？　安心してちょうだい、晩にはもっと陽気になるから。朝はだめなの。朝、仕事をしないと、あの人、もう破滅したみたいな顔になるの。実際、よく働くのよ。部下の前にただ顔を出せばいいってものじゃないの。あの人が陣頭に立ってあれこれ指図しないと、何も始まらないの。すべて彼の両肩にかかっているのよ。以前はね、うちにまで仕事の電話がかかってきたの。このアパルトマンにまで、ね。私はそれがいやで、彼に言ってやったの。『仕事をするのはいいわ。でも、せめて家にいるときくらい休んでちょうだい』って。あなたの息子にとって、あの人、最高のお手本になるわ」

「ニコラ、ちゃんと聞いている？」アフタリオン夫人は姉の機嫌をとるためにそう言った。

「もちろん」

「そうよ。あの人をお手本になさい」ニコラの返事をもの足りなく思ったテレーズは、畳みかけるようにこう言った。「彼はあなたより年上よ。お手本になるわ。彼を目標にしている若者が何人もいるの」

「まあ、そうだろうけど」

ニコラにとって、この言葉はこれまで何千回も口にしてきた言葉だった。彼は「どうも」とか「すいません」とかと同じように、この言葉を相槌代わりに使っていたのだ。

「まあ、そうだろうって……あたりまえよ、そうじゃないなんて言われたらたまらないわ！」

テレーズは妹の顔を見ると、声を潜めて言った。

「あなた、どんなしつけをしてきたの？　こんな言葉づかいを許しているの？　今にとんでもないことになるわよ」

＊＊＊

アフタリオン親子にとって、コックレル家での暮らしは日増しに辛いものになっていった。そもそも、この家にやって来た日の晩にはもう、テレーズにこんなことを言われていたのだ。それは夕食が済んだ直後のことだった。「さあ、もう寝る時間よ。今日からあなたたちの生活も一変するわね。ここでは夜更かしはしないの。パリの暮らしは、あなたたちが思い描いていたのとはちょっと違うのよ」ときどきコックレル夫人は妹をわきに呼んで、耳もとで囁いた。「ねえ、あなたの息子にもう少し立場をわきまえるよう言ってちょうだい。今日のお昼も、あの子、私たちより先に食卓に着いていたわ。まるであの子には何もかも許されているみたい。まったく自分の家にいるみたいね。今にバンジャマンが怒りだすわ。いくら私が隠しても、あの人はすべてお見通しなの。他人の家に厄介になるときって、もう少し気を遣うものでしょう?」一方、バンジャマンもニコラの耳もとに同じようなことを囁いていた。「君のお母さんは、ひょっとしてここがホテルだとでも思っているんじゃないか? うちの女中は君のお母さん専属じゃないんだ。そこのところを君からお母さんに分からせてあげないと。女中だって何でもかんでも一人で出来やしないんだから」日が経つにつれて、こうした小言はますます頻繁に繰りかえされるようになった。コックレル夫妻は外出するとき、かならずタンスの引出しの鍵を閉めて、顔を合わせる気がないということを相手に分からせるような口調で「お昼は外で済ませてちょうだい! 私たちは戻らないから。女中は洗濯で手一杯だわ」とドア越しに叫んだ。ニコラがたまたま食卓に着くのが遅れようものなら、すかさずテレーズはこう言った。「あら、あなたは来ないものと思っていたわ!」

ある晩、息子と二人きりになると、アフタリオン夫人は泣きはじめた。

「もういや。こんなところにはいられない。まるで地獄だわ」

ニコラも同意した。彼は前日、伯母と言い争いをしていたのだ。

「もう耐えられない。あの二人はもう私たちと顔を合わせようともしないわ。それなら、私たちも彼らの助けなど必要ないってところを見せてやらなければ……ニコラ、いいこと？　明日、シャルルに会いにいきましょう。シャルルはこんなじゃないわ。私たちの置かれた状況を彼によく説明するの。きっと力になってくれるわ。このままじゃ、ひと月経っても何も変わらない。それにしても、ニコラ、おまえは仕事を見つけないといけないよ。でないと、これからどうなることやら……」

「ああ、その方がよければ」

この言葉は、「まあ、そうだろうけど」と同様、ニコラの口癖の一つだった。

「おまえはこの一週間、いつもそう言っているじゃない。そのくせ、いつも仕事を探すのを明日に延ばして……」

「明日はきっと探しに行く。誓うよ、ママン」

「また誓ったりして！　おまえは何だって誓うんだから。あてにしていいのかどうか、分かりゃしないよ」

2

ルイーズが初めてアレクサンドル・アフタリオン、つまり将来のニコラの父親に出会ったのは、ポーランド出身の彫刻家ルコムスキーのアトリエに遊びに行ったときのことだった。画家のビリア（ちなみに、彼の本名はビュエという）から「ルコムスキーは天才だ」と聞かされていた彼女は、アレクサンドルと出会う前にすでに二度、この彫刻家のアトリエを訪ねていた。当時、アレジア通りにあったそのアトリエは、ありとあらゆるタイプの人間の溜まり場になっていた。とにかくだだっ広いアトリエで、天井はガラス張りだったが、埃だらけのカンバスに覆いつくされていたので、空は見えなかった。いたるところに寓意的なシーンの薄肉彫りや、しかめ面をした胸像や、風に髪をなびかせ、石膏の服をスカーフのように翻《ひるがえ》らせた立像が置いてあった。風に吹かれた人物像がこの彫刻家の十八番《おはこ》だったのだ。黒のビロードで覆った舞台さながらの中二階からは、いつも足踏みオルガンの奏でる聖歌が流れてきた。ルコムスキーは身の上話をするのが好きだった。彼はカルーソやイナウディ同様、元々は羊飼いだったのだが、ある日、通りすがりのイギリス人銀行家が彼の作った木彫りの置物に目を留めて、彼の両親に金を握らせ、その置物を持ちかえったのだという。以来、その銀行家は、好きな作品を選ぶ権利と引きかえに、毎月、決まった額を送金してくるようになったのだ。ルコムスキーはいつも口癖のように「エクスタシー状態に入らないと仕事なんかできない」と言っていた。また、彼にはきらびやかな刺繍入りの服を着ることがぜったいに欠かせなかった。ときにはそんな珍奇な格好のまま買い物に出かけることもあって、近所の子供たちが後を追ってくると、彼は十メートルおきに小銭を投げてやった。彼はどんなアイデアもただちに実行に移した。体に金箔を貼って仕事をすることもあったし、仲間を集めて、一言も喋るなと命じておきながら、突然「さあ、さあ、叫べ、叫べ！　ここは闘技場だ。ほら、あそこにカエサルが……」とオルガンを指さして叫びだすこともあった。もちろん、周りに仲間がいるときだけではなく、一人きりのときも彼はこんな常識外れのことを繰りかえしていた。彼の夜の日課は、何時間も瞑想に耽ることだった。もっとも、これには彼も死ぬほど退屈していたので、瞑想中にふいの訪問客があると、「さらば、霊感よ！　ようこそ、我が友よ！」と叫びながら立ちあがって、跳ねたり踊ったりした。瞑想中のところを誰かに見られたことも、また瞑想から解放されたことも、彼には嬉しくてならないのだった。

当時、ルイーズ・ペリエは二十二歳だった。彼女の父親は大手のゴム製品メーカーの社長で、売れ行きの好調な靴の回転式ヒールをフランス全土に供給するために、工場の機械を改良して大量生産を始めたところだった。弟のシャルルとマルクは、それぞれ彼女よりも七つと八つ年下で、姉のテレーズは二十三歳だった。すでにこの頃から、ルイーズはいろんな点で他の若い娘と違っていた。姉のテレーズには現実的な才覚があったが、ルイーズは何にも興味を示そうとせず、いつも自分の殻に閉じこもってばかりいて、ちょっとしたことで笑いはじけたり、すすり泣いたりした。神経質で、自分勝手で、拘束されるのが大嫌いで、ピアノくらいは少しは弾いたが、あまりにもぎくしゃくした弾き方なので、ピアノ教師は少しでも彼女を進歩させようという考えをすぐに捨てなければならなかった。彼女の中には、何か純粋で猛々しいものがあった。男からちょっとでも執拗な視線を向けられると、即座に肩をすくめて背を向けるくせに、必要に迫られると、そんな態度をとったことなどすっかり忘れて、同じ男に自分から話しかけるのだった。冗談や洒落が彼女の表情を和らげることはけっしてなかった。その代わり、彼女は誰も予期しないときに声をあげて笑った。もっとも、そんなときは、ごく平凡な母親か、騒々しくてけんか好きの二人の弟か、我がままで愛想笑いのうまい姉がすぐに彼女をからかって、結局、彼女をむくれさせてしまうのだったが。一時期、家族の中では、彼女をまねて、何でもないことで笑うのが流行っていた。

ペリエ氏の屋敷はパリ南端のオルレアン門のすぐそばにあって、モンルージュにある氏の工場からも近かった。屋敷の前を走っているジュルダン大通りはパリ市の城壁沿いの通りなので、ルイーズの弟たちはよく城壁に登って遊んだり、兵舎の戸口で軍用ビスケットをねだったりしたが、そんな人なつこい弟たちとは対照的に、ルイーズはひどい恥ずかしがり屋だった。彼女はちょっとでも小言を言われると、何日もふてくされていた。彼女が一番好きなのは父親だった。父親の前では彼女も顔を輝かせたし、穏やかで気立ての優しい娘になった。もっとも、たまには父親の言動に心を傷つけられることもあって、そんなとき彼女は目をきらりと光らせたきり黙りこんで、自分の部屋に戻ることだけをずっと考えているのだが、それでも父親にたいする愛情に変わりはないので、がまんしてその場に居つづけるのだった。

ペリエ氏はいろんな点でルイーズと似ていた。彼は回転式ヒールをフランス国内で売りだすためにドイツの商社から特許を買い取って以来、いつも憂鬱そうな顔をしていた。回転式ヒールがいつ売れなくなるかと心配でならなかったのだ。この屋敷も、娘二人の持参金も、家族皆の幸せも、消費者の好み次第で消えうせてしまう――そう思うたびに、彼は気分が悪くなって、めまいを覚えた。彼は世間を恐れていた。自分の運命は世間の人々の手に握られている。連中の気まぐれ一つで破滅に追いこまれる。そう考えると、彼の背筋に寒けが走った。彼の目には、どの客の顔にも「もう飽きた」と書いてあるように見えた。帰宅して妻にキスされたり、娘たちが無邪気に遊んでいるのを見たりするたびに、彼は胸が痛んだ。夕食が済むと、彼はいつもすぐに書斎に引きあげて、まずポケットの中のものを全部出し、窓を開け、書類を片づけて、本棚のカバーと机の引出しの鍵を閉めた。それから玄関わきのテーブルに鍵束を置きに行くと、また書斎に戻ってきて、客の立場に立ってものを考えようとした。「私がある商品を気に入ったとしよう。その場合、私はそれを買いつづけるだろうか。それとも、買うのは一回限りだろうか。問題はそこだ。もしペンのインクが切れたら、当然、またインクを買うだろう。では、ヒールだとどうか？ 私は回転式ヒールを買って、満足している。そこまではいい。だが、私はこの製品を習慣的に使用しているわけではないから、今のがだめになったからといって、すぐに買いかえようとは思わないだろう。そして、そのうち、ヒールのことなどすっかり忘れてしまうのだ。要するに、いっときの流行にすぎないというわけだ」

彼の事業はいたって順調で、売り上げが落ちる気配はまったくなかった。だが、彼の心に巣くったふさぎの虫は強力だった。じきに彼は妻や子供たちの幸せそうな姿を見るのがどうにも耐えられなくなった。自分が家族を欺き、家族を不幸に陥れようとしているような気がしてならなかったのだ。こうして彼は家族と顔を合わせることを避けるようになった。帰宅したときに、使用人たちとすれ違うのもだめだった。使用人の顔を見れば、月々の給金を支払えなくなる日のことを考えないわけにはいかなかったからだ。食事はいつも書斎に運ばせた。もちろん、運んでくるのは、日払いで雇っている家政婦でなくてはならなかった。夜、彼はほとんど眠らずに書斎の中を歩きまわった。ときには忍び足で書斎を抜けだして、屋敷じゅうの置物に触れてまわることもあった。すると、頭の中に妄想が膨らんで、どこかの家に盗みに入ったような気になるのだった。大きな鏡の前では、彼はかならず立ちどまった。そして、まずドアの陰から窺っている者がいないことを確認してから、シガレットケースのタバコを一本とり出し、口の端にくわえた。それから、両手をズボンのポケットに突っこみ、背を丸めて、薄ら笑いを浮かべると、そんなならず者みたいな格好をした自分の姿を何分間もじっと見つめているのだった。

ルイーズが彫刻家ルコムスキーのアトリエでアレクサンドルに出会ったのは、彼女の両親が夫婦げんかをした日のことだった。昼食後、ペリエ夫人が夫を責めて、もうこんな生活は耐えられないと詰めよったのだ。ルイーズは父親の肩を持とうとしたが、ペリエ夫人はそれをぴしゃりとはねつけた。「あなたは私の娘でしょう……黙っていればいいの」そう言われて、彼女はドアを激しく閉めて外に飛びだした。そして、そのまま行くあてもなく歩きはじめたのだが、そのとき、ふいに彼女の頭にルコムスキーの顔が浮かんだのだった。以前、彼のアトリエを訪ねたとき、人が大勢集まっていて、彼が大げさな口調で「うちはいつもこうなんだ!」と言っていたことが思い出された。

＊＊＊

この世に存在し得るかぎりで最も惨めな幼年時代、それがアレクサンドル・アフタリオンの幼年時代だった。彼がソフィアから百キロほど離れた小村のあばら屋で産声をあげたとき、すでにそのあばら屋には四人の男の子と二人の女の子の泣き声が響きわたっていた。この家の子供たちは皆、ほとんど自分の力だけで生きていた。頑丈な体に生まれついたおかげで、貧困と気候の厳しさにかろうじて耐えることができたのだ。アレクサンドルが生まれて数週間後には、母親の乳が出なくなった。それ以来、彼は小麦粉を湯で溶いたダマだらけの液体で育てられた。小麦粉を煮る鉄鍋は、内側にはかさぶたのようなものがこびりつき、外側には乾いた筋が何本も走っていた。この一家は、この鍋一つですべての用を足していたのだ。夏も冬も、アレクサンドルはずだ袋みたいなものの中に入れられて、四つの穴から手足を出していた。

生まれてから六か月間、彼はほとんど休みなく泣いていた。誰もかまってやろうとしないので、彼の涙はしばしば怒りに変わった。興奮のあまり引きつけを起こすと、体力の続く限り痙攣が続いて、しまいに彼は意識を失った。厩の藁の上か、ぼろ着の上で意識をとり戻すときも、やはり彼は一人きりだった。正気づいた彼はやみくもに両手を振りまわし、ほんのわずかな揺れにも呻き声をたてた。驚いたような表情を浮かべて見慣れた顔を目で探したり、ふいに恐怖の叫び声をあげながら、まだ骨の柔らかい五本の指で宙を掻きむしったりもした。一人きりで育って、痙攣が起こらないように気遣ってもらえなかった子供、「そんなしかめ面しないの！」と繰りかえし叱ってもらえなかった子供は、往々にして口の端が歪んでいるものだが、彼もまた例外ではなかった。その歪みは、彼の体がどんなに脆くて柔らかい肉でできているのかをはっきり物語っていた。そのうち、生まれたての体には不釣り合いなほど太い血管が額に浮かびあがると、彼はまた引きつけを起こすのだった。

だが、どんなに泣いてもかまってもらえないせいか、生後六か月を過ぎると、めったに引きつけは起こさなくなった。その代わり、彼は仰向けになったまま、何時間でも悲しげな目で空を眺めているようになった。蠅が体の上を這っても泣かなかったし、気候の寒暖にも反応を示さなかった。そのしわくちゃな顔や、まるで愛らしさのない大人びた仕草は、昔話に出てくる歳とった小人を思わせた。泣き声は単調で穏やかな繰り言にしか聞こえなかった。彼は守ってくれる者のいないこの地上から、天が救いだしてくれるのを待っていたのかもしれない。そのうち、数匹の犬が彼の顔を舐めたり、横に寝そべったりするようになった。ときには胸に乗ってくることもあったが、彼は少しも怖がらなかった。彼は犬と遊ぶともなく遊ぶようになった。のしかかられて苦しいときは、泣いたり叫んだりする代わりに、自分の力で犬を押しのけた。彼は誰かに助けを求めることはけっしてなかった。彼が最初に笑ったのを見た者は、誰もいない。虱だらけの粗末なベッドに寝ていた彼が、ふと体を起こして窓に目をやると、窓の向こうに青い空が広がっていた。その瞬間、そよ風のように軽くて、ほとんど目に留まらないほどかすかな微笑みが、彼の瘦せて汚れた頰に漂ったのだった。

しばらくすると、彼の両親はしょっちゅう彼にけつまずくようになった。彼が驚くほどの敏捷さで這いまわるようになったのだ。実際、彼の這うスピードは走っているのと変わらなかった。ただし、その彼が二本の足で歩こうと決心するのはそれから何年も経ってからのことで、しかも歩けるようになってからも、何か思いがけない障害に出会うと、とっさに地面に手をついてしまうのだった。彼は目にしたものは何でも口に入れた。石ころを舐めたり、水溜まりの水を飲んだりした。母親はそれを見つけると、すさまじい形相で彼を殴りつけ、彼が失神すると、そのまま地面に転がしておいた。すると、今度は父親がそれに怒って、猛烈な夫婦げんかが始まった。上の子供たちは外に逃げだし、あばら屋に何時間も罵声が飛びかった。それがようやく静まると、アレクサンドルはぼろぼろのベッドに運ばれて、その顔に父親が鉢の水をかけてやるのだった。

＊＊＊

それから何年も経ったある日のこと、一台の車がアフタリオン家のあばら屋の前に停まった。時刻は夜の十一時頃だった。小川はすっかり凍りつき、野原は厚い雪に覆われていた。空には無数の火が煌めいていた。毛皮のコートを着て、トック帽を目深に被った肥満体の男が、窮屈そうに車から降りてきて、あばら屋の中に入った。ソフィアの賑やかな通りで大きな食料品店を営んでいるレオン・シーリグという男だった。シーリグは、納屋に薪をとりに行くためにベッドを出てきたアレクサンドルを見て、叫び声をあげた。「こいつ、まだ奉公に出ていなかったのか？　これじゃあ、いつまでたっても穀潰しだ」それから彼はアレクサンドルの父親に向かってこう言った。「あんたの息子を私に預けなよ。こいつの稼ぎで、あんたも、あんたの家族も食っていける」

このとき、アレクサンドルは十代半ばになっていた。だが、彼はいまだに読み書きができなかった。それどころか話をすることもままならず、誰かが近づくと、獣のように後ずさりした。ほとんど白痴同然だった。そのため、兄や姉たちが農家や近隣の村に働きに出ても、彼だけは両親のもとにとどまっていたのだ。

「ここは天国だろうか」――ソフィアに着いたとき、アレクサンドルは思わず胸の内でそう呟いた。感動のあまり何も考えられなくなった彼は、世界じゅうのおもちゃをプレゼントされた子供のようにしばらく呆然としていた。それから、彼は街のあちこちに立っている銅像や、路面電車や、ショーウィンドーに、一秒ずつ視線を注ぎはじめた。街灯と無数の雪の薄片がきらきらと輝くこの街は、彼がいつも野原に寝ころんで夢みている天上の国そのものだった。眼前にそびえ立つ宮殿も、教会も、ドームも、鐘楼も、彼にはただ人を驚かすためだけに造られたものとしか思えなかった。「きっと中はがらんどうなんだろう」と彼は呟いた。「誰かが気まぐれでこんなふうに張りぼてを並べたにちがいない」木のアーケードに覆われた通りには、毛皮のコートに身を包んだ人々が歩いていた。彼は制服を着た人や、手入れの行き届いた庭園や、鈴を鳴らして走りすぎる漆塗りの馬車にうっとりと見とれながら、ふと、こんな手間のかかった幸福ってあるんだな、と考えた。すると、それまで彼の生活を慰めてくれていたもの、つまり青空と、草花と、太陽が、彼の頭からすっと消えていった。「そうだ、これが人間の本当の幸福なんだ」暖かくて草木の繁茂した大自然の暮らしよりもすばらしい生活があるということを、彼はこのときはじめて知ったのだった。彼は商人のわきに座って、叫び声と鐘の音の入りまじった喧噪の中を進んでいた。白い石橋と雪の広場が後方に流れていった。その広場には人馬の通った跡が何本も走っていた。彼は恍惚感に包まれて、ただぼんやりと目を見開いていた。周りの景色が霞んできて、もう辺り一面に青白いものが広がっているようにしか見えなかったが、ときおりそこを眩い光が貫いた。彼にはこの街がどこまでも果てしなく続いているように思えてならなかった。きっと地平線の向こうには、もっと美しい建物が立ちならんでいるにちがいなかった。

だが、商人の車はついと脇道に折れると、迷路のように入りくんだ路地を少し進んで、一軒の背の低い家の前に止まった。家の壁は漆喰が剝がれかけていて、門の表札はぶらぶら揺れていた。商人は立ちあがると、しびれをほぐすためにぴょんぴょん跳ねながら、家の側面に廻った。そして両開きの大きな戸に手をかけたが、そこでアレクサンドルがまだ車の中で寝そべっているのに気づいて、どなり声をあげた。「起きろ、怠け者め。何を悠然とかまえていやがる。さっさと手を貸せ」このときレオン・シーリグは五十歳、他人の親切をけっして真に受けない質《たち》の彼は、誰かに話かけられるとすぐに「こいつ、何か企んでいるにちがいない」と考えて、こんな想像を働かせる男だった——「俺がこいつを憐れんで、金をやると言うとしよう。すると、こいつはその倍の額を欲しがるに決まっている。そこで、もし俺が倍の額をくれてやれば、こいつはさらにその倍を望むようになる」シーリグには損得勘定がすべてだった。彼に言わせれば、そろばんをはじかずに行動する人間などこの世に存在するはずがないのだった。もちろん、彼は他人がそろばんをはじく音に誰よりも敏感で、いつも口癖のように「乞食は策士、恋人たちはただのばか、勇者は食わせ者、正直者は猫かぶり」と言っていた。近所の人が親の死を報告に来て涙を流せば、彼もさすがにあれこれ言うことは控えたが、薄ら笑いを浮かべて「ほう……ほう……ほう……」と頷いた。誰かがわが子への愛情を口にすれば、「老後のためですな」とせせら笑った。

この日から、アレクサンドルにとって徒刑囚のような毎日が始まった。彼は来る日も来る日もまだ暗いうちからこきつかわれて、床に入るのは夜が更けてからだった。食事の時間が来る前にパンを一切れでも請おうものなら、「もう腹が減ったのか！　パンが欲しけりゃ、その分、稼げ」とシーリグにどなられた。たまに手が空くと、彼は店の隅にしゃがみこんで居眠りをした。だが、数分後には罵言を浴びせられて跳ねおきるのがおちだった。跳ねおきた彼は、寝ぼけてよろよろしながら中庭に走って行って、何をすればいいのか分からないまま、最初に目に入った箱や樽を運びはじめるのだが、するとシーリグが「ばか！　ちがう！」と叫んだ。そこで、震えあがった彼が、今度は水飲み場に飛んでいってバケツに水を汲みはじめると、またシーリグが「ちがう！」と叫んだ。シーリグは使用人が自分で仕事を見つけるまで、ときには三十分もこんなことを続けた。彼の妻や息子も一緒になってアレクサンドルを罵った。アレクサンドルは完全にパニックに陥って、ふだん自分がやらされている仕事に手当たり次第に飛びつくのだが、何を始めても、主人たちに「いや、ちがう」と言われそうな気がして、すぐに別の仕事を目で探すのだった。

水揚げポンプが凍っているときは、アレクサンドルは河まで水を汲みに行った。中庭の敷石や店の床を磨くのは当然のことだった。河に行く回数を減らすためにバケツの水を惜しんでいると、「おい、いったい水ってのはいくらするんだ」とシーリグに嫌味を言われた。馬にブラシをかけるのも、家の前の雪を掻くのも、アレクサンドルの役目だった。ようやく彼が仕事を終えて部屋に戻ろうとすると、彼と同じ年頃のシーリグの息子が暖炉のそばに座っていて、こんがり焼けたパン切れを見せながら、「おまえにはやらないよ」と言うのだった。

ある思いがけない出来事がこの苦役の日々に終止符を打った。アレクサンドルがソフィアに来て一年が経つと、レオン・シーリグは彼に買い物をさせたり、週末の集金を任せたりするようになった。ある土曜日、アレクサンドルは集金を済ませて帰途についたが、何かの拍子に五フラン相当の貨幣が一枚足りないことに気がついた。彼は信じられない思いで金を数えなおした。さらに、もう一度数えた。やはり、貨幣が一枚足りなかった。夜の帷《とばり》が下りてきて、ようやく彼はシーリグの家へ向かって歩きだした。

「どこの盗人かと思ったら、おまえか」シーリグはそう言った。「こんなに遅くまで何をしていやがった?」店の灯りに、アレクサンドルの青白い顔が浮かびあがった。彼はどんなことでもがまんするつもりでいた。「さっさと金をよこせ!」そう言われて、彼は肩掛けカバンを外した。カバンが自分の手を離れて商人の手に渡ったのを見ると、彼は何だかほっとして、「貨幣が一枚足りないんです……なくしてしまって」とどもりながら言った。シーリグは呆気にとられた顔で彼を見つめた。「黙れ。おまえは自分が何を言っているのか分かっていない」商人は金を数えはじめた。そこに妻のイダがやってきたので、彼はどこまで数えたのか分からなくなって、手で貨幣をじゃらじゃらとかき混ぜた。「この役立たずめが金をなくしたって言うんだ……あやうく真に受けるところだった」イダはアレクサンドルをにらみながら言った。「こいつ、どこをまわってきたんだい？」「話しかけるな……今、数えているんだから……」レオン・シーリグはまた机に貨幣を積みあげはじめた。イダは客用の長椅子に腰をおろした。店内は静まりかえっていた。アレクサンドルは息をするのも苦しかった。その彼を振りかえって、主人が言った。「一枚足りない」

アレクサンドルは顔をあげた。主人の両頬が赤く膨らむのが見えた。やがて主人は立ちあがって、ゆっくりと近づいてきた。その顔は怒りのために一変していた。目がぎょろりと剝きだしになり、全体的に急激に老けこんだようで、とてもさっきまでと同じ人間の顔とは思えなかった。歩き方も、いつもの歩き方ではなかった。まるで二十年の苦労の末に建てた家が崩壊するのを目の当たりにして、呆然としている人のような足どりだった。アレクサンドルは恐怖に喉を締めあげられながら、本能的に後ずさりした。一瞬のうちに、自分よりも足の速い主人の息子がいないのを見てとって、彼はさらに後ずさりした。戸が少しだけ開いていた。商人が何か言おうとしたとき、彼は狂ったように外に飛びだした。悲鳴や、彼の名を呼ぶ声が追いかけてきた。だが、だんだんその声が小さくなっていった。道を曲がって細い路地に入ったとき、彼は重苦しい静けさに包まれていた。

＊＊＊

二年間、街道をさまよい歩いた末に辿りついたウィーンで、アレクサンドルは人生を揺るがすような出会いを経験した。その日、空には青白い光が漂っていた。大地が何ものにも煩わされずに安らかに憩っているような、そんなもの悲しい午後だった。どんなに波乱に満ちた人生を送っている人でも、このときだけは落ちつきを取りもどしていたにちがいなかった。アレクサンドルは朝からずっと穀物の入った袋の荷下ろしをしていた。仕事が終わると、背中は痣だらけで、両手の感覚はなくなっていた。肩に背負った袋をずっと握りしめていたために、手の爪は割れていた。彼は一晩の宿を探して人通りの多い道を歩きはじめたが、しばらくすると、黒い服を着た三十歳くらいの男に見られているのに気がついた。頬から顎にかけて金色のひげを生やし、青いナイーブな目をした男だった。小脇には本を何冊か抱えていた。「きみ、行くあてがないんじゃないか?」そう話しかけてきた男の目を、アレクサンドルは覗きこんだ。優しくて正直そうな目だった。彼は安心して答えた。

「寝る場所を探しているんです」

彼に声をかけてきたのは、ステファン・ボンガルトネールという男だった。ステファンは大きな納屋のような家に一人きりで住んでいて、月に数フランの僅かな家賃をすでに一年以上滞納していた。彼はレンベルクの仕立屋の一人息子で、幼い頃は、友だちと外で遊ばずに家で夢想に耽ってばかりいるような子供だった。窓辺で星空を眺めながら、こんなことを考えて夜を明かすこともあった——「この夜空の奥には、今、目に見えているのと同じくらい多くの星が隠れているはずだ。でも、そのすべてを合わせても、植物の種一粒分くらいの大きさにしかならないだろう」彼の思春期は精神をできるだけ遠くまで羽ばたかせることに捧げられた。ときには他の誰よりもはっきり無限を思い描いたと確信して、優越感に浸ることもあった。彼は日夜、自分の頭脳の限界を押しひろげるために努力を重ね、そのために心身ともに疲れきると、奇妙なめまいに襲われた。ちょうど悪夢に吸いこまれていくときみたいに、足もとの大地が崩れさって、星の煌めく深淵に落ちていくような感覚に捉われるのだ。その瞬間が去ると、彼はまた精進を続けて、また同じ感覚に捉われた。彼はいつか不具となった者たち、愚かな者たち、不幸な者たちの中から偉大な人物が現れて、人の生きる本当の理由を教えてくれるはずだと信じていた。そして、その偉大な人物には何としても自分がならなければならないと思いこんでいた。蟻を相手に遊んでいると、彼には自分のちょっとした手の動きが、人間界を見おろす巨人の身振りのように思えてきた。だが、歳とともに、彼もそんな大それたことは次第に考えないようになった。一度は他の誰よりも遠くに行ったことがある――そう思うだけで満足して、自分の限界を受けいれるようになったのだ。それと同時に、彼は少しずつ同胞たちに目を向けはじめた。あいかわらず心の底では「あの連中が何をしようが、広大無辺の宇宙の前では何の意味もない」と思っていたのだが、それでも、同胞たちが卑小な存在であるからこそ、正義を追求することが大事なのだと考えるようになったのだ。いろんな不正を目の当たりにし、貧困にあえぐ人々の横で一握りの人間が贅沢に暮らしているのを知るにつれて、彼は孤独を感じるようになった。彼には人類の理想の姿があった。彼の夢は、皆が平等で同じ権利を持つ社会、善意の行きわたった社会を実現することだった。彼は皆が平和に暮らせるときが近づいていると確信していた。また、一人一人が安らかな社会の到来を心から願い、そのために努力すべきだと信じていた。だから、彼は両親が用意してくれた地位を捨て、人々の模範になる道を選んだのだった。

＊＊＊

アレクサンドルは見知らぬ男の好意を受けいれて、その男と一緒に暮らしはじめた。このときから彼の新しい人生が始まった。彼は一日の仕事が終わると、「今日はあの人に何の話をしよう?」と考えながら家路を急いだ。胸は感謝の念でいっぱいだった。だが、家に帰りつくと、せっかく考えた話題も忘れてしまって、いつもむっつりと黙りこんだままステファンの前に立ちつくすのだった。彼はある種の内気さのために、ふつうに話をしたり、体を動かしたりすることができなかった。実際、歩いていて同居人の視線を感じると、彼は自分がひどくぎこちない歩き方をしているような気がして足を止めたし、ちょっとでも物音を立ててしまうと、すぐに頬を赤く染めた。同居人が何か欲しそうな様子を見せれば、すかさず彼は立ちあがるのだが、あいかわらず黙りこんだままなので、まるで悪意でも持っているかのようだった。彼はステファンに話しかけられると、何の話だかよく理解できないまま、子守歌でも聞くみたいに声に耳を傾けた。彼はステファンを崇拝していた。そのステファンが読書家なのを知って、ある晩、彼は仕事帰りに本屋に立ち寄った。そして、どんな本がいいのか分からないので、店員に奨められるままに大衆向けの本を一冊購入すると、その本をマントの下に忍ばせて家に帰った。が、結局、彼はそれをベッドの下に隠してしまった。同居人にプレゼントを差しだす勇気がなかったのだ。次の日も、また次の日も、彼はプレゼントを手渡すのを一日延ばしにした。だが、ついに一週間後の晩、同居人が夕食後に外出した隙に、彼は本をテーブルの上に目立つように置いて、隣の部屋に逃げこんだ。興奮のあまり体がぶるぶる震えていた。じきにステファンが帰宅して、アレクサンドルのいる部屋にやってきた。「何だい、これは?」「それ……僕のです。字が読めるようになりたいと思って」「本ならこの家にたくさんあるじゃないか。こんな汚らわしい小説を買っちゃだめだ」実際、それは、冤罪で牢屋に入れられた女が出獄後に書いたという触れこみの実録ものだった。

毎朝、アレクサンドルは日の出より少し早く起きた。そして、まだ眠っている同居人を起こさないように細心の注意を払いながら湯を沸かして茶を煎れると、真っ暗な広い部屋の中でマントを探りあて、窓に顔を寄せてその日の天気を確かめた。窓の外にはいつも悲しい光景が広がっていた。ときには星を鏤《ちりば》めた空の下に、また、ときには細かい雨の降る中に、いつも静まりかえった灰色の家が立ちならんでいた。誰かが通りを歩いていることはけっしてなかった。カーテンの掛かっていない向かいの窓の奥に、ちらりと青い光が見えることもあったが、それもすぐに消えてしまった。これから始まる一日を、こんなに早くから待ちかまえているのは彼だけだった。彼は茶を飲んでしまえば、たった一人の友と、温かくて優しい匂いの籠もったこの部屋とを後にして、粗野な連中のもとに出かけなければならなかった。この深い安らぎと別れて、辛い単調な仕事に何時間も汗をかかなければならなかった。彼はパンと、リンゴと、肉の薫製の入ったカバンを肩にかけると、何も考えずに真っ暗な階段を駆けおりた。開けっぱなしの門から吹きこんでくる外の空気が、表通りはすぐそこだと告げた。狭い路地を通りぬける頃には、朝日が足もとを照らしていた。彼が作業現場に着くと、いつも笑いと罵りの言葉が響きわたっていた。「晩になれば、またステファンに会える」そう考えると、彼にはこれから始まる辛い一日も光り輝くものに思えた。彼の頭にいろんな夢が浮かんだ。いつかステファンのような立派な人になろう。ステファンみたいに読み書きを覚えて、一生懸命に勉強しよう。夜通しランプの明かりの下で思索に耽ろう……彼はどこか遠いところに、病人を治したり、ありがたい教えを説いたり、罪人を弁護したりする人がいることを知っていた。それはおそらく現場監督よりも偉い人たちだった。彼はそんな人間になりたかった。だが、ふと我に返って、荷車を押したり、貨車から荷物を降ろしたりしている自分に気づくと、ぼんやり夢みている目標があまりに遠いことを痛感し、絶望的な気分に襲われるのだった。

夜、家に帰ると、彼は本に囲まれた友をうっとりと眺めた。二人の間に会話めいたものが生まれはじめ、夕食後にボンガルトネールがアレクサンドルに本を読み聞かせたり、字を教えたりするようになった。眠気に襲われたアレクサンドルが目を閉じ、頭を少しずつ傾げはじめると、ボンガルトネールは話すのをやめて、お茶の用意をした。そして、湯気の立つティーカップを教え子の前に置くと、そっとその肩を叩いた。「さあ、もう少しがんばろう。起きて」アレクサンドルは目をこすると、頭を振りながら許しを請うような笑みを浮かべて、ふたたび注意深く師の教えに耳を傾けた。だが、そのうち、また眠気が彼を襲った。ボンガルトネールは一晩のうちに何度もお茶を煎れて、何度もアレクサンドルの肩を優しく叩いた。湯気の立つカップの前で繰りかえし目を覚ましたせいで、後年、アレクサンドルはちょっとでも蒸気が立っているのを見ると、きまってこの頃の生活を思い出した。

こうして三年が過ぎた。ある冬の日の午後、突然、雪が激しく降りはじめて、現場監督は人足たちに仕事を切りあげさせた。アレクサンドルは凍えて熱っぽい体で家路を急いだ。家に帰りつくと、ボンガルトネールが両手で頭を抱えて長椅子に座っていた。「どうしたんです？」「いや、何でもない。断じて何でもない」ボンガルトネールはそう言って笑いだした。落ちこんでいるところを見られたのを恥じているような様子だった。「でも、何か考えていたんでしょう？」「ああ。もしこの瞬間に地上に落ちる雪の薄片の数を正確に言いあてたら、世間の人は何と言うだろうと考えていたんだ。どうだい？　頭がおかしくなったと思ったかね？」「雪の数だなんて……そんなこと、誰も信じませんよ」「だが、もし数字が正しければ？　一片くらいの誤差はあるにしても……」ボンガルトネールはさらに大きな声で笑いながら立ちあがると、右に二歩、左に二歩と、まるでダンスの練習でもしているみたいに歩きだした。そして、部屋の隅まで行ったところでくるりと回れ右して、アレクサンドルの方を向いた。その顔には深刻な表情が浮かんでいた。「もうおしまいだ」「何がです？」「我々の生活だよ。もうこの生活は続けられない。私はここを去る」「どこに行くんです?」「年老いた父がいる。跡を継ぐつもりだ。これ以上、この生活は続けられない。何も変わりゃしないんだ。結局、私は仕立屋になる他ないんだよ」彼は悲しそうに笑って、こうつけ加えた。「一介の仕立屋にさ」

アレクサンドルは危うく卒倒しそうになった。コートの湿った布地が、まるで下着みたいに背中にぴったりと貼りついていた。彼はボンガルトネールに泣きつこうかとも思ったが、がまんした。「行ってしまうんですか?」「ああ。おまえもだ。おまえもここを出ていかなければいけないよ。おまえはあの国を知っているかい?……いや、おまえは知っているね、皆が自由で幸せなあの国のことだ。あそこに行けば、皆がおまえを励まし、力を貸してくれる。そう。フランスに行きなさい。そして、いつかおまえが学者に、立派な学者になった暁には、ときどき一介の仕立屋のことを思い出しておくれ」

＊＊＊

何年間も中央ヨーロッパをさまよって、あちこちの工事現場でさんざん辛い目に遭いながら、アレクサンドルはようやくパリに辿りついた。そのパリで、彼はじきに変わりはじめた。朝、彼はなかなかベッドを出られなくなった。貧乏人の仲間ができて、もう孤独を感じたり、明日を恐れたりすることもなくなった。彼の中で、何かが壊れてしまっていた。長い間、彼の夢はパリと一体になっていたので、今、フランスにいるというただそれだけのために、すべての夢を実現してしまったような気になっていたのだ。と同時に、それまでの辛い生活が祟《たた》って、体に異変が生じてもいた。忍耐力も肉体の抵抗力も彼を見かぎっていたのだ。それでも彼は、夜は部屋にこもって勉強しようとした。だが、同じ下宿の仲間が食堂で熱っぽく議論を交わすのが聞こえてくると、もうだめだった。すぐ手の届くところに充実した人生があると思うと、いてもたってもいられなくなって、すぐに仲間のもとに飛んでいってしまうのだ。もちろん、ときには机の前に踏みとどまることもあったが、そんなときに限って、三十分もすれば睡魔が襲ってきた。眠気と戦っているうちに背中が痛みだすと、「明日はちゃんと勉強しよう」と心に誓って、彼はベッドに横になった。少しでも冷えこむと、彼はすぐに風邪をひいた。貧血で頭がくらくらして、体に力が入らず、本も読めないこともあった。悲惨な幼年時代の思い出はいつまでも彼の心を苦しめつづけていた。

それでも彼は輝かしい未来を信じていた。何があっても、未来への信仰だけは失わなかった。彼にはどんなに辛いこともいっときの試練にしか見えなかった。周囲の人はそんな彼を別世界の人間でも見るような目で見た。実際、彼は、飢えも寒さも、愚痴一つこぼさずに耐えた。そして、もし誰かが自分の運命を嘆いていれば、無邪気にこう声をかけるのだった。「もう少しの辛抱だ。今にお城が買えるさ」

＊＊＊

アレクサンドルと知り合って六か月が経ったとき、ルイーズはもう妊娠していることを両親に隠せなくなっていた。一家に騒動が持ちあがった。母親はルイーズを家に閉じこめようとした。父親はこのときすでに病に冒されていて、何が起きたのか正確に理解することができなかったが、弟たちはルイーズを嘲笑った。姉のテレーズはただ一言、あなたのようにはなりたくないわと言い捨てた。ある朝、ルイーズは日帰りの小旅行にでも出かけるときみたいに化粧品と香水だけを入れた大きなカバンを持って、アレクサンドルのもとに走った。彼を愛しすぎていた彼女には、これからどんな辛い生活が始まるのか予想もつかなかった。

アレクサンドルの狭苦しい部屋でじっとしていると、彼女は息が詰まりそうになった。安レストランで赤の他人とテーブルを共にするのも辛かった。だが、彼女は微笑みを絶やさなかった。アレクサンドルは毎日、ほんの数フランの金を借りるために方々に頭を下げてまわった。彼女も父親に助力を請うつもりで工場に足を運んだ。工員たちに見つからないように、門の陰に身を潜めて何時間も父親が出てくるのを待つのだが、父親は娘の顔を見ても誰だか分からない様子で、いつも早足に立ち去った。

子供が生まれると、ルイーズが「ニコラと名づけましょう」と提案した。ロシア皇帝にちなんだ名前だった。アレクサンドルはボンガルトネールが皇帝について言っていたことを思い出して、反対した。だが、彼にはいろんなことがよく分からなくなっていた。結局、「ニコラでいいじゃないか」と彼は胸の内で呟いた。「何の不都合があるだろう?」

彼は元気な男の子が生まれたのが嬉しくてならなかった。皆に自慢したい気分だった。出産前、彼は障害を持った子が生まれてくるのではないかと頭痛がするほど心配していたのだ。自分の体にコンプレックスを持っていた彼は、子供に何か悪いものが遺伝するにちがいないと思いこんでいて、子供が生まれるとすぐ、小さな手足を食い入るように見つめた。指が何本あるか数えたのだ。このときから、彼の人生は息子のための人生になった。彼は我が子に襲いかかる危険を未然に防ぐことに全力を注ぎ、毛布を掛けてやるときも、ちゃんと息ができるように、ただし寒くはないように、きっちり首まで覆ってやった。

毎晩、彼は犬の鳴きまねをしながらニコラの周りを這いまわった。「アンリ四世はね」と彼は口癖のように繰りかえした、「四つん這いになっていて侍従にふいをつかれたんだ」彼は街に出ると、いつも道の真ん中でニコラを肩車した。誰かに金を借りるときは、しんみりとした口調で「薬代なんだ」と説明した。衛生には異常なほど気を遣って、毎朝、内側に仕切りのある金網製の籠に、特殊なフタのついたビンを詰めて、ロスチャイルド家の経営する牛乳工場まで滅菌乳を買いに行った。老婆たちの助言には耳を貸さず、むしろあからさまに顔をしかめて、「病院の院長さまと大学教授」の意見だけに従った。

＊＊＊

その頃、ペリエ氏はゆっくりと狂気の淵に沈みつつあった。彼にはあらゆることがもうどうでもよくなっていた。ただし、それでも彼は決まった時間に工場に現れて、あれこれ指示を出しつづけた。それで、傍目《はため》には何も変わったところはないように見えた。彼の心の混乱と生活の規則正しさは見事なコントラストをなしていて、彼自身がそのコントラストを楽しんでいるみたいだった。実際、彼は理性が薄れていくにしたがって、ますます事業に熱が入るようだった。誰にも本当のことは分からなかった。

ある朝、秘書に商品広告の文案を見せられた彼は、思わず「それが何になる?」と言いかえしてしまった。だが、相手の驚いた顔を見るとすぐに我に返って、「何せ、うちの商品はすこぶる好調だからな」とつけ加えた。自分の失言をごまかす段となると、怖ろしく機転の利く人間だったのだ。彼はいつも、もし間違った指示を出して工場の操業をストップさせてしまったらどうしようと心配していた。きっと興奮した群衆に追いまわされて、ビルに爆弾を仕掛けた犯人と同じような扱いを受けるにちがいないと思っていた。だから、彼は自分が悪いことの原因にならないように、ふだんから細心の注意を怠らなかった。そして、そのせいで気持ちがひどく落ちこんだときには、こう考えて気を紛らわした。「たしかに一歩外に出たら、何が起こるか分からない。だが、何が起こるにしても、どうせたかの知れたことだ。私以外の人間を巻きこむような事態にはならないだろう」彼は部下にはぜったいに本音を漏らさないようにしていた。会社の将来など信じてはいなかったが、それでも信じているふりをするのが彼の務めだった。いっそ会社を売ってしまおうかと考えることもあったが、自分の正体が白日のもとに曝されるのが怖くて、その決心もつかずにいた。「きっと買い手はいろいろ嗅ぎまわるだろう。そうなれば、私が日頃思いめぐらしていることが全部知れわたって、新聞が騒ぎたてるにちがいない」彼はたえず被告人のようにびくびくしていた。やがて出廷を命じられて、私生活を公衆の手に委ねなければならない被告人のように。そのうち、何でもかんでも大げさに考えるようになった彼は、今に心の中を他人に見透かされるようになりはしまいか、と心配しはじめた。実際、若い頃に見た夢がよく思い出された。心の奥底に秘めた思いをいきなり人前で暴かれる夢だった。その夢が現実になる日も遠くはない――そう彼は考えて、「その場合は」と胸の内でよく呟いた。「誰とも顔を合わせずに、人目を避けて暮らす他ないだろう……」こんなふうに、彼は破滅の予兆の中で毎日を過ごしていた。彼にしか感じとることができないだけに、いっそうおぞましく思える破滅の予兆の中で。

やはり労働者や現場主任に心を読まれている――そう彼が確信するのに時間はかからなかった。ある日、労働者の一人がこう言ったのだ。「社長、どうかあなたの労働者たちのために、相互扶助金庫を創設してはいただけませんか？　皆で毎年、分担金を払えば、数年後には相当の額が貯まるはずです。それで、もし支給金を申請する者がいない場合は、貯まった金でヴァカンス用の宿舎を建てればいいんです。あなたの労働者たちが年に二週間ずつ順番に利用するでしょう」ペリエ氏はこの要求に逃げ腰の返事をしておいた。それから一週間、彼はかたときもこの労働者の言葉を忘れることができなかった。「数年の分担金だと？……数年とは……あれは私を嘲笑っているにちがいない。会社がじきに倒産すると知ってのことだろう」もっとも、彼も機嫌のよいときは「あの連中は本気なんだ。あの要求だって、筋の通った話じゃないか」と呟いた。だが、そう考えると、今度は労働者たちに真実を隠して、徒な希望を抱かせていることが辛くなってきた。実際、じきにすべてが土台から崩れおちると知っていながら、労働者たちが力を合わせて暮らしを改善しようとするのを黙って眺めていることなど、許されるはずがなかった。彼は労働者たちを失望させる日が来るのを恐れていた。と同時に、彼らを欺いていたことを友人たちに責められるのも怖かった。そのため、彼は友人とのつき合いを極力避けるようになった。どうせ今にすべての交友関係を失うのだし、そもそも他人につき合ってもらえるほど立派な人間ではないのだから、そうするのが当然だと考えたのだ。彼にとって、彼の善意を褒めそやしたり、忠誠を誓ったりする友人は煩わしいだけだった。とりわけ、彼の冷淡さの裏を読んだつもりで、「いくらそっけない態度をとっても、あんたが心から尊敬できる人だということはお見通しですよ」と意味ありげな言葉や態度で仄めかしてくる人間には辟易させられた。彼はそういう連中を一番恐れていた。というのも、彼の会社が潰れたら、その連中は彼を愛していた分だけ彼を憎むに決まっていたからだ。そのうち彼は誰とも顔を合わせなくなった。ヴァカンスの計画に夢中の子供たちや、老後のことばかり気にかけている妻、それに仕事の相談を持ちかけてくる側近にはほとほとうんざりしていた。彼にとって何よりもこたえたのは、将来の話をされることだった。そんな話になると、彼は即座に「そんな先のことがどうして分かる？」とか「その前に死んでしまっているかもしれないよ」とかと言って、話題を変えようとしたが、彼の妻が「ばかね。何だってそんなことを考えるの？　どうかしているわ」と言いかえしてくると、分別を説いただけだと口ごもりながら弁解するか、「一寸先は闇だと思った方がいい。そうすれば、失望しなくてすむ」と呟くことくらいしかできなかった。その彼にしても、さすがに自分の会社がいきなり倒産するとは思っていなかった。そうではなく、徐々に立ちゆかなくなるはずだと考えていたのだ。だから、彼はいつも手形の支払期限の前日には帳簿類をすべて社長室に持ってこさせて、何時間もかけて収支対照表を作った。それでも会社がやがてだめになるという不安は強まる一方で、そのため、ついに彼は会社を憎むようになった。その頃から、狂気の兆候が頻繁に彼の言動に現れるようになった。ある朝、彼はふだんより早く出社して、社長室に秘書のコックレルを呼びつけると、だしぬけにこう言った。「コックレル君、二年後にうちの娘を君の嫁にやろう」彼はだめな自分を少しでもまともな人間に引き上げるために、周囲の者に善行を施したくなることがあったのだが、これもそんな気持ちが言わせた言葉だった。と同時に、今のうちに友情を繋ぎとめるための手を打っておかなくてはという計算も働いていた。破産直前の人間が、後で皆に少しでも優しくしてもらうために、有り金を全部窓からばらまくようなものだった。

彼は自分の部屋に閉じこもり、陽の当たった近所の家並みや木の茂みを日よけと日よけの隙間からじっと眺めながら、何時間も夢想に耽っているようになった。布製の日よけには妻が手ずから刺繡を施していた。ある日曜日、彼は昼食を済ますと、久しぶりにサロンに足を踏みいれた。季節は夏で、家族はディエップの海岸に一週間の予定で出かけていた。ひどく暑い日で、部屋の中には湯気が立ちこめていた。彼はガラスケースの中の置物や、シャンデリアのガラスの房飾りや、壁際の装飾用テーブルを注意深く見つめた。壁際の装飾用テーブルには部分的に大理石が使われていて、その大理石の箇所を囲むように小さな銅製の柵がついていた。突然、彼の頭に引越しのシーンが浮かんだ。家じゅうの家具が乱暴に運びだされるシーンだった。さらに、火事になって、家具が窓から放りなげられるシーンが続いた。この幻影はなかなか彼の脳裏を去らなかった。タンスや椅子が次々にテラスの敷石に墜落して、ガラスのように砕けちる。家じゅうの部屋が順々に空になっていって、彼には何一つ残りそうもない……彼はサロンを出て、二階にあがった。二階のドアはどれも開けっぱなしになっていた。がらんとした部屋が一列に並んで、ところどころにバケツやブリキの箱が落ちている。彼は打ち捨てられた宿営地の光景を思い出し、思わずぶるりと身震いした。「ここには価値のあるものなど何一つない」彼の頭に廃墟という言葉が浮かんだ。買ったばかりの品物がすぐに古びてしまうように、この家もじきに朽ちはててしまうにちがいなかった。実は、彼は子供っぽい好奇心を装いながら、「この家、いつまで保つと思うかね」と秘書のコックレルに訊いたことがあった。それはつい先月のことで、「二百年でしょうか。あるいは三百年か」と答えた秘書に、彼は立ちあがって、壁をこつこつ叩きながらこう言いかえしたのだった。「訳の分からんことを言う男だ。この壁は一年後には崩れおちる」今、彼は熱があるせいか、体がじっとりと汗ばんでいた。彼はサロンに戻って、窓を開けた。すると、夏の午後の単調さが部屋の中に流れこんできた。それまで、この部屋には独自の生気が漂っていたのだが、むっとするほど熱い風が壁掛けを揺らすと、それでもう、この部屋とどんよりして悪意に満ちた外界との区別がつかなくなってしまった。彼はまたサロンを出てしばらく家の中を歩きまわっていたが、ふと、一番上の部屋に行ってみようか、と考えた。この家の天井裏には納屋のような部屋があって、そこにはたしか子供たちのおもちゃが置いてあるはずだった。それを思い出すと、たとえあの世に行っても子供たちが訪ねてきてくれるにちがいない、という考えが彼の脳裏を過《よぎ》った。「この世の苦しみなんて、ちっぽけなものだ……」彼は天井裏の納屋の窓から外を眺めた。視界いっぱいに地平線が広がっていた。何か月かぶりで高い所にのぼった彼は、都会の人間が数年ぶりに農村を見て覚えるのと同じ心地よさを覚えた。彼は窓の手すりに肘をついた。庭に七、八脚の椅子が並んでいた。柳で編んだ肘掛椅子も一つあって、その背もたれの曲線が、彼のいる場所からは妙にゆるやかに見えた。花壇も、あずま屋も、灌木の繁みも、高いところから見おろすと、ふだんとは違った魅力を湛えていた。太陽は西の空に傾きかけていた。「もう、ケーキを半分以上食べてしまった」彼はそんな突飛なことを考えている自分に驚きもせずにそう考えた。「ひと口食べるごとに終わりが近づいてくる。そのあたりまえの事実に気づくところまで来たということか」彼は屋根を支えている梁を見あげてから、また窓の外に目をやった。庭の芝生に、白い小道が何本も走っていた。他人のぶしつけな視線から庭を守っている埃っぽい藪の後ろを、通行人が一人通りすぎた。それまで遠くに視線を遊ばせていたペリエ氏は、ふと自分の真下に目を向けた。すると、空も、木も、光も、闇も消えうせて、ただ灰色の穴がぽっかりと口を開けていた。彼の胸は窓の手すりに触れていた。両足はしっかりと床を踏みしめていた。だが、その手すりと床の感触が何故かすっと薄れていった。体が勝手に宙に浮いていくような感覚が彼を捉えていた。まるで夢を見ているみたいで気分がよかった。いっそ体を横たえて、遠くへ飛んでいってしまいたい。この軽やかな感覚をもっと楽しみたい――そう思って、彼は窓から身を乗りだし、両手を前に伸ばした。突然、彼は目の眩むような速さで自分が落ちていくのを感じた。

＊＊＊

ペリエ氏が悲劇的な死を遂げて間もなく、ルイーズは遺産の三分の一を相続した。彼女の勝手なふるまいにもかかわらず、生前、ペリエ氏は、妻と娘二人に平等に財産を与えると決めていたのだ。当時、アレクサンドルとルイーズ、それに息子のニコラは、パリのブロッカ街の小さな部屋に住んでいた。分割払いで手に入れた大衆食堂の売り上げが、辛うじて彼らの生活を支えていた。店の常連客は数人の外国人だった。父親の遺産を手に入れると、ルイーズにはもはやパリを離れることしか考えられなかった。食堂は貧しい男にただでくれてやった。その男はアレクサンドルとルイーズの前で何度も跪いて礼を言い、嬉し涙をこぼしながら彼らの手に接吻した。行き先をどこにするかで夫婦はずいぶん悩んだが、結局、ジュネーブに行くことにした。引越し先の住所は誰にも教えなかった。辛いパリの生活ともこれでお別れだと思うと、彼らは深い安堵感を覚えた。

ジュネーブの旧市街にある広いアパルトマンが彼らの新居だった。階下にはフリーメーソンの集会所があって、備えつけのクロゼットの扉を開けると、会員たちの騒々しい話し声が聞こえてきた。そこに暮らしはじめて十数年後に、戦争が勃発した。このとき、アレクサンドルとルイーズはすでに正式に籍を入れていた。ニコラは十五歳になっていた。彼らのアパルトマンはまるで迷路のようで、複雑に入りくんだ廊下には長大なフェルト製の赤い絨毯が敷きつめてあった。ヴィルヘルム二世がベルンを訪問したとき、汽車の客車から駅前広場の馬車までこの絨毯の上を歩いたとかで、そんな謂れのある一品を、古道具あさりの好きなアレクサンドルがただ同然で手に入れてきたのだ。廊下の一つは、詰め物をした重い扉で二つに分けられていた。いつもひとりでに閉まる扉だった。夜になると、飼い猫がそこに爪を立てるのが聞こえてきた。猫は扉の上の方まで這いあがっては床に飛びおりて遊んでいた。まるで何かにとり憑かれたみたいに猫がこんな遊びを繰りかえしたのは、このアパルトマンのもの悲しくて独特な雰囲気のせいかもしれなかった。実際、大きな部屋がいくつもあって、まったく使っていない部屋まであるこの家には、どこか神秘的な感じが漂っていた。猫は闇の中で何度も跳ねあがって、遠く離れた部屋まで騒音で満たしたかと思うと、いきなり目の前に現れて、また飛ぶように逃げていった。ある日、アレクサンドルはバスルームをリフォームしようと思いたって、リポリン塗装の巨大なタンクを台所のボイラーの上に吊るし、そこから湯を引くようにした。その結果、風呂に入る三時間前にはボイラーに火を入れなければならなくなったが、それでも彼はこのややこしい装置にいたく満足していた。彼はいつもこの手の仕事は小さな町工場の職人たちに頼むことにしていた。この奇妙なバスルームの工事を手がけて、彼の思いつきを実現したのも、一人の年老いた配管工だった。ルイーズは何故もっとまともな会社に仕事を頼まないのかと彼を責めた。夫が職人たちと仲良くして、作業の進み具合を訊きに町工場を訪ねたり、仕事に手を貸したりするのが、彼女にはがまんならなかったのだ。

息子の育て方にかんして何ら定見を持たない両親のもとでニコラは育った。アレクサンドルはニコラを溺愛するあまり、叱らなければならないときにも叱れなかったし、歳をとるに連れて口数が少なくなったルイーズもまた、息子に意見することはついぞなかった。ニコラの部屋は恐ろしく散らかっていた。タイヤのポスターや、バーの止まり木に座った女の絵葉書が壁を埋めつくしているのは、当時の流行どおりだった。この部屋に入るのは、ニコラ本人を別にすれば女中だけだった。夜、彼はベッドを出ると、窓辺に肘をついて何時間も街を眺めつづけた。そして、自分より年下の子供を見つけるたびに目を丸くした。というのも、息子を好き勝手にさせていた彼の両親も、夕食後に外出することだけはぜったいに許さなかったからだ。彼は自分のことを神童だと思ってみるのが好きだった。他のすべてを忘れて空想に耽っていると、ピアノの前に座って、最高難度の楽曲を弾きこなしている自分の姿が目に浮かんできた。ピアノのわきには、呆気にとられて彼を見守っている両親がいた。ときには自転車レースに参加して、観衆の喝采を浴びながらトップでゴールを切っていることもあった。大作家の悲劇を最初から最後まで暗唱したり、レマン湖を泳いで横断したりしていることもあった。彼にはこうした空想がただの絵空事だとはどうしても思えず、ときどき本当にピアノの前に座って、鍵盤をでたらめに叩いてみた。すると、ちょっとした傑作を即興で演奏しているような気分になるのだった。

こんなふうにニコラはいつも天才的な能力を発揮して、周囲をあっと言わせることを夢みていたのだが、そのくせ、本当は無気力で、怠け者で、勉強はちっともしなかった。父親もそれには胸を痛めていたが、ただし父親は自分の気持ちを息子に伝えるために目配せ一つするでもなかった。その息子の官能は目覚めつつあった。彼はすでに男女のことはすべて知っていた。そして、もしすべてを知っているということを誰かに見抜かれたら、恥ずかしくて生きていられなかったにちがいないが、にもかかわらず、自分の知識を遠回しに仄めかさずにもいられないのだった。彼には一つ、変な思いこみがあった。心の中で思っていることは、かならず何らかの形で体に現れるものだと信じていたのだ。顔を赤らめるのは、ふしだらな少年の証拠にちがいなかった。ローヌ川に泳ぎに行ったとき、その彼がいつも即座に水に飛びこむのは、自分の乳首を他人に見られるのがいやだったからだ。服の下で蒸れてふやけた乳首が、彼には何故か性欲の現れに思えていたのだ。

彼の服装は、年齢とともにだんだん奇抜になっていった。うかつな両親がそれに気づかないので、一か月間、女物のパンプスを履きつづけていたこともあった。彼は毎日、放課後にはダンスパーティに行って、夕食の時間まで家に帰らなかった。ある日、一人の女が彼を家に誘った。すっかり動揺した彼は、最後まで一言も話すことができなかった。別れ際に雨が激しく降りはじめたので、女は彼にコートを貸してやった。絹の裏地の老人向けのコートで、おそらく誰かが女の家に忘れていったものだった。それから一年間、そのコートはニコラの家の外套掛けにずっと吊されていたのだが、両親はその出所を訊ねようともしなかった。

ニコラは父親を前にすると、気まずさと、愛情と、憐憫の入り混じった奇妙な気持ちを抱くようになっていた。父親はこの頃にはすでに咳が止まらなくなっていたのだが、ニコラにはそれがルイーズの気を引くためのお芝居に見えていた。そして、「この姑息なたくらみを見抜いているのは僕だけだ」といつも思っていた。父親が激しく咳きこむたびに彼はいらいらして、ある日とうとう「その咳、わざとなんだろう?」と言ってしまった。すると、父親は一瞬、悲しげな目で彼を見て、静かに「そうだな」と答えた。

その後、ニコラは何度もこう自問した。「この人は息子がどんな怒りに衝きうごかされてあんなことを言ったのか察しただろうか。それとも、たわいもない子供の言葉と聞きながしたのだろうか」実は、この頃すでに、彼は母が裕福な家庭の生まれで、父よりも育ちがよいことに勘づいていた。それで、自分だけが母に愛されたいというあさましい気持ちを抱くようになっていたのだ。母親が優しく父親をいたわっているのを見ると、彼は嫉妬しないではいられなかった。父親が母親に愛されるためにするすべてのことが彼にはいまいましくてならなかった。「この人のすることには」と彼はよく胸の内で呟いた、「一片の誠実さもない」ある日、午前中にアレクサンドルが床屋で黒い顎ひげを刈りそろえてもらってきたので、ルイーズが食事をしながら「お父さん、すてきね」とにこやかに言ったことがあった。そのとき、ニコラがよく考えないで「ああ、まるで本当の紳士みたいだ」と相槌を打つと、ルイーズの顔がさっと赤らんだ。彼女が頬を赤く染めるのは、自制が利かなくなった証拠だった。「この子、自分が何を言っているのか分かっていないのよ。ああ、なんて子なの!」彼女は席を立つと、そのまま部屋を出ていった。しばらくして、アレクサンドルは息子の顔を見ながら、ふだん通りの穏やかな口調で言った。「何故あんなことを言ったんだい？　お母さんはとても繊細なんだ。おまえだって知っているじゃないか」

アレクサンドルは年齢を重ねるにつれて、だんだん物腰が芝居じみてきた。そのため、ニコラは通りでも、劇場でも、カフェでも、しょっちゅう身の置きどころのない思いをさせられた。実際、父親が路面電車の中で突然「この方に席をお譲りしなさい」と言いだしたり、いきなり道の真ん中にしゃがみこんで、通りすがりの女性の靴ひもを結びなおしたりするたびに、彼は居たたまれない気持ちになった。すぐに他人のけんかに口を挟んで、一方の肩を持つのもいやだった。

アレクサンドルの本当の性格が少しずつ現れてきた。長い極貧生活の間に、鉄のような意志を持つ人たちを何人も見てきた彼は、いつの間にか、平穏無事に暮らしている人間を軽蔑の対象としか思わなくなっていた。彼自身、一歩一歩這いあがってようやく今の落ちついた暮らしに辿りついたのだ。彼はとくに親しくもない役人や商人を見かけると、きまって「これは、これは、大先生！　ご機嫌いかがです？」と嘲るように声をかけた。そして、もし自分に連れがいれば、その連れに向かって「ご紹介しましょう、我らの師、人類の恩人を！」とつけ加えた。自分の夢を実現できずにいる彼は、せめて若い頃に抱いた理想にふさわしい人間でありたいと思っていて、そのため、まるで神から授かった使命ででもあるかのように、夢を実現した人々の味方をもって自ら任じていた。天才たちの話をするときは、うっとりと崇めるような目つきになった。いくつかの名前、例えばゾラや、ユゴーや、バレスにはとくに思い入れが強かった。といっても、ただ名前の響きが気に入っていただけのことなのだが。政治家とすれ違うと、彼はかならず熱狂的な叫び声をあげた。それがどこであろうとおかまいなしだった。まじめさとナイーブさがないまぜになった顔つきで、彼は何事にも口を挟んだ。挟まずにはいられなかった。それで、一度などはサーカス小屋から追いだされそうになったこともある。それは彼がニコラを連れてサーカスを観にいったときだった。ガラスの水槽に人を閉じこめる演目があって、曲芸師が水に潜った瞬間、彼も息を止めてみたのだが、一分後には彼はがまんできなくなった。ところが、見れば曲芸師はまだ水に潜っている。そこで、固唾を呑んで見守っている観客を尻目に、彼はこう叫びだしたのだ。「やめてくれ、もうたくさんだ……殺人だ！」

この頃、アレクサンドルは会社を興すことを夢みていた。もちろん、ちっぽけな会社ではなく、大企業でなければならなかった。彼は毎月一つずつ新たな事業を思いついては、それを情熱的に語った。コルシカ島でアスベストを採掘するとか、石炭や、紙や、石にとって代わる製品を開発するとか、旅行者リストの載ったホテル業界向けの情報誌を発刊するとか……新しい植物油を売りだすというアイデアもあった。だが、彼の計画は一つも実現しなかった。いくら彼が商品のサンプルや、チラシや、名刺を携えて奔走しても、誰にも相手にされなかった。彼は途方もないことをもくろんでいるくせに、些末なことばかりに捉われていた。彼は会社の社長であると同時に、ただの使い走りだった。

ルイーズの財産は残り僅かになっていたが、アレクサンドルはそれに気づきもしないで、ただひたすら事業で成功することだけを夢みていた。そんな彼の一番の気晴らしは、仲間を招いて昼食会を催すことだった。彼の仲間というのは、なかば気のふれた男とか、偏執狂の男とか、神がかった男のことで、中にはどこをどう見ても——つまり、ペンキを塗ったばかりの壁を見ても、カーテンを見ても——まともな商売をするつもりだとはとても思えないような店をオープンさせた男もいた。彼はルイーズを驚かせるために、しきりに客をけしかけて面白い話をさせようとした。彼の自慢は、食後にルイーズがピアノを弾くことだった。客にはあらかじめ「音楽家なんですよ、うちの妻は」と耳打ちしてあった。

だが、アレクサンドルもそのうちようやく自分がものにならない人間であることを悟りはじめた。そんな彼を元気づけようとして、ルイーズはときおり食事をしながら、悲しそうにこんな冗談を言った。「お父さんはまだ若いもの。今に裕福なアメリカ人と再婚するわ」彼は首を横に振った。もう終わりだった。彼にはもはや自分を信じることができなかった。そもそも、気持ちに体がついていかなかった。毎日、彼のもとに、支払うあてのない手形や、執行吏からの通達書や、つれない文面の手紙が届いた。彼に残された唯一の道はギャンブルだった。彼はギャンブルにのめりこんで、毎晩のようにカジノに足を運び、ものも言わずにカードに熱中した。その間も咳はとまらなかったし、食欲はいっこうに湧かなかった。ニコラにだらしない生活を改めようとする様子がまったく見られないことも、彼にはこたえた。彼の最後の望みは自分の夢を息子に叶えてもらうことだったが、その望みも諦めなければならなかった。彼は前の晩に意気投合した知人の前を、知らん顔で通りすぎるようになった。病気が彼の体を蝕みはじめると、彼の官能がふたたび目を覚ました。実際、彼は街で若い女を見かけると、かならず帽子を持ちあげて、深々と敬礼した。一九一六年の秋、見ちがえるように痩せほそった彼がついに医者を呼ぶと、医者はすぐにレーザンに療養に行くよう勧めた。彼はいまだにいくつかの計画を胸に温めていたが、とはいえ、体じゅうから力が抜けてしまって、せいぜい南仏の別荘を建てることを夢みるくらいが関の山だった。ルイーズは彼を一人きりでサナトリウムに入れるのを哀れに思って、レーザンに一軒の家を借り、そこで日夜、夫の看病に努めた。だが、アレクサンドルがじきに糖尿病を併発すると、もはや手の施しようがなくなった。彼はすでにうわごとを口走っていた。病室の窓を開けると、透きとおるような、もの悲しい青空が広がっていて、遠く、雪の斜面の彼方には、山の峰の連なりが青空をバックにくっきりと浮かびあがっていた。彼は一日じゅうベッドに寝ていた。夜、山々の圧倒的な沈黙が辺りを包みこむ頃、きまって彼は熱に震えながら、訳の分からない夢や、途方もない計画を口走った。ルイーズはそれを聞くと、手で顔を覆って病室を飛びだし、隣の部屋ですすり泣いた。荒々しく、しかも穏やかな大自然の力が、病人の苦しげな興奮や衰弱と鮮やかなコントラストをなしていた。こうしてひと月が過ぎ、十一月七日、アレクサンドルがそれまで何度となく目にしたのと同じ夜明けが訪れ、その夜明けとともに彼は死んだ。

＊＊＊

夫の死後、アフタリオン夫人はジュネーブを離れて、ニースで暮らす決心をした。彼女にとって、いまやジュネーブは忌わしい場所でしかなかったのだ。彼女は夫の借金をすべて返済すると、手もとに残ったものをすべて現金に換えて、息子とともにニースへ出発した。この当時、ニコラは完全にほったらかしにされていて、彼が何をしようと母親はまるで関心を示さなかった。彼には学業を続ける気はなかったが、彼女もまた、一瞬たりとも息子に無理に勉強を続けさせようとは考えなかった。そんなわけで、十七歳のニコラは勝手気ままな生活を送っていた。毎朝、十時頃にベッドからのっそり出てきて、一日じゅう、あてもなく街を歩きまわるのだ。家事をする気のないアフタリオン夫人は、そうかといって女中を雇う余裕もないので、昼は近所の安レストランで済ますことにしていたのだが、正午になるときまってニコラもそこに姿を現した。ニコラには、ロシア革命前にバクー地方最大の油田の所有者だったバグダノフ家の御曹司、ラザール・バグダノフに似たところがあった。革命が勃発して、またたく間に大富豪から貧民に転落したラザールは、自分がかつて所有していたものを毎日、指折り数えて暮らしたという。この男には、親兄弟の財産も、またライバル企業や国家の資産も、すべて自分のものだったように思えていて、それだけの富がすっかり消えてしまったということがどうしても受けいれられないのだった。彼はほんの数フランを稼ぐために日々闘っている人たちと一緒にいると、あの頃、何故もっと豪奢な生活を楽しんでおかなかったのだろうと思わずにはいられなかったし、今では自分もこの連中の仲間だと思うと、つくづく自分の身の上が哀れになった。とりわけ彼にとってこたえたのは、人々が夢に見ている贅沢な暮らしが、自分にとっては日常そのものだったということを、言葉による以外に証明する術がないことだった。彼の人生は伝説的な光輝に包まれていたはずなのに、今ではすっかり現実の中に埋もれてしまっていた。レストランでも、街中でも、彼は肩が触れるほど近くに群がっている大衆から身を守って生きていかなければならなかった。

ニコラはもちろんラザールのような豪勢な暮らしとは縁がなかったが、それでも彼は両親が催したホームパーティをよく思い出し、たびたびその話を他人にした。もちろん、思い出を美化するのは忘れなかった。何しろ、誰にも反駁しようのないことだったからだ。一方、アフタリオン夫人は、僅かな財産が毎日確実に減っていくのを見て、将来への不安を募らせていた。そのため、もうアレクサンドルがいないことでもあるので、彼女は親兄弟や友人と縒《よ》りを戻すことにして、年の瀬にはかならずカードを送った。こうして六年が過ぎ、最後の数千フランを使いはたしてしまったとき、ついに彼女はパリに戻る決心を固めた。彼女の胸には、大都会でなら息子もいい仕事に就けるはずだという期待があった。彼女はアパルトマンの家具を売りはらって二万フランほどの現金を手にすると、一通の手紙をニコラに口述し、姉のテレーズに宿を請うた。姉はたしか亡くなった父の秘書と結婚しているはずだった。一週間後、テレーズから返事が届いた。ずいぶんそっけない返事で、ルイーズに会うのを楽しみにしているとは書かれていたが、ニコラには何の言及もなかった。こうして、ルイーズはニコラを連れてパリに出発したのだった。

3

最後の最後になって、ひょっとすると二人の若い男はそりが合わないかもしれないと思い直したアフタリオン夫人は、ニコラを連れて行くのはやめにして、一人きりで弟の住む独身者向けのアパルトマンを訪ねた。彼女の弟はびっくりした声をあげた。

「ルイーズ、あんたなのか！　信じられない！」

彼はあわてて部屋のドアを次々に開けた。そして、家政婦がまだ来ていないので門番のおかみさんにお茶の支度を頼むと、肘掛椅子の上に三つ、四つとクッションを積みあげた。

「さあ、ここに座ってくれ、かけがえのない我が姉上よ！」

彼は姉をくつろがせようと一生懸命だった。

ヴェルダンの戦いでマルクが戦死して以来、アフタリオン夫人のたった一人の弟となったシャルルは、自分の親類縁者を古くさい連中と呼んで、彼らと連絡一つとろうとしない男だった。戦争が始まったのは、彼が学業を終えた年だった。一九一四年から一八年までに彼は七、八回負傷し、ソンム県の戦いにおける勇敢な働きぶりが買われて大尉にまでなった。復員すると、彼はドゥムール街にある建物の一階に部屋を借り、それを独身者向けにリフォームした。それが今の住まいだった。彼は姉のテレーズに似て背が高く、体つきもがっしりしていた。友人には恵まれすぎるほど恵まれていて、実際、ひっきりなしに電話が鳴っては、「シャルルかい？　今夜、来るだろう？」と誘われた。ちなみに、彼の返事はいつも「承知した！」だった。ときには夜更けに「襲撃」されることもあって、鎧戸を叩く音に目を覚ました彼が、何事かと窓を開けると、友人たちが手すりをまたいでぞろぞろ中に入ってくるのだった。

シャルルはいつも昼食は外で済ませた。その後、夕方の五時まで、彼自身が「馬鹿な客ども」と呼んでいる人々との約束に追われ、それからクリシー広場のウェプラーでアペリティフを楽しんだ。晩は、恋人のアリスや他のカップルたちと一緒にエトワール広場のホテル兼レストランで食事をした。食事が終わると、彼らはその界隈の劇場に繰りだして一悶着起こし、モンマルトルに行って夜食をとるので、彼が家に帰りつくのはいつも午前四時だった。それでも彼は朝の九時には夢うつつのままベッドを抜けだし、気持ちを奮いたたせるために冷たいシャワーを浴びた。さらに、上半身を冷やさないようにフランネルのシャツをはおると、下はパンツ一丁にふくらはぎの靴下留めだけという格好で、寝室の壁に固定したエキスパンダーで汗を流し、小さな鉄アレイを二十回持ちあげた。その鉄アレイをベッドの下に転がしてから、はじめて彼はダイニングルームに足を踏みいれるのだが、すると朝食はすでに家政婦が支度してあるので、彼は新聞の第一面に目を走らせながら食事を済ませ、十時には家を出て車庫に向かった。もちろん、グラッフや、ウッチアーニや、レヴェックその他の友人が彼の留守中に電話してきた場合に備えて、家政婦に詳細なメモを渡すのは忘れなかった。彼には一分たりとも自分の自由になる時間がなかった。一日のスケジュールはいつも二日前には決まっていた。日曜日にアリスとドライブに行くと、そこがル・アーヴルでも、シャルトルでも、彼は退屈と戦わなければならなかった。友人たちや、都会の喧騒や、分刻みのスケジュールが恋しくてならなかった。

彼にとって、この世に本当の病人など存在しなかった。誰かの見舞いに行くと、彼はキャンディを差しだしながら、開口一番「順調かい？」と訊ねた。そして、よく笑い、気のきいたことを言って、あれこれエピソードを披露した。どんな病も気の持ちようで、本人が治る気になりさえすれば治るはずだと信じていたのだ。「ほら、少しは元気を出せよ。大したことないじゃないか」彼はまた物惜しみすると いうことを知らない男で、その気前のよさには下心も恩着せがましさもいっさいなかった。実際、いつも「何？　お札が六枚入り用だって？　十六日に取りにきてくれ」と実にあっさりした調子だったし、もちろん約束の日にはきちんと金を用意していて、相手に「ありがとう。あてにできる男だ」と感謝されるのが常だった。毎月の第一木曜日には、モンマルトルのレストランの個室で第百三十二歩兵隊の元将校たち十数名の夕食会が開かれた。会の名前は「一三二の生き残りたち」で、もちろんシャルルもそのメンバーだった。案内状に「ケピ帽一つにつき二十二フラン」と謳われている通り、出てくる料理は質素そのものだったが、ただし、この会はいつも途中から、いつ果てるともしれない酒盛りに変わった。最後まで酔いつぶれなかった者が勝ちのどんちゃん騒ぎで、一番おとなしそうに見えた男がいきなり頭を殴られたみたいに昏倒し、どなり声と食器の割れる音が交錯する中をソファに運ばれて寝かされることもあった。ある者は声を張りあげて歌い、またある者は隣の部屋から出てきた女たちを仲間に引きずりこもうとした。ようやく店が看板になると、皆、千鳥足で外に出て、人波にもまれているうちに離ればなれになった。そして、翌日、シャルルは一日じゅうこう言いつづけた。「羽目をはずすとはあのことだ。男の人生には必要なことさ。リキュールにワインにビールにと、まさに何でもござれだったからな」

「寒くない？　腹は減ってない？　暑くない？　何か飲む？」とシャルルは矢継ぎ早にルイーズに質問した。

そのとき、電話のベルが鳴った。

「どうしたんだ？　少しはそっとしておいてくれ……いや、今はだめだ」

彼は受話器を置くと、こう叫んだ。

「姉さん、よく来てくれた！　ドイツ野郎の国から戻ってきたんだね？」

昔から彼はドイツだけではなく、バルカン半島の国々やロシアのことまでそう呼んでいた。アフタリオン夫人は笑いはじめた。

「むしろテレーズの家からよ」

「最高だ！　実際、あのコックレルのばかときたら……いったい何様だと思っているんだ！　おれの顔を見ればかならず『シャルル、いいかね、気をつけた方がいい』だ。あんなばかは見たことがない。前代未聞だよ。何かというとこっちの仕事に口を挟んで、調子に乗った間抜け面で忠告しやがるんだ」

「いったい何があったの？」

「おれはね、自分が口を開けば皆が耳を傾けると思いこんでいる奴が好きじゃないんだ。それだけさ。放っておいてくれってことさ。それにしても、テレーズは奴の前に出るとぼうっとしちまって……すっかり惚れこんでいるんだな。奴は王様気取りだよ。うまくやったもんだ」

このとき、アフタリオン夫人の視線が一脚の椅子に釘づけになった。その椅子の背に、女物のシャツが掛かっていたのだ。それに気づいたシャルルはこう続けた。

「この部屋で女物のシャツを見たなんて言ってごらんよ。奴らがどんな顔をするか！　それにしても、何だって奴らの厄介になったりしたんだい？」

「分かるでしょう、誰だって一人きりになると、身内の人間のそばにいたくなるものなのよ。それに、私たち、明日にはテレーズの家を出るの。もう、あそこの生活は耐えられないわ。だから、きっとおまえならいろいろ詳しいんじゃないかと思って……」

部屋の中を歩きまわっていたシャルルの足がぴたりと止まった。

「この家か？　でも、ここだと落ちつかないんじゃないかな」

「どうやらそうらしいわね。それに、おまえの厄介になる気はないの」

「どうして？　おれに遠慮することはない」

「そうじゃないの。おまえはやっぱり男の子だもの。私がテレーズを頼ったのは、彼女なら私の立場を分かってくれると思ったからなの。それに、彼女は広いアパルトマンに住んでいるんだし。テレーズがもっと優しくしてくれたら、私たちも出ていかずに済むんだけど……」

「そうか、一人じゃないのか。息子と一緒か？」

「そう。それ一つとっても、おまえの厄介にはなれないわ」

「とりあえず、家具付きのアパルトマンを借りるといいんじゃないかな。先のことはそれから考えるとして」

「見つかるかしら？」

「その気になれば、いくらでも見つかるさ。道で最初に目にした不動産屋に入ってみなよ。百件くらい紹介してくれるから。そりゃあ、たしかに家賃は少々高い。だけど、食費がたいしてかからないから、もとが取れる。考えてもごらんよ。ホテルにいたら、食事のたびにレストランに行くわけだろう？　昨今、レストランだと、一食二十フランはかかる。ひと月の食費が二人でいくらになるか……」

「家具の付いていないアパルトマンはどうかしら？」

「そりゃまた話が別だ。自分で家具を探すのは手間がかかる。それに、手間がかかるのはいいにしても、札が五十枚ほど必要になる」

「お札って？」

「千フラン紙幣だ」

「じゃあ、諦めた方がいいわね」

「そんなに困っているのか？」

「そうじゃないの。でも、いろんなことがあってね、もうたいした蓄えもないのよ」

「分かるよ。おれにくだくだしい説明は不要だ。一つだけアドバイスしよう。いいかい、ぐずぐずしていちゃだめだ。息子、いくつだっけ？」

「二十二よ」

「じゃあ、ちょうどいい。息子がしっかり働くだけの話だ。大丈夫、うまくいくよ。だいたい、どんなことでも自ずとうまくいくようにできているんだ。もちろん、しっかり働けば、の話だけどね。まあ、おれとしては、家具付きのアパルトマンを借りることを勧めるな。贅沢する必要はない。姉さんとこのチビの稼ぎで、心静かに暮らせるさ。姉さんは個人レッスンの口でも探せばいい。たしか、ピアノが弾けたはずだろう？　さしあたって部屋が見つかるまで、ここに住めばいい。チビはホテルで寝泊まりさせるとしてさ」

シャルルはとり散らかった部屋の中を行ったり来たりしながらこう言った。ルイーズは彼の困惑を見てとって、自尊心からすぐにその申し出を断った。

「とんでもない！　おまえに迷惑はかけたくないの。気持ちは嬉しいわ。でも、自分のことは自分で何とかするから」

「ところで、パリに出てきたときの荷物は？」

「駅の保管所に預けたまま。テレーズがいつも家が狭いってこぼしていたから……」

「何なら、うちの女中部屋に置いてもらってもかまわないよ。今ちょうど空いているから。住みこみの女中を探しているんだけど、いいのが見つからなくてね。役立たずばかりで」

「高いのかしら、家具付きのアパルトマンって？」

「いろいろさ。月に千フランの部屋もあれば、二千フランのも、五千フランのもある。五百フランってのもあるにはあるが、これは部屋というよりごみ溜めに近い」

「ぞっとするわ」

「万事そうだよ、パリってところは。いいかい、部屋を貸すってのは慈善事業じゃない。商売なんだ。不動産屋があって、市庁舎には貸借が適正に行われるよう監督する課があって、法律だってある。だからこそ、一日も早く人生設計を立てないとだめなんだ。それと、もう一つ。いいかい、他人に遠慮しちゃだめだ。他人は姉さんに遠慮しないからね」

＊＊＊

翌朝、アフタリオン夫人とニコラはコックレル家を出て、適当な家具付きアパルトマンが見つかるまでのつもりで、ラファイエット通りのホテルに部屋を借りた。それは、以前、「もしあんたたちがパリに行くことがあったら」とニースのある商店の主人が薦めてくれたホテルだった。それから二週間、ニコラは月々の家賃が千フラン以下で、しかもバスルームとサロンのついたアパルトマンを探しまわった。だが、彼は毎日、日暮れとともに疲れきって帰ってきて、「まともな部屋を借りようと思ったら、倍は出さないとだめだ」と繰りかえした。「ママンがあんなアパルトマンを見たら……暗くて、汚くて、家具だってろくに揃ってなくて……あんなところに住んだら神経がまいってしまう。二千フランも出せば、よい物件が見つかりそうなんだけど」アフタリオン夫人は「私の蓄えがほとんど底をついているのは、おまえもよく知っているじゃないの」と釘を刺した。ただし、そう言う彼女の声はどこか弱々しかった。実は、彼女もできることならのびのびと快適に暮らしたいと思っていたのだ。そもそも、彼女は今さえよければ先のことなどどうでもよくなってしまう質で、理性が働くのは言い訳するときくらいという人間だったから、このときも頭のどこかで、「この子が勝手に話を決めてきてくれればいいのに」と考えていた。

結局、ニコラはユージェーヌ・マニュエル街の瀟洒な建物に入っているアパルトマンを契約してきた。家賃は月に千五百フランだった。

「むちゃよ」とアフタリオン夫人は言った。「そんな家賃、三か月後にはどうやって払うの？」

「それまでに考えればいいいさ」

「ぜったいにむちゃよ」

彼女はそれ以上、ニコラを責めようとはしなかった。これでようやくホテル暮らしが終わって、荷ほどきすることができる。身の回りに自分の持ち物を並べて、たくさんの部屋を自由に行ったり来たりすることができる——そう思うと、彼女もやはり嬉しかったのだ。

ニコラが契約してきたアパルトマンは三階にあった。同じ階のすぐ隣にはそれよりもはるかに広いアパルトマンがあって、そこには大家が住んでいた。実は、その二つのアパルトマンは元々は同じ一つの住まいで、それを大家は二つに分けて、小さい方を貸家にしていたのだ。そんなわけで、今でも玄関だけは共有のスペースだった。大家は「パーティでも開くときは、二日前に言ってくだされば、うちの大きなサロンをお貸ししますよ」と言っていたが、実際、その広いサロンも含めて、表通りに面した部屋はすべて大家がとっていた。ただし、バスルームは借家の側にあったので、大家は自分用のバスルームを小さな物置部屋の中に造らせていた。キッチンは大家の側にあった。アフタリオン親子のキッチンは、寝室の奥まった場所に拵えた簡単なもので、大家がわざわざ取りつけさせた両開きの扉のおかげで目につかないようにはなっていたが、窓がないのが難点だった。当然、揚げ物をすることを禁じる札が貼ってあって、その札には「それがご自分のためです」と書き添えてあった。アフタリオン親子の自由になる部屋はすべて中庭に面していた。現代風を衒《てら》った広い中庭で、中央の一段高くなったところには人工の池があって、そこに緑の芝生の小島が浮いていた。二か月分の家賃の前払いと、どこか破損した場合に備えて保証金を預けることが、このアパルトマンを借りる条件に含まれていた。

アフタリオン親子は預けてあった荷物をリヨン駅に取りに行ってから、ユージェーヌ・マニュエル街にタクシーを走らせた。アパルトマンに着いたときはすでに夜の九時で、辺りはすっかり暗くなっていた。もの悲しくて、どこか仰々しいアパルトマンの中に足を踏みいれると、彼らはまるで道に迷ったような気分になった。二人ともまだ食事を済ませていなかったので、ルイーズがニコラに言った。

「下におりて、ハムを少し買っていらっしゃい。ああ、ちょっと待って。必要なものを紙に書くから。急ぎなさい。じきにどこも閉店だから」

ルイーズは一人きりになると、すべての部屋の明かりをつけて、鎧戸を閉めた。壁紙で覆った開かずの扉から、隣室の穏やかな話し声が聞こえてきた。どうやら大家とその妻が友人を招いているようだった。大家夫婦が自分たちのアパルトマンの半分を犠牲にしようと決めたのは、もうずいぶん前のことだったから、今さら新しい借家人が入居したところで、彼らが気にかけるはずもなかった。彼らは明日に不安を感じていない人間だったし、今日というこの一日は、彼らにとって、いつもと何の変わりもない一日だった。アフタリオン夫人はどんどん悲しくなってきた。馴染みのない界隈に迷いこんだことも、また、一緒に暮らしていると言ってもいいくらい近くに心の安らかな人たちがいるのに、その人たちと気持ちが遠く離れていることも、彼女にとっては悲しみの種だった。彼女は大家夫婦が扉をノックして、一緒に夜を過ごそうと誘ってくれるのを待っていた。同じところに住んでいるのだから、せめて優しく話しかけてほしかった。あの人たちにとって、私は道ですれ違う女と変わるところがないのだ――そう考えると、彼女は気分が悪くなって、めまいがした。

彼女はアパルトマンの中を歩きまわった。初めて見る家具はどれもよそよそしい形をしていて、そこはかとない敵意を漂わせていた。彼女はそのいくつかに触ってみた。手が触れるたびに、家具が突然壊れてしまいそうな気がした。もし本当に壊れたら、証人になってくれる人がいない以上、彼女が弁償させられるのはまちがいなかった。彼女の目に、奇妙な細部が次々に飛びこんできた。サロンのシャンデリアは電球が一つだけ黒く焦げていた。他の電球は眩い光を放っているので、その焦げた電球が彼女にはブラックホールのように見えた。漆塗りの細工を施したテーブルは、そばを通るとかたかた震えた。

ダイニングルームの壁には、バイエルン製の長いパイプが掛かっていた。いたるところに骨董品や小物の類が置いてあったが、隙間を埋めるためだけにところかまわず置いたみたいで、互いにまるで調和がとれていなかった。アフタリオン夫人はこのアパルトマンの財産目録を読みかえしているうちに、契約書にサインしたのが怖くなってきた。というのも、あまりにも多くのものがその目録に記載されていたからだ。実際、この家には必要なものすべてが備わっていた。絨毯も、壁掛けも、クッションも、ランプのシェードも。ただ、かつて誰かが暮らしていたという気配だけが欠けていた。まるで前にここに住んでいた人が生き生きとしたものをすべて持ちさって、四方の壁のように永遠にこの場に留まるものだけを残していったみたいだった。そんなわけで、ニコラが買い物袋を提げて戻ってきたとき、彼女は心からほっとした。

ルイーズとニコラは簡単な食事をとった。二人ともあまり食欲がなかった。食事中、彼らは声を潜めて話しあったが、ときどき、くすくす笑いだすと、大声で言った。「まるで教会にいるみたい！　私たちにだって話をする権利くらいあるはずなのに！」だが、二人の声はいつの間にかまた小さくなった。食事が済むと、彼らは離れの部屋に移動した。

「トランクの荷物、今夜、出してしまおうかしら？」

「もちろんだ、ママン。そうすれば、自分の家にいるって感じがしてくるよ」

トランクに入れっぱなしだった衣類を空気に当てることができる——そう思うと、アフタリオン夫人は元気が出てきた。昔からずっと一緒だった小物類に再会するのも楽しみだった。彼女はすべての家具の上に、写真や、小さな花瓶や、香水の瓶などを置き、衣装戸棚にコートを吊るした。ティーポットと小さな銀のスプーンはダイニングルームに持っていった。サロンの肘掛椅子にはショールを掛けた。

「お前の写真はどの部屋がいい？」と彼女は息子に訊ねた。

「サロンだ」

「トレイは？」

「同じく」

さっき門番の前を通ったとき、彼女はクッションを二つ括りつけた籠を持っているのが恥ずかしくてならなかったのだが、今、その籠から裁縫箱を取りだして、鏡台の前に置いた。鏡台の鏡は片方の留め具が外れていて、下手に鏡を傾けるともう一方の留め具が折れてしまいそうだった。

「この引き出しはおまえが使いなさい」と彼女はニコラに言った。

棚に敷く新聞紙がなかったので、アフタリオン夫人は自分の下着だけはトランクの奥に入れたままにしておいた。本は家具の上に一冊ずつ置いた。荷物を全部出してしまうと、ニコラは空になったトランクを部屋の隅に積みかさねた。

「慣れてしまえば、ここもそんなに悪くないさ」

「花がないわ」

「花？　別に急がないだろう？」

「この部屋も、きっと慣れたと思う頃には出ていかなければならないのね」

「ママン、何故そんなことを言うんだ？　いつまでも僕が何もしないでいると思うのかい？　僕が稼ぐさ」

「おまえのお父さんも、いつもそう言っていたわ」

「一緒にするなよ」

ルイーズは立っていられなくなって、サロンのソファに横になった。

「ニコラ、おかけなさい。少し話しましょう。おまえが立っているのはいや」

「コックレル夫婦が今の僕らを見たら、きっとしかめ面をするだろうな。奴らをここに招待しようか？　大家に大きなサロンを借りてさ。あのサロン、ママンはもう見たかい？」

「ニコラ、そんな言い方はよしなさい」

息子の言葉を聞きながら、彼女は自分の立場を思いかえしていた。彼女には姉を挑発する勇気はなかった。そんなことをしたら、かならずしっぺ返しがあるにちがいなかった。「今、私の周りにいるのは」と彼女は思った、「私に何の関心も寄せてくれない人たちばかりだ。でも、軽はずみなことをしたら、今度は私に敵意を燃やす人たちに取りまかれることになる」

「そんなことより、おまえはルソー夫妻に会いに行きなさい」と彼女はニコラに言った。「おまえは子供の頃、ルソー夫妻にずいぶん可愛がってもらったのよ。おまえのお父さんと私に背を向けなかったのはあの人たちだけ。彼らなら、きっとおまえに仕事を見つけてくれるわ」

「分かった、そうしよう。」

荷ほどきを済ませ、慣れ親しんだものを周りに並べたことで、アフタリオン親子は自信を取りもどしていた。

「きっと彼らならおまえのために何かしてくれる。私の気の毒な父が言っていたもの、ルソー氏は善意の塊だって」

「ママンも行くんだろう？」

「一緒はだめ。まず、おまえが行きなさい。あの人たちに無理強いするのはいやなの。私が一緒に行ったら、ルソー氏だって何か約束しないわけにはいかないじゃないの。おまえが一人で行って、それでもしうまく事が運ばなければ、そのときまた考えればいいのよ」

「分かった、分かった。そう怒らないでくれよ」

「怒ってないわ。でも、私たちの立場をよく考えてごらんなさい。こんな生活、いつまでも続けられないわ。おまえはぜったいに仕事を見つけないといけないよ。きっと見つかるわ。こんな大きな戦争の後は、男手が必要とされるもの」

今は男の数が足りない時代だから、会うべき人に会えばすぐに仕事が見つかるはずだと彼女は考えていた。若くて、健康で、怪我一つしていないニコラのような人材が、今の時代に重宝がられないはずがない、と。もっと快適な暮らしが待っている。そう思って、彼女は顔を輝かせた。

「私たちの置かれた状況をルソー氏にきちんと説明なさい。こんなご時世だから、黙っていては分からないもの。それでもしうまくいかなくても、まだプリュドン夫妻が残っているわ。マスビオー夫妻も、ゲラン夫妻もいる」

話しているうちに、彼女は息子が引っぱりだこになったような気がしてきた。

「それに、たとえ彼らが力になってくれなくても、まだナザロフ夫人が残っている。ナザロフ夫人には私が会いに行くわ。あの人は伝手《つて》をたくさん持っているの。大丈夫、何もかもうまくいく。やっぱり、あてになるのは身内ではない人ね」

＊＊＊

数日後、ニコラはラ・トゥール街にルソー夫妻を訪ねた。ルソー夫妻は変わった造りのアパルトマンに住んでいた。離れの部屋が丸屋根の上に突きだしているのだ。ガラス張りで、一日じゅう日当りのよい部屋だった。ルソー氏は自殺したペリエ氏の親友で、ペリエ氏は早くから商売の道を志したが、ルソー氏はデッサン好きが高じて建築家になっていた。今、年齢は六十五歳で、その実直さは仲間内でも評判だった。ただし、他人を信用しすぎて何度も手痛い目に遭った彼は、歳とともにだんだん怒りっぽくなってきていて、今では知らない人を見るとすぐに「私をだますつもりではないか」と疑った。詐欺師のことは「名誉心のない人間」と呼んでいた。

アパルトマンのサロンには、やはり例のビリアの手になる肖像画が掛っていた。絵の中のルソー氏は、椅子に腰かけているのに、何故か、ふいに立ちあがりそうな気配を漂わせていて、今、身につけているのと同じ懐中時計の鎖を垂らしていた。背景に描きこまれたタピスリーも、今、部屋の壁に掛っているものと同じだった。ルソー氏は少女趣味を持っていて、花や、小さな装飾品や、仕上げの凝った絵を熱烈に愛していた。と同時に、チェスやトランプなどのゲームも大好きで、その上、たいへんな食道楽でもあった。実際、彼はパリのほとんどすべてのレストランの看板メニューを知っていて、その彼が人の家に招かれたときに手土産にするのは、まず例外なくヴィクトル・ユゴー大通りで買い求めたロブスター、彼が口癖のように「他のどこよりもうまい」と言っているロブスターだった。彼の書斎はまるで博物館のようだった。ブロンズ像や、丸彫りの彫像や、文鎮の類がところ狭しと並んでいるのだ。その一つ一つの台座には小さな番号札が貼ってあって、彼はそれを価格、日付、出所などと一緒にぶ厚いノートに控えていた。例えば、「九七四番、マノーニのケンタウロスの四つの鋳造品の一つ。一九〇二年八月十四日入手。ジャン＝ジャック・ゲラン氏寄贈」といった具合に。玄関口の部屋の壁は、地図と、彼が設計した家の写真と、戦前の版画で埋めつくされていた。彼は自分が手がけた仕事の中でも、とくにロワール川沿いの芸術家向けの別荘と、グラン・ブールヴァールに面した七階建ての建物に自信を持っていて、ちなみにそのグラン・ブールヴァールの建物を設計したときは、エレベーターの設置という彼の人生最大の難関を見事に切りぬけてみせたのだった。彼は一緒にいる人を不思議な気持ちにさせる人間だった。彼と話していると、何だかすべてを悟りきった男を前にしているような気にさせられるのだ。「私にとっては馴染み深い界隈です」と、パリのパッシー地区が話題にのぼるたびに彼はそう言った。「私の父がそこで生まれたものですから。ええ、私もです。ですから、人生の幕を下ろすのならパッシーで、と思ったりするんですよ」

今、ルソー氏は目の下に青味がかった腫物ができていて、そのために顔の皮膚がひきつり、何かを見すえたような目つきになっていた。ニコラは書斎に入るとすぐにそれに気づいたのだが、ちょうどそのとき電話が鳴って、受話器をとったルソー氏がその腫物の話をしはじめたのは奇妙な偶然だった。電話の相手はどうやら医師のようだった。この大柄でがっしりした老人が、自分の顔の腫瘍について他人事のように話しているのを聞いていると、ニコラは何だかおかしくなってきた。実際、ルソー氏の声は、まるで仕事の話でもしているときのように落ちついていた。「そうとは思えないんですがね」と彼は受話器に向かって言った。「実際、これが前の手術と何か関係があるとは思えんのですよ。ただ重たい感じがするだけなんです」ルソー氏は二年前、鼻の付け根から目の辺りにまで広がった癌性腫瘍の摘出手術を受けていた。実は、それは元々左頬にあったのだが、ひげを剃っているときに誤って切りおとしたら消滅し、それから五年後、突然、鼻の付け根に現れたのだった。イタリア式の移植術によって、病の進行は抑えられていたはずだったのだが……。

「たいしたことではない」ルソー氏は受話器を置くと独り言を言った。「皮膚を移植した箇所に炎症でも生じていれば、心配しなければなるまいが……思うに、この腫物は疲労のせいだろう。とはいえ、用心するに越したことはない。病を鼻で笑っていられる歳ではないのだからな」

いきなり思いがけない場面に出くわして、ニコラはどう話を切りだしたらいいのか分からなかった。それで、彼はルソー氏が何か質問してくるのを待つことにした。だが、建築家はじっと物思いに耽っていた。手術のことで頭がいっぱいで、とても客を愛想よく迎えようという気にはなれなかったのだ。「もしまた手術を受けたら」とルソー氏は呟いた、「もう体力が回復しないかもしれない」一般に、老人は自分の病気を他人に隠そうとしないし、病気のことを大げさに考えるのを恥ずかしいと思うこともないのだが、彼もまた例外ではなかった。

ルソー氏はようやく驚いたような声で言った。

「あんたがあのときの子供かね！　すると、もう私が若くないのも当然だ。で、あんたの母親は？」

「母は遠慮したんです」

「遠慮した？　そんなばかなことがあるだろうか？　信じられん。こんな老人に何の気兼ねがいると言うのかね？　ひょっとして、交通費を出し惜しんだんじゃないだろうね。なにせ、うちは遠いから……」

ルソー氏は歳をとるにつれて、ちょっとした出費も大げさに考えるケチくさい人間になっていた。フランの価値が下がっても、頑としてそれを認めずに、戦前と同じ額の生活費しか家に入れないのだ。そのくせ、自分ではいたって気前がよいつもりで、他人にとやかく言われるようなことは何もないと信じていた。例えば、彼は貸家を七軒持っていて、ときには借家人を強制的に退去させることもあったのだが、それについても彼には彼の言い分があって、もしその借家人が自分から訪ねてきて、「しかるべき態度で」事情を説明しさえすれば、即座に家賃を待つことに同意していたはずだというのだ。「それなのに」と彼はよくこぼした、「そんなふうに事が運んだことは一度もない」彼は知りあったばかりの人にはとことん親切にする質だった。ただし、彼の優しさの裏には、相手が不愉快なことを言ったりしたりするのを待ちわびているようなところがあった。彼は絶交のときに備えて、相手の前でしきりに世間の図々しさや身勝手さを皮肉り、口癖のようにこう繰りかえした。「相手が誠実でありさえすれば、私は何をされても許すでしょう。ですが、もし私が何かに気づいてしまったら、そのときはもう終わりですよ。それっきりだ」

「坊や、要するにあんたは一人きりで来たんだな。あんたの母親は私に気を遣った、と。彼女がそんなふうに気を回す人間だとは思わなかったよ」

ニコラは建築家が気を悪くしているのに気づいた。

「いや、分からんじゃない。坊や、あんたの母親に伝えてほしい、無理強いするつもりはないとな。実際、他人に無理強いするのは私の趣味じゃない。私には何一つ押しつけるつもりはないよ、誰にたいしても、な。私と付き合うのなら、皆、自分の好きなようにしてくれればいい。私は私で好きにやらせてもらう。古い考え方かもしれんが……」

ルソー氏は両手を広げて書斎全体を示した。

「私はここで静かに暮らしている。誰を傷つけることもなく、な。私ももう歳だ。他人の行く手を阻もうとは思わんよ。もっとも、私がとっくに地下で眠っていると思っている者も少なくないようだが……あんたはまだ若い。そうだな？」

「二十三歳です」

「いやはや。もし人生をもう一度やり直せるとしても、私は御免こうむるな。これからあんたを待ちうけているさまざまなこと、さまざまな節目を思うと……これだけは言っておこう。何もあてにしないことだ。何もあてにせず、ただここにこうしていること、それが幸せというものだ」

ルソー氏はまた自分の書斎を示した。

「この先、私に残されているのは、心静かに最後の日を迎えることだけだ。むろん、それが明日であって欲しいとは思わんよ。だが、たとえそうなったとしても、『仕方がない』と呟くだけの話だ。それにしても、まあ、椅子にかけなさい。いくらあんたの足が丈夫だと言っても……」

ニコラは「ずいぶん悟りすましたものだな」と胸の内で呟いた。「じゃあ、さっきの不安げな様子は何だったんだろう……」

「母からいつお訪ねすればよいか伺うように言われています」ニコラは建築家の気持ちを和らげるためにそう言った。

「おっと。そんなことは言っておらんだろう、あんたの母親は」

「いえ、本当に母はいつお訪ねすればよいか伺うようにと……」

「いつお訪ねすればよいかだって？　何て質問だ！　むろん、彼女の好きなときにだ。そんなことは彼女だってよく分かっているはずだ。あんたはいったい私に何を言わせたいんだね？」

ルソー氏は大儀そうに立ちあがった。

「ちょっと失礼して、妻を呼んでこよう。妻をあんたに引きあわせんと」

しばらくして、ルソー氏は一人きりで戻ってきた。

「妻もあんたに会いたがっておる。あんた、もう少しだけ時間がおありかな？」

「もちろんです」ニコラはそう答えながら、長居は望まれていないことを悟った。

「私の記憶が確かなら、あんたの両親がパリを離れたのは一九〇五年頃だったな」

「そのはずです」

「で、あんたの父親は亡くなった。そうだね？　実際、戦争が殺すのは兵隊だけじゃないのだな。この写真をごらんなさい。私の息子だ。かわいそうに、流感にかかって一週間で天に召されてしまった」

ルソー氏は妻が書斎に入ってきたので言葉を切った。ルソー夫人は柄つきの鼻眼鏡をかけて、家の中でも杖をついていた。彼女はしげしげとニコラを眺めると、夫にこう訊ねた。

「この人なの？　あなたがいつも話しているアフタリオンさんの息子は？」

「ああ、あのアフタリオン夫妻の、な」

ルソー夫人はまたニコラを観察した。

「すてきな若者だこと！」

それから、夫に向かって言った。

「この人とお知り合いになれば、ピエトリさんの息子も喜ぶでしょうね。あの子はお友だちが一人もいないんだもの。いつも一人きりで……あなたはお友だちがいらっしゃるの？」最後の質問はニコラに宛てられたものだった。

「いいえ」

「よくないわ。若い人には仲間がいないと。同じ年頃の若者と付き合う習慣をおつけなさい。今度、あなたのことをピエトリ夫人に話しておきます」

ルソー夫人はこう言って、ゆっくり部屋を出ていった。

ニコラはさっきから自分たち親子の窮状を訴える機会を窺っていた。その彼に、建築家が「今、あんた方はどこに住んでいるんだね？」と訊ねてきた。彼はここぞとばかりに一息に言った。

「とりあえずユージェーヌ・マニュエル街に家具付きアパルトマンを借りたんです。仕事が見つかったら、自分たちの家を持つつもりです」

「あんた、仕事を探しているのか？」

「ええ」

「昨今、そう簡単には見つからんだろう？」

「おっしゃる通りです」

「で、どんな仕事を探しているんだね？」

そう訊かれて、ニコラはつい「別に、何でも」と答えてしまった。

この返事は嘆かわしい結果を生んだ。それまでルソー氏がぼんやりとアフタリオン親子について想像していたことが、この瞬間、はっきりした形をとったのだ。「やはり」とルソー氏は胸の内で呟いた、「この親子は目的もなくでたらめに生きている連中だ。例えば、大金を手にしたら、それを瞬く間に使いはたしてしまうような連中だ」そう思うと、ルソー氏の心に一つの疑念が芽生えた。そして、それとほとんど同時に、この若者が突然訪ねてきたわけが判明した。「そうか、金に困っているということか。きっと知り合いを手当たり次第に訪ねて、それでもどうにもならなくて、ついにここにまでやって来たのだろう」ルソー氏は妻を呼んだことを後悔した。いつも注意するよう言っているのに、彼女はまたへまをしでかしてしまった。こんな男にピエトリ家の息子を紹介すると言いだすなんて……ピエトリ家というのはボルドー地方でブドウ園を経営している裕福な一家のことで、そこに寡黙な息子が一人いるのだった。

「私にはあんたに何の助言もしてやれんよ。だが、仕事を探す前に、まず自分が何に向いているのか考えるべきだろう」

「おっしゃる通りです」

ニコラは勢いに乗ってこうつけ加えた。

「ルソーさん、あなたなら、ひょっとして私たちの力になってくださるのではないでしょうか？　私は外国語が二つできます。英語とドイツ語が」

ルソー氏はちょっと考えこんでから、冷ややかに言った。

「一つ、訊いておきたいことがある。あんたはフランス人かね？」

「もちろんです」

「もちろん、か。だが、私はこの点にかんしてあんたほど確信を持ってはおらんよ。あんたの父親は外国人だったはずだ。あんたも、もしフランス人になる手続きをしたのでなければ、父親と同じ国の人間のはずだろう」

「その逆です。手続きが必要なのは、フランス人であることをやめて、父と同じ国籍を取得する場合です」

「どういうことだ？」

「つまり、特別な手続きをしない限り、私はフランス人だということです」

「それが本当であることを祈るよ。だが、それとこれとは話が別だ。つまり、あんたの仕事の話は、な。私としても、まずはあんたのことをいろいろと知っておかなければならん。そうはそうだろう？　学校の卒業証明書を持って出直してきなさい。卒業証明書だけじゃない、役に立ちそうな書類はすべて持ってくるといい。ただし、断っておくが、私の知り合いにあんたの力になれそうな者はおらんよ」

＊＊＊

ニコラがユージェーヌ・マニュエル街に戻ると、アフタリオン夫人が息子の帰りを待ちわびていた。

「どうだった？」

ニコラはただ一言、「ちょっと待って。全部、話すから」と答えた。

いつもニコラは何か事件があると、その話をするのをできるだけ遅らせようとした。兵隊が国もとから届いた手紙を、封も切らずに何時間も懐に温めておくようなものだった。たとえ話す気になったとしても、彼は聞き手から質問攻めにされない限り口を開かなかった。このときも、彼がルソー家訪問の顛末を語りだすまでずいぶん時間がかかった。

「私も一緒に行くべきだった」ニコラの話が終わると、アフタリオン夫人はすぐにそう言った。

「ママンが一緒でも何も変わらないよ。奴ら、まるで聞く耳を持たないんだ」

「私が一緒に行っていれば、ぜったいに違う結果になっていたわ」

「それなら一緒に来ればよかったんだ」

「そんなこととは知らなかったもの」

「明日、行ってくればいい」

「もう手遅れよ。今さら何ができるって言うの？　もうルソー氏の考えは変わらないわ。私たちとしてはむしろプリュドン氏あたりに会いに行くのが良策ね。プリュドン氏には大きな息子さんもいることだし。彼はどんなときに誰の門を叩けばいいか、その辺のことをよく知っているの。今度は私もおまえと一緒に行くわ。ええ、私もこの身に鞭を打ってね」

実際、アフタリオン夫人は自分の両親と多少とも付き合いのあった人に会うのをひどく嫌っていた。彼女の両親の知り合いというのは、要するに、彼女とアレクサンドルの結婚に反対した人たちだったからだ。彼女はアレクサンドルと駆け落ちしたとき、その連中とはきっぱり縁を切ったつもりでいた。それだけに、大方の予想どおりに落ちぶれた今になって、彼らに頭を下げに行くのは辛かったのだ。もちろん、でまかせを言って体裁を保つこともできないではなかった。金は十分にある、ただ息子に無為な生活を送らせたくないから仕事を探してやっているだけだ——そう相手に信じこませる手もあった。だが、彼女はそんなお芝居をするのも気が進まなかった。嘘をつくこと自体がいやだったのではなく、何かの拍子に真実が露呈して、恥をかくのが怖かったのだ。結局、ニコラは一週間後に一人きりでプリュドン氏に会いに行った。今回は、彼も屈辱的な思いをしないで済んだ。というのも、プリュドン氏は七年前に亡くなっていて、家族も散り散りになっていたのだ。

アフタリオン親子は毎日のように親戚や知人に会いに行き、いつもがっかりして帰ってきた。彼らは誰を訪ねても似たりよったりの対応にしか出会わないので、人間というのは外観がまるで違っていても、中身はこうも似かよっているものかと驚かないではいられなかった。もっとも、彼らがこの発見をそれほどはっきり意識していたわけでもないのだが。アパルトマンの大家はすでに何度も彼らに家賃を催促していた。昔、金利生活を送っていた大家は、今、家計のために働いたり、家の半分を他人に貸したりしなければならないので、恨みごとばかり言っていた。ニコラは夕方、よく旅行代理店でもらった光沢紙のチラシを持って部屋に帰ってきた。そこには、エンディガンや、ヴェネチアや、インターラーケンの写真が載っていた。こうした土地でのんびり暮らして、エクスカーションに出かけたり、夕食後にホテルのロビーでくつろいだりするのがアフタリオン親子の夢だった。

ニースから出てくるときに二万フランあった金も、今ではごく僅かしか残っていなかった。だが、この親子は二人とも、生活を切りつめるということのできない人間だった。いくら「明日はぜったいに一サンチームたりとも無駄にしない！」と心に誓っても、彼らはいっこうに浪費癖を治すことができなかった。それでも、ときには彼らも、新聞を買わず、ワインも飲まず、カフェにも寄らず、バスも乗らずに一日を過ごして、夜、いくら節約できたか二人で顔を突きあわせて計算することもあった。だが、なまじブレーキをかけると欲望が十倍に膨れあがって、後がとんでもないことになった。実際、その翌日は昼から高級レストランに出かけて、食後はブールヴァールのミュージックホールや映画館に足を運んだ。プログラムが終わって外に出ると、彼らも何時間かぶりに目が覚めるのだが、その目に自分たちの窮乏が深刻に映れば映るほど、侘しいアパルトマンに戻る気になれず、「これでどうにかなるわけでもあるまい」と気休めを言いながらお気に入りの店カフェ・ド・ラ・ペで一休みして、陽気で騒がしいレストランに向かうのだった。さらに、夕食後にどこかの劇場に寄って、ようやく疲れきって、自己嫌悪に苛まれながら家路につくのは深夜だった。そんなときは、さすがに彼らも本気で生活態度を改めようと考えて、翌朝は我が身を罰しようというのか、バターの入っている食品戸棚に手を伸ばそうともしなかった。だが、アフタリオン夫人の決意が揺らぎはじめるのに時間はかからなかった。じきに彼女の中に、「買いたい！」という抑えようのない欲望が頭をもたげるのだ。それで、ニコラが「このネクタイ、くたびれているな」と言えば、つい「新しいのを買えばいいじゃない」と言ってしまったし、彼が一言「オーデコロンがない」と言えば、「いいわ。今日の午後、ゲルランさんの店に寄ってくるから」と答えるのだった。そして、ひとたび外に出ると、彼女は朝方とはすっかり別人になった。実際、彼女はすべての店の前で立ちどまって、中に入っては値段を訊き、数百メートル先に行くのにもタクシーを使った。自分の置かれている立場をすっかり忘れ、買い物を楽しむ時間を少しでも長びかせることだけを考えて、安手のアクセサリーを買うのにもあれかこれかと悩みつづけるのだ。彼女にとって、店員にとり巻かれているとき以上の幸せはなかった。店員にとり巻かれていると、ギャンブルに夢中になった人みたいに自制がきかなくなってしまうのだった。

一方、ニコラはだんだん怒りっぽくなってきていた。いろんなことが思うようにいかず、どっちを向いても壁にぶつかってばかりなので、神経質になっていたのだ。いつも彼は散歩しながら、「こんな暮らしをしようと思ったら、いったいいくら必要だろう?」と考えていた。例えば、運転手つきの自動車を持つには、年に一万フランで足りるだろうか、といった具合に。後で母親に意見を求めると、母親は彼の話にうっとりと聞きいって、ときおり「女って金のかかるものなのよ。服や宝石に値段はないわ」とか、「きれいな物に囲まれて暮らそうと思ったら、お金に糸目はつけられないわ。今、街で流行っている服を見てごらんなさい。あれこそ洗練の極みよ。すばらしいわ」とかと口を挟んだ。用意周到なニコラは、いつか建てるつもりでいる豪勢な屋敷の図面をすでに自分で引いていた。どの店で家具を買って、どの仕立屋で服を作らせるか、また、どのカフェをひいきにして、どこに旅行に行くのかも決めていた。彼はときおり散歩の途中に、想像力をいたく刺激する眺めに出くわして、「これこそ僕の理想の贅沢だ」と呟くことがあった。それはイリュミネーションでけばけばしく飾りたてたパッサージュだったり、絨毯とシャンデリア、それに壁に設えた小さなショーウィンドーが魅力的なホールだったりした。そんなパッサージュやホールを眺めながら、飽くこともなく何時間も立ちつくしていると、彼は胸に熱いものが込みあげてくるのを覚えて、満ちたりた気分になった。周囲には街を散歩している人たちが行きかい、たいてい、どこからか楽団の演奏が聞こえてきた。

＊＊＊

アフタリオン親子の暮らし向きを変えてくれるような出来事が何一つ起こらないまま、二か月が過ぎた。「もしこのアパルトマンを手放さないとしたら」と、ある朝、ルイーズが言った。「今度、家賃を払ってしまえば、手もとにはもう二百フランしか残らないわ」そこで、彼らはどこかのホテルに小さな部屋を二つ借りることにした。ニコラがカレー街にあるノックス・ホテルの部屋を押さえてきたのは、ユージェーヌ・マニュエル街を離れる前日だった。一つは表通り、もう一つは中庭に面した部屋で、二つ合わせて、今の家具付きアパルトマンの半分以下の値段だった。

4

午後八時、ニコラはフォンテーヌ街の小さな食堂を出た。母親とノックス・ホテルで暮らすようになってから、毎晩のように通っている店だった。息詰まるような暑さがパリの街を覆っていた。どんよりした青空は蒸気のように揺れていた。周囲はまだ明るく、夜が来るまでのこの安らぎのときはもうしばらく続きそうだった。ホテルまでの距離は四百メートルたらずだったが、その短い距離を歩いている間、ニコラはずっと魔法にでもかかったような気分に浸っていた。というのも、家々の背後から流れてくるひんやりした空気を頬に感じながらゆっくり歩いているうちに、ふいに未来が信じられるものに思えてきたのだ。彼の顔は輝いていた。頭の中で、未来という言葉が確かな手触りを持ちはじめていた。彼はすれ違う人々の未来を思い描きながらこう呟いた。「たしかにこの人たちは金を持っているかもしれない。若さだって、権力だって持っているだろう。でも、僕の未来だってこの人たちの未来と同じくらい光り輝く可能性があるはずだ」昼間、彼は絶望的な考えに捉われていたのだが、その考えも今ではすっかり影を潜めていた。せいぜい、心の底にたなびく靄の中で、いろんな心配事が互いに殺しあう人の群のように縺《もつ》れあっているだけだった。彼はこの一日を振りかえった。あてもなく歩きつづけた一日だった。すると、やはりあてもなく歩きつづけたこの数か月間の一日一日が脳裏に蘇ってきた。だが、今はすべてが順調だった。金の心配もなかった。何しろこの世で一番大切なのは若さと健康で、それをどちらも持っているのだから。ふだん、彼は自分よりも辛い目に遭っている人を見ると、いくらか心が慰められるのだったが、そんな慰めももう必要なかった。もはや過去は存在しなかった。彼は日頃のこまごまとした気がかりを全部忘れて、漠然とした未来、ただし可能性に満ちた未来に顔を向けた。今、温かくて目に優しい落日の光が辺り一面に漂っていた。彼はその束の間の光景に胸をわくわくさせた。よい知らせが届いて喜んでいるときのように、また、その喜びを長びかせたくて、知らせが本当かどうか確かめずにいるときのように、彼は何も考えずに前だけを見て歩いた。そして、ときどき、「結局、生きていくだけさ！」と呟いた。この夏の夕べ、彼は自分の途方もない夢がいつかかならず実現すると確信していた。彼の夢、それはとにかく一番偉い人間になることだった。彼の目に、まだ誰も成功したことのない手術に挑んでいる外科医の姿が浮かんだ。もちろん、その外科医は彼自身だった。「主役を演じるのは僕だ。僕にはそれが約束されている」そう思うと、彼の心臓は高鳴った。彼の傲慢さには際限がなかった。他人と顔をつき合わせると、彼は自分の力を誇示しないではいられなかった。常に一番上に立つ人間でなければ気がすまなかった。もちろん、その彼にしても他人より劣っていると思うことがないわけではなかったが、そんなときも、いつか相手の気づかないうちに立場が逆転しているはずだと考えると、満ちたりた気分になれるのだった。

こんなふうにニコラの心に驚異的な自信が芽生えるのは、たいてい一人きりで夕食をとった後か、友人と別れた直後、あるいは夕暮れが迫ったときだった。午前中でも、ベッドを出てまだ誰とも話をしていないときなら、その可能性はあった。その場合、少しくらい天気が悪くても差しつかえないのだが、雨が激しく降って外に出られないようだとだめだった。ひとたび驚異的な自信が芽生えると、彼は最高の地位と幸福を思い描きながら、脇目も振らずに歩きつづけた。おしゃれをして、豪華ホテルに住み、気ままに散歩したり、世界じゅうを旅してまわったりする自分の姿がありありと目に浮かんだ。自動車や、高級アパルトマンや、いろんな家具や、召使が、つまり金持ちのステータス・シンボルが次々に脳裏を過った。実は、彼はふだんからそうしたものをたやすく手に入れることができると信じていた。それは彼だけではなく、彼の母親もそうだった。それで、この親子はよくこんな言葉を交わした。「世の中には自分の財産をもてあましている人がいるらしい。そのうち僕たちに譲ってくれる人もでてくるよ。そうしたら、すぐに使いはたしてみせる。それも、最高の使い方でね」「私たちはお金持ちになるように生まれついているのよ！」ニコラはいつも金を使いたくてうずうずしていた。彼の目標は金持ちになることだった。そのことばかり考えていたので、ときにはもう目標に到達してしまったような気になって、何時間も億万長者のつもりでいつづけることもあった。そんなとき、彼は値札を見ないで買い物をしたり、周囲の尊敬のまなざしを背中に感じて悦に入ったりしながら、「僕の成功を知ったら皆はどんな顔をするだろう？」と考えた。人々がいっせいに彼に興味を示し、嫉妬心を押し隠しながら面会を求めてくるのが、彼にはまざまざと見えるのだった。彼が「僕もこの人みたいになりたい！」と思う人と話していて、いつも驚かされること、それは相手の顔の清潔さだった。彼はその清潔さを自分も手に入れたいと思っていた。それには、ぜったいに走ったりしないで、こまごましたことに気を遣えばいいはずだった。毎日、上着をちゃんと替えて、指や爪の手入れを怠らず、髪も完ぺきに梳かしておけば、やがて彼の人柄からも、きめの細かい服の布地からも、もちろん染み一つない真っ白な顔からも、あの憧れの清潔さがすっと立ちのぼるはずだった。

ノックス・ホテルの前でニコラは立ちどまった。すると、幸せが彼を追いこして、遠くへ飛びさっていった。実は、この幸福の瞬間というのは長くは続かないのが定めだった。そもそも、それは何か用事があったり、どこかに行かなければならない場合に限って生じるもので、何もすることがないときにはぜったいに生じないものなのだった。ニコラはしばらくホテルの前でぐずぐずしていた。ホテルの主人夫婦が食事をしている時間帯に、受付に寄って部屋の鍵をとるのがいやだったのだ。この日の朝、ニコラのメールボックスには三度目の請求書が入っていた。彼には主人に事情を説明したり、部屋代の支払いを待ってくれるよう頼んだりする勇気はなかった。それでも、彼はようやくホテルに入る覚悟を決めた。「こんなの、ばかげている。僕のことを蔑んでいるような俗物を相手に、思い悩んだりするなんて」彼が鍵に手を伸ばすと、はたして食事中の主人が席を立ってきた。

「請求書のこと、お考えいただけましたかね?」

「ええ、もちろん……ありがとう」

ニコラはいつも訳もなく「ありがとう」という言葉を口にした。通りすがりの人と意味のない言葉を交わしただけで、別れ際に「ありがとう」と言うこともあった。

「やはり、きちんと払ってもらわないと!」

主人はこの言葉を言ってしまうと、調子が出てきたようだった。

「もうずいぶん待ったつもりなんですがね。あんたの母親は、服を買う金はあるんだろうに……」

「服なんか買っていませんよ」

「そりゃ、どうでもいいことだ。払うものさえ払ってくれれば。あんたの母親にちゃんと言っといてくださいよ。いくらなんでもやりすぎでしょう」

「言っておきます」

ニコラは階段をのぼりはじめた。行きずりのカップル専用の二階の部屋には明かりが灯っていたが、他の階は薄闇の中に沈んでいた。彼は一段一段這うようにしてのぼりながら、「僕はどうかしている」と思った。そして薄笑いを浮かべて立ちどまると、手すりから身を乗りだした。「払えないとはっきり言えばよかったんだ。これじゃあ、明日また同じことの繰りかえしだ。僕はいつも肝心なところで勇気が出ないんだ。お金がないんです、払えるようになったら払います、そう言うだけの話じゃないか。まるで簡単なことなのに」彼は一瞬、受付に引き返そうかとも思った。そして、実際に何歩か階段をおりかけた。だが、下から人の足音が聞こえてきて、彼は立ちどまった。「明日の朝でいい。何も急ぐことはない。だいたいあの男がもっと親切だったら、僕だってとっくに事情を打ち明けていたんだから」

彼は苦労して五階まで辿りつくと、母親の部屋をノックした。「おまえかい?」という声がした。彼は返事もしないで中に入って、開けはなった窓のそばの肘掛椅子に体を投げだした。暗くて檻のように狭い階段をのぼってきたので、陽の光を見ると生きかえった心地がした。母親はベッドに横たわっていた。ベッドの枕もとだけが乱れているのは、掛布の下から無理に枕を引っぱりだしたからにちがいなかった。部屋は散らかし放題だった。過去の裕福な暮らしの証拠となるもの、つまり写真とか、貝殻とか、ブロンズのキリスト像とか、香水の小瓶とかは、一日の埃でくすんだ暖炉の上に目立つように並べてあった。アフタリオン夫人はそんな思い出の品をとても大切にしていて、夫の死後、家具付きアパルトマンやホテルに引越すことになっても、けっしてそれを手放そうとせず、新しい部屋がどんな造りでも、かならず暖炉の上に、いつも同じ順序で並べていた。引越し直後の数日間は、そんなものが彼女の心の支えになった。実際、暖炉を眺めていると、彼女は他のよそよそしい家具のことを忘れて、昔からずっと同じ部屋に暮らしているような気持ちになれるのだった。部屋の隅に置いたトランクは、布で覆われて、椅子がわりになっていた。ベッドの下には、高級店のマークの入った色の派手な空箱が転がっていた。ナイトテーブルの上には、チョコレートの入っていた復活祭の鈴が載せてあった。壁には映画俳優の絵葉書が貼ってあった。アフタリオン夫人の最初の一言はこうだった。

「マルセルに借金を頼んだかい?」

長い間、外国人と一緒に暮らした彼女は、人のファーストネームを発音するときに変な抑揚をつけるくせがついていた。彼女は自分も外国人だと思われることに奇妙な喜びを感じていて、ふだんは少しも訛らないくせに、何故か人の名前を言うときに限って、フランス以外の国籍を匂わせるような発音をするのだった。ニコラは返事をしなかった。しばらくして、今度は彼が訊ねた。

「ナザロフ夫人に会ったの?」

「会ったわ。でも、彼女、こっちの話をカンペキ無視なの」

アフタリオン夫人はまた若者言葉が大好きで、街中で耳にした表現をやたらと使いたがった。ただし、それが彼女本来の話し方でないことは、ちょっとした点ですぐに分かった。実際、「あの人、私たちをシカトなの」とか「ウザイ奴」とか言うときの彼女は、まるで何かの役を演じているみたいで、無理してその言葉を口にしているようだった。実はそんな話し方をするのも、彼女にとっては自分を外国人に見せるための一つの手段だった。言葉をまず街中で覚え、それが俗語であることを知らずに使っている外国人をまねていたのだ。彼女は立ちあがって、息子を優しく見つめた。

「晩ごはんは済ませたの?」

「ああ」

「今日は何を食べた?」

ニコラはその日の食事を事細かに語るのが好きだった。いつからか、それが彼の唯一の趣味になっていた。食事の話をしていると、彼は心配事を忘れることができた。食事のこと以外はすべて頭の中から消えてしまうのだ。

その晩、彼はこう答えた。

「そんなことはどうでもいいよ」

アフタリオン夫人は口をつぐんだ。息子のしかめ面を見ているうちに、彼女の胸に深い悲しみが込みあげてきた。しばらくして彼女は言った。

「ホテルの主人には会った?」

「あたりまえだろう」

「出ていけって言っていた?」

「いや」

「私には言ったわ。相手が女だと、強気なのよ」

沈黙が続いた。やがて彼女は悲しげに言った。

「今度こそ、このコートを売らないとね」

「だけど、妙な包みを抱えてホテルを出ようとしたら、主人に呼びとめられるだろう」

「部屋代のためだって言えばいいのよ。実際、私、もう三百フランしかないもの」

アフタリオン夫人は思い出の詰まった品を手放すたびに、身を切られるような思いをしていた。それが昔の裕福な暮らしの証拠だからというだけではなく、そもそも彼女は、人にも、物にも、習慣にも、ひどく執着する質だったのだ。実際、彼女はいったんある習慣を身につけたら、それにたがうことはぜったいにできなかったし、ある場所に暮らしはじめたら、他にもっといい場所が見つかっても、もうそこを動けなかった。このコートは、本当なら二週間前には金に換えていなければならなかったのだが、古着屋で値段を聞かされるたびに、彼女が狂ったように怒りだしたのだ。「ほら、やっぱり！　買うときは法外な値段を払わされて、売るとなるとただ同然！」彼女は店員を罵り、泥棒呼ばわりして、警察に訴えると脅しながら店を出た。実は、こんなふうにすぐに騒ぎを起こすのも彼女の特徴の一つで、このときはコートを手放す決心がつかず、それで不機嫌になって、周囲にあたり散らしていたわけだが、それに加えて、彼女には被害者の顔をしたがるところもあった。とにかく、彼女は誰かに奪いとられでもしない限り、何一つ手放すことができなかった。

このコートとももうお別れだと思ってしょげかえっている母親に、ニコラは声をかけた。

「ほら、ママン、僕がいつか金持ちになって、もっといいのを買ってあげるから。もちろん、このコートよりいいのがあるとすればだけどね」ニコラは、母親が「もっといいもの」を約束されると不機嫌になるのをよく知っていた。彼女にとって、今持っているものより優れたものなどあり得ないのだ。世の中には、ほんの些細なことで、皆に見捨てられたみたいに落ちこむ女がいるが、アフタリオン夫人もその一人だった。そういう女は約束の時間に遅れたり、何かを壊したりするだけで、まるで最悪の不幸にみまわれたみたいにうろたえるものだが、アフタリオン夫人もまた、いつも取るに足らないことを思い煩っていた。以前、幸せに暮らしていたときでさえ、彼女はいたるところに幸せを脅かす影を見出していた。

夜の帷が静かに下りてきた。まだ明かりの灯っていない向かいの家の窓辺では、ワイシャツ姿の男が風にあたりながら、アフタリオン夫人の窓にちらちらと視線を投げていた。彼女の部屋からは見えない狭い道を、バスが頻繁に行きかっていた。彼女のベッドにはもう収納袋から出したコートが広げてあった。彼女は電気のスイッチを入れた。まだ夏の盛りだというのに、彼女の心は時間を追いこして、すでに冬の到来を感じとっていた。コートを売ろうと決めたときから、彼女にとって中間の季節、つまり春と秋は存在しなかった。一年のうち、六か月は夏で、残りの六か月は冬だった。誰でも中間の季節を飛びこえてその先のことをあれこれ心配しはじめると気が滅入るものだが、今の彼女もそうだった。一方、ニコラは夢想に耽っていた。ときどき彼は部屋のちょっとした細部に目をとめた。彼の視線はまるで新しい気晴らしを求めているみたいに、一つの細部から別の細部へと移りつづけた。

突然、彼は激しく笑いはじめた。

「もし有り金を使いはたしたら、僕たちはいったいどうなるんだろう?」

アフタリオン夫人は振りかえりもしなかった。彼女はベッドに座って、コートを機械的に撫でていた。そして、ときおりその手を休めると、病気にかかった動物の皮膚のように磨滅した袖の縁飾りをじっと眺めた。

ニコラはしばらく笑っていたが、まるでそれがお芝居だったかのように、突然、ぴたりと笑うのをやめて、また同じ言葉を繰りかえした。

「どうなるんだろう?」

アフタリオン夫人は首を振った。

「いったい、どうなるんだろう?」

親子は顔を見あわせた。ただし、ルイーズの手はあいかわらずコートを撫でつづけていた。

「ニコラ、私たちはもうじき、本当に無一文になるのよ」

このとき、部屋の電話が鳴った。ニコラが受話器をとると、ホテルの主人が「香水の人」を部屋に上げてもよいかと訊いてきた。その話し方はばかに丁寧で、「うちは部屋代を払わない客にもサービスの質を落としたりはしないんですよ」と言っているみたいだった。

やがて貧相な男が部屋に入ってきた。香水メーカーの販売員で、夜、仕事が終わってから、こっそりホテルを廻って、商品を格安で売りさばいている男だった。男は手に持っていた小さなスーツケースをベッドの上に置いた。アフタリオン夫人は香水が大好きで、今では難しいことも言わなかったが、昔は気に入った香水を選ぶのに何時間もかけ、小瓶の蓋を開けては「何かが違う」と突きかえしたものだった。ジュネーブにいた頃の彼女は、どれも同じように見える薔薇の花に優劣をつけることができたし、些細なことが気に入らなくて被らなくなった帽子一つ一つの欠点を、はっきり指摘することもできた。彼女が何かを好きになったり嫌いになったりするときの決め手は、誰も気にとめないような細部だった。だが、今では、彼女にとってそんな細部はどうでもよかった。ものが存在するということがすべてだった。そんなわけで、以前なら色合いが気に入らない服はぜったいに着ようとしなかった彼女も、女行商人のところでたまたま手に取った服を着るようになっていた。彼女は日頃からゴシップ紙に載る衣類専門の女行商人のアドレスに目を光らせていて、口癖のように「最近は上流社会の女たちも行商人から服を買うらしいの」と言っていた。

＊＊＊

香水の販売員がやって来たのを汐に、ニコラは一つ上の階の自分の部屋に戻った。部屋の窓がやけに細長く見えるのは、それが両開きの窓の一方のガラス戸だけだったからだ。もう一方のガラス戸は隣接した洗面所についていた。窓の外には、井戸のように暗く湿った中庭が広がっていた。彼は入念にドアを閉めると、ぐったりとベッドの縁に腰をおろした。彼は疲れきっていた。今しがた階段をのぼるとき、両手が自由になるようにと被った帽子を脱ごうともしなかった。彼はふと、まだスイスにいた頃、「この戦争で、うちは破産するかもしれない」と母親が言っていたことを思い出した。

当時、まだ子供だった彼は、母親の言う破産をどれほど待ちのぞんだかしれなかった。破産したら、退屈な日常から解放されると思っていたのだ。予想もしないようなことが起こるにちがいなかったし、もしかすると世間から離れて暮らすことになるかもしれなかった。それこそ彼がひそかに切望していたことだった。今、彼は、母親がさっき口にした「もうじき無一文になるのよ」という言葉を声に出して繰りかえしながら、破産を望むなんて何て愚かだったんだろうと思った。

彼はベッドに横になった。目の前にいろんな思い出が現れては消えた。「もうじき無一文になる」と彼はまた口に出して言ってみた。「もうじき無一文になる……」彼は自分たち親子はまだ這いあがれるとずっと信じてきた。だが、ようやくその可能性が消滅しつつあることが分かってきた。また、時間が経てば経つほど、自分たちの浪費癖ときちんと向きあうのが難しくなるということも分かってきた。彼は子供の頃、何か困ったことがあればすぐに友だちとか親戚とかと呼ばれる神秘的な存在が救いの手を差しのべてくれるものと思っていた。だが、その友だちや親戚の正体を知った今、そんな甘い期待はどこかに消えうせていた。本当の家族と同じくらい頼りになると思っていた彼らが、実は赤の他人でしかないことが、彼にも骨身にしみて分かっていた。彼はたまに見知らぬグループの中に何時間か紛れこんでみることがあったのだが、友だちとか親戚はそのグループのメンバーと少しも変わるところがなかった。彼は歳をとるにつれて、だんだん皆が遠ざかっていくような気がしていた。まるで自分が少しずつ他人の関心に値しない人間になっていくみたいだった。

彼は下におりて、夜更けの街を散歩したくなった。この部屋にいると、まるで生き埋めにされたみたいで、こんな空気の薄いところで人生に立ちむかう勇気の出るはずがなかった。だが、ホテルの主人に「こいつ、部屋代を払いもしないくせに、訳ありの生活を送っているようだな」と勘繰られるのではないかと思うと、気軽に外に出ることとできなかった。彼は絶望的な気分に捉われた。今、僕にできるのは寝ることだけだ——そう考えると、絶望がさらに深まって、本当に息が詰まりそうになった。目を閉じると、熱があるせいか、周りのものがどんどん膨らんでいくような気がした。それまで重くのしかかっていた天井が黒い空に舞いあがって、彼の頭上に深淵がぽっかり口を開けた。その深淵が突然ぐるぐる回りだして、彼を足もとから呑みこもうとした。身につけていたズボンや上着が彼の体をぎゅっと締めつけた。まるで世間の人々に丈夫な布ひもで縛りあげられたみたいだった。彼の体から血の気が引いていって、全身に震えが走った。稲妻のような眩しい裂け目が天空を走った。その裂け目の中に、陽の当たった庭や、白い服が、つまり幸せの象徴のようなものがちらりと見えた。

彼は目を開けた。電気のスイッチを切っていなかったので、部屋の中は明るかった。もっとも、電球はとても小さくて、消えかかったランプの灯のようだった。窓の外に目をやると、中庭の向こうの窓の日よけが、室内の光にぼんやりと照らしだされていた。彼は体を起こして、ベッドの上に座った。無意識のうちに手がナイトテーブルの引出しに伸びて、薬の錠剤を探した。

「もうこれまでだ……もうこれまでだ……」十回、百回と、彼はそう繰りかえした。それから突然、口をつぐむと、このフレーズの音節の数を指折り数えはじめた。彼の頭の中に、一すじの光が差しこんだ。彼は立ちあがって、今度はちょっと皮肉っぽい、落ちついた大きな声で、また同じフレーズを唱えはじめた。「もうこれまでだ……」そして、こうつけ加えてみた。「僕はばかだ」すると口調が一変して、使用人を叱りつけるような言い方になった。「僕はばかだ……僕はばかだ……」彼はぎくしゃくした身振りを付けながら、部屋の中をやみくもに歩きまわった。何も考えないようにして、頷いたり、かぶりを振ったりしながら、一人きりでできるぎりぎりのところまで体を興奮させようとした。水浴びをした犬が元の姿に戻るために体をぶるぶる震わせるように、全身をできるだけ激しく振って、気だるさや悲しみを追いはらおうとした。そして、これが最後のつもりで「僕はばかだ」と言った後は、もうこのフレーズを口にしないために、またひどく苦労しなければならなかった。同じ唄のリフレインを何時間も口ずさんでいたときと同じだった。

彼は手ぬぐいの端を冷たい水で濡らして、顔をこすった。激しい興奮状態が去ると、彼の心は急速に醒めていった。もう彼にはあらゆることがどうでもよかった。彼は服を脱ぐと、電気を消して、ベッドに入った。そのとき、中庭の闇の奥から、マンドリンの音が立ちのぼってきた。旅の宿や初めての部屋で寝ころんでいるときに音楽が聞こえてくると、彼はきまって幸せな気持ちになった。音楽を聴きながら、いろんな思い出に揺さぶられて眠るのが好きだったのだ。彼はもう何も考えなかった。目を閉じて、眠りに落ちるまでマンドリンの音色に耳を澄ませていた。

5

次の日、ニコラはモナコに向かった。モナコというのはブランシュ通りとシャプタル通りの交差点にある小さなカフェで、彼はほとんど毎日、昼過ぎから夜更けまでそこで過ごしていたのだ。その店の電話ボックスは猥褻な落書きに覆われていて、受話器の横には店の納入業者たちの肖像画が掛かっていた。布団張りのドアからはみ出した毛とか、鱗のように剝がれおちる長椅子の防水シートとか、窓のない小部屋のキッチンとか、薄暗い中庭に通じる曰くありげな通用口とか、そうしたものすべてが悪徳と汚濁の臭いを放っていて、その臭いを壁に貼った営業許可書がかろうじて封じこめているような店だった。彼はそこで少しずつ常連客たちと顔見知りになっていた。皆にジョジョと呼ばれている、前髪を額に垂らし、首筋のあたりを刈りあげたボーイが、この日も女のような声で彼に訊ねた。

「やあ、ニコラ。何を飲む?」

ジョジョは通りすがりの客にもだいたい同じ言葉をかけていた。このボーイの自慢はすべての客の名前を憶えていて、誰にでも気さくに話しかけることだった。客に近づくときの彼はまるで女のダンサーみたいで、親指と人差し指で前掛けをつまみ、残りの指は、指の股を開いてピンと伸ばしていた。ときには客に何か投げる仕草をして、「ほら、花を受けとって！」と言うこともあった。彼は疲れるということを知らず、一日の始まりから終わりまで、歌って、笑って、すべての客の気分に合わせていた。「あんた、むっつりしているね」と彼はニコラに言った。「笑いたくなければ、一杯ひっかけて、無理にでも笑うもんだよ」

ニコラはいつも午後の三時には奥の部屋でカードを始めていた。相手は常連客のモラッチーニや、フレッドや、ジュリアンだった。何時間もの間に、彼は勝ったり、負けたり、また勝ったりしたが、どっちにしても金額にすればごく僅かだった。六時頃になると、店内が活気づいた。役人や、女たちや、商売人がアペリティフを飲みにやってくるのだ。ニコラはひたすら賭け事に没頭した。夕食の時間になると、彼はサンドイッチか、クロワッサンとカフェ・オレを注文した。カフェ・クレームを頼もうと思っていても、とっさに口をついて出るのはカフェ・オレだった。彼は何よりもホテルに帰る時間を恐れていた。

彼が陽の差さない穴蔵同然のこのカフェに来て、バンブーラという渾名《あだな》の黒人とすぐに顔を合わせない日は一日もなかった。夜の十時になると、バンブーラは近くのナイトクラブへジャズを演奏しに出かけたが、ときどきモナコに戻ってきて、ジョッキのビールを喉に流しこんだ。地味な色の服を着て、冬は毛裏付きのオーバー、夏は薄手のコートをはおったこの黒人は、周囲の人に「こいつは違う人種だ」と目をつけられているのではないかといつも心配していたのだが、誰も彼の肌の色を気にする様子がないので、徐々に自信を持ちはじめていた。バンブーラはモナコにやってくる女たちを軽蔑していた。というか、少なくとも軽蔑しているふりをしていた。というのも、彼には彼女たちがどこにも居場所のない女に見えていたからだ。もし男たちが彼女たちの悪口を言いだしたら、調子を合わせて相槌を打つのが利口だと考えていたし、実際にそうしてもいた。だが、ときには、女の陰口を叩いていた男たちが急に態度を変えて、「何を言っていやがる、この野蛮人！」とか「黒ん坊！」とか「国に帰ってクスクスでも食ってろ！」とかと罵ることがあった。そんなとき、彼は金持ちで立派そうな客を証人にしようとした。金持ちで立派な人なら、彼を公然と弁護してはくれなくても、心の中ではきっと味方してくれるにちがいないと思っていたのだ。彼の縋《すが》るような目がニコラに向けられることもあった。それはたいてい、その場にジュリアンがいるときだった。ジュリアンというのは黒人を黙って見過ごすことのできない男で、バンブーラに会うとかならず「おい、洗濯して白くしてこい」とどなるのだった。ジュリアンは昔、軽歩兵大隊の兵士としてアフリカにいたことがあって、そのとき覚えたフランス語と隠語とアラビア語がごちゃ混ぜになった言葉をいまだに忘れていなかった。彼がバンブーラを罵るのはほとんど生理現象みたいなもので、バンブーラは常にびくびくしていなければならなかった。実際、それはいつも突然だった。例えばカードをしている最中、ジュリアンはいきなりバンブーラを振りかえって、例の言葉で、「スィディバルカモスタガネム！」とか「トラヴァッジャラムケール！」とかと叫ぶと、まるで何事もなかったかのようにまたカードに熱中するのだった。

ニコラは大きい方の部屋を一回りして、何人かの顔見知りに挨拶を済ますと、恋人とバックギャモンをして遊んでいるフレッドの横に座った。皆はフレッドの恋人をオデット二世と呼んでいたが、ということは、どこかに別のオデットがいたのだろう。

「彼がインチキしないかどうか見張っていて」とオデット二世はすぐに言った。

毎日ぶらぶら遊んで暮らしているこの連中とニコラとの間には、いくつか共通点があった。とくに、どうしようもないほど贅沢に憧れている点や、何かとんでもない出来事を待ちわびている点がそうだった。実際、このカフェの常連たちは、いつも何かを待っていた。例えばフレッドなら、いつか夢の国にいざなってくれる女に巡りあうはずだと信じていて、毎朝、ホテルの部屋を出るとき、「もう、この部屋に戻ってくることもないだろう」と考えるのだった。彼は金もないのにいつもイニシャル入りの絹のシャツを着ていて、アクセサリーの手入れをする女よりも丁寧にそのシャツの手入れをしていた。ジャケットも部屋に帰るとすぐにブラシをかけて、そのジャケット専用の洋服掛けに吊るしたし、ズボンはラケットプレスのようにネジで絞めあわせることのできる二枚の木の板に挟んだ。彼は夏はベストを着ないで街に出て、ネッカチーフを風になびかせた。安レストランで食事をすると、服に染みができるのではないかと気が気ではなく、襟からナプキンを垂らすのは不粋だと知ってはいても、そうしないではいられないのだったが、上流階級の人の集まる場所では、態度をがらりと変えた。彼にとって我慢ならないのは、何の期待もできそうにない二流以下の連中と一緒のときに、服を汚してしまうことだった。その点、パジャマを着ていれば安心というわけで、彼はホテルの受付に「電話ですよ」と呼びだされると、きまってパジャマの上にジャケットをはおって現れた。当然、胸もとははだけていたが、そのくせ、髪はべったり撫でつけてあって、胸のポケットには色物のハンカチーフが入っていた。人前でワイシャツ姿になるのが好きなのも彼の特徴の一つで、実際、彼はすぐに上着を脱いだ。ベルトをきつく締めているのは、胸の形をよく見せるためだった。以前、映画に端役で出演したこともある彼の口癖は、「ひとかどの者になりたければ、衣装部屋を通れ」だった。ふだん、彼はなるべく余計なことは言わないようにしていたが、レストランでたまたま相席になった人とは、知らぬ者同士だけに気がゆるんで、あれこれ話をすることもあった。そんなとき、彼はきっぱりとこう言った。「フランスって国は、服装がすべてだ。きちんとした格好さえしていれば、どこでも受けいれてもらえる。敬意を払ってもらえるのさ」ちなみに、これだけ長いフレーズが彼の口から出るのは稀なことで、相手が下手に相槌を打てば、彼はむっとして黙りこんでしまうかもしれなかった。世の中には、礼を言ったり、謝ったりするとき以外は口を開こうとしない女がいるものだが、彼もそれと同じだった。今、彼はミュージックホールの演目を一つ準備していた。それは恋愛シーンをパントマイムと踊りで表現したものになるはずだった。

大きい方のオデット、つまりオデット二世は、彼の恋人であると同時に芝居のパートナーで（彼らのコンビ名は「オディフレッド」だった）、彼らが落ちあうのはいつもカフェ・モナコと決まっていた。オデットは痩せぎすで背が高く、髪は褐色、身なりはいつも袖なしマントに黒のフェルト帽で、首には白く輝く狩猟用のネクタイを巻いていた。彼らは二人一緒にいても、互いにまったく関心を示さなかったが、実は、他人に見せつける必要などまったくないほど深い愛情で結ばれているようだった。実際、フレッドが誰の目にも留まらないほど小さく合図すると、オデットはさりげなく席を立って、彼のそばにやってきたし、彼らが別れるときに一言も言葉を交わさないのは、何があろうとまた会うに決まっているからだった。オデットはよく他の男たちに冗談を言ったり、タバコをせがんだりして、彼らのグラスの中身を飲んだりもしたが、フレッドはそれに気づきもしない様子だった。

オデットは暇さえあればモンマルトルの酒場に足を運んで、寄席芸人が大劇場のスターを皮肉るのを楽しんでいた。彼女に言わせれば、大劇場のスターはケチくさい奴ばかりで、彼らの足もとで芽を出し、やがて彼らの地位を脅かすことになる若い才能を妬んでいるのだった。一方、彼女自身はボエーム風の不器用な生き方を、つまり、本人の言葉によれば「ナチュラルな生き方」を掲げていた。実際、彼女は日頃から飾り気のない話し方をしたし、育ちの良さそうな男たちと同席するときは、最初にこんな前置きをした。「私は何でもありのままに言うわよ。いいこと？　それで怒っちゃだめ。私は私だもの。私の辞書に偽善という文字はないの」そんな彼女には妬みぶかいところがあって、同性の友だちを作ろうとしないばかりか、自分以外のすべての女に憎しみを抱いていた。「あの女たちときたら、愛嬌を振りまいてばかりで……あんなの、全部、男を丸めこむためのお芝居よ」だが、その一方で彼女には懐の深いところもあって、誰かに傷つくようなことを言われたり、「誰それがあんたの悪口を言っていた」と耳打ちされたりしても、けっして腹を立てずに笑いとばして、「どうせその場のノリよ。その場のノリで言ったのよ！」と叫ぶのだった。彼女にはセルジュという三歳になる息子がいた。彼女はその子をフォントネー・オ・ローズの施設に預けていて、日曜日にはきまってパリのオルレアン門付近でサブレとオレンジを買ってからその子に会いに行き、夕方の五時まで一緒に散歩した。彼女は施設の乳母の前では人目を避けて出産したブルジョワ家庭の子女を装い、息子の前では、おとぎ話に出てくる妖精のような母親を演じていた。この子は彼女の生き甲斐だった。彼女は誰にも――フレッドにさえ――子供のことは話していなかった。自分の生き甲斐をずっと胸の内に秘めつづけてきたのだ。たとえ彼女の目の前で他の女が我が子への愛情を語っても、また、その愛情がいかに深くて、真摯なものであっても、彼女は「すべてを話してしまいたい」という思いに打ち勝ってきた。

「あんた、いつになったら踊りをマスターしてくれるの？」彼女はゲームの駒を片づけながら、ニコラに言った。

「いつと言われても……」

「冗談はよせ……少しは考えてものを言え……」フレッドが彼女をたしなめた。

フレッドには、なぜ彼女がこんなに堂々とへまをやらかすことができるのか、さっぱり理解できなかった。準備中の演目がまだ完成していない以上、ミュージックホールのことを人前で話すのはご法度のはずだったのだ。彼は「俺は他の連中に遅れをとっているのではないだろうか」という不安にいつも苛まれていた。ぐずぐずしているうちに、せっかく空いた席をライバルたちに奪われそうな気がしてならなかったのだ。

「うちは、メンバーの数は十分に足りている。そうじゃないか?」と彼は続けた。「この青年には、この青年のやりたいことがあるだろう。君が口を挟むことじゃない」

「それに、僕はとても舞台になんかあがれませんよ」ニコラはフレッドをなだめるためにそう言った。

「ほら、見ろ……余計なちょっかいは出さないことだ。皆、それぞれ何とかやっているんだ。さあ、行こう。もう深夜だ」

＊＊＊

ニコラが一人きりになって三十分が経ったとき、一人の不具の若者が店に入ってきた。若者は杖をつきながら、ひどく苦労して歩いていた。一歩踏みだすごとに、左の足と腕がまるで脱臼しているみたいに捩《よじ》れるのだ。彼は誰にも目を向けずに店の奥まで進むと、ニコラのすぐ隣のテーブルに座った。もちろん、椅子に腰をおろすのも一苦労だった。若者の窪んだ頬は、薄いひげがところどころに影を作っていた。顔は真っ青で、唇はひび割れていた。異様に大きな目玉が肉の削げた眼窩にかろうじて収まっていて、背中は老人のように曲がっていた。まったく、生きているのが不思議なくらいだった。ただし、身なりはいたってシックで、麻痺した体を包みこむ服の折り目も鮮やかだった。彼は椅子に座ると、今度はその椅子に杖を立てかけようとして奇妙な動作をはじめた。彼の三つ揃いのスーツは、客のいびつな体型に合わせて仕立屋がいろいろと手を加えたにちがいなかったが、それでも流行りのスタイルに仕上がっていた。彼はどうにか杖を椅子に立てかけることに成功すると、テーブルに肘をついて、周囲の人を観察しはじめた。ニコラと目が合うと、微笑みを浮かべてから、さっと顔をそむけた。まるでお堅いふりをしておきながら、本当はそうでもないのだと仄めかす女のようだった。数秒後、若者は顔を歪めて笑いだした。

「面白いな」と若者は言った。「隣にいるのに話もしないというのは。そうは思いませんか？」

「僕も今、同じことを思っていました」

「ラファエルです、もし僕の名前に興味がおありなら」

「ラファエルさんですね。つまり、ファミリーネームはお持ちじゃないと」ニコラは相手が軽口を叩いているのだと思って、調子を合わせた。

「ラファエル・シモネ。で、あなたは？」

「ニコラ・アフタリオン」

不具の若者はじっとニコラを見つめてから、ちょっと恥ずかしそうに、注文したグロッグに指を一本浸した。

「熱すぎる。こんなの、飲めない」

ラファエル・シモネは裕福な実業家の一人息子だった。家ではひどく甘やかされて、親や女中が彼の言いなりになるのはあたりまえだったから、一歩外に出て、人々がそれぞれの道を歩んでいるのを見ると、彼は自分が弱くなったように感じた。ただし、そのために怖気づくことはなく、むしろその感覚を驚きながら楽しんでいた。というか、ずっと単調な生活を送ってきたので、彼はいつの間にか自分の弱さを痛感する機会をすすんで求めるようになっていて、群衆や、街の喧騒や、大都市の神秘に激しい恐怖を呼びさまされると、手を打って喜んだ。やはり普通の人とは少しずれていたのだ。そんなわけで、彼は外に出たきり、何日も両親のもとに戻らないことがよくあった。道に迷うことを無意識のうちに求めて街をさまよい、疲れ果てて動けなくなると、通りすがりの人に家の住所を伝えて、タクシーに乗せてもらうのだ。両親は彼を傷つけるのを恐れて、一言も叱らなかった。彼は無垢な魂の持主だったが、それだけに自分の異常さに気づいていなかった。子供は自分が大人よりも背が低いのはあたりまえだと思っているものだが、それと同じように、彼は自分が異常なのはごく自然なことだと思っていた。彼は誰かにちょっとでも話しかけられると、まるで重大な知らせを耳打ちされた人みたいに誇らしげに顔を輝かせた。そして、相手の言っていることがよく理解できなくても、じっと耳を傾けつづけた。彼を魅了するのは、話の内容ではなく、言葉そのものだった。彼にとって、言葉とはまず人と人とを結びつける絆だった。他人の話を聞いていると、彼は未知の世界に足を踏みいれたような気になって、そのうち相手が手を振って叫んだり、怒ったりしても、一度生まれた絆はなかなか彼の心から消えなかった。

彼の部屋にはありとあらゆるものが詰めこまれていた。子供の頃のおもちゃも全部とってあった。彼は自分の持ち物を異様なほど大切にする質で、しかも誰かが要らなそうなものを持っているとすぐに「僕にくれませんか?」と声をかけるので、いつの間にか雑多なものが彼の部屋を埋めつくしたのだ。だが、仲間の誰かが「このポケットナイフ、欲しい人?」などと言いだすと、彼は殉教者のように苦しまなければならなかった。「僕!」と手を挙げたくてたまらないのに、内気なせいでそれができず、結局、他の者にとられてしまうのだ。そんなとき、彼は勝利者をわきに呼んで、「それ、君の役には立たないよ……たぶん君だって、そんなものが本当に欲しいわけじゃないよね……」と囁くのだが、相手は注目を浴びたばかりの人間に特有の、あの「心ここに在らず」といった調子で彼をあしらい、一刻も早く仲間たちの輪に戻ろうとした。そんなことがあると、ラファエルは家に帰ってもしょげ返っているので、母親はすぐに彼をベッドに寝かしつけなければならなかった。すると、彼はベッドに仰向けになってまるまる一時間天井をにらみつづけてから、突然、母親を枕もとに呼んで、今日あったことを涙ながらに語るのだった。他の若者と違って、彼は自分の考えを何一つ隠そうとしなかった。ふつうなら恥ずかしがるようなことまで、洗いざらい打ち明けた。ただ、その話し方には知的なところもあったので、まったくの子供には見えなかった。

両親は事情を知ると、同じものを買ってあげると彼に約束するのだが、彼は耳を貸そうとしなかった。「同じもの」ではなく「仲間が持っていったもの」でないと納得できないのだ。そんな彼をなだめるには、「その子からもらってきてあげる」と言う他なかった。「でも、彼がいやだと言ったら？」と訊きかえす息子に、「そうしたら、こっそり盗ってくるさ」と父親は答えた。父親は、明日になれば息子が何もかも忘れていることをよく知っていたのだ。とにかく、ラファエルはいつも奇妙なものばかり欲しがって、「欲しがっているのは僕だけじゃない」と言い張った。その彼に、両親はぜったいに逆らわなかった。逆らえば、手がつけられなくなるのが分かっていたからだ。実際、彼はほんの些細なことで腹を立て、取るに足らないことで機嫌を損ねた。逆上した彼を見るのは辛いことだった。彼の怒りは、力のみなぎる男の怒りでも、陰湿な女の怒りでもなく、子供が泣き叫ぶのとも違っていた。それは病人の弱々しい怒りだった。彼はどなったり、涙を流したりはしなかった。ただ、怒りに顔を歪めながら、両手をしきりに握ったり開いたりした。そして、麻痺した手足を動かそうとして、痩せた胸を反りかえらせた。その姿はまるで重い荷物を背負わされた子供のようで、今にも彼の中で何かが壊れてしまいそうだった。そのうち、彼は突然、鋭い悲鳴をあげながら椅子に倒れこんで、足を踏みならすのだった。

この不具の若者が店に入ってきたときから、ニコラはずっと落ちつかない思いをしていた。若者を良家の子弟だとにらんだ彼は、顔見知りの客がこの場に現れるのを恐れていたのだ。彼はとくにジュリアンを恐れていた。ジュリアンはニコラの顔を見ると、第十七歩兵連隊の歌をもじって「やあ、やあ、チビのニコラ」と歌ったり、「ごきげんよう、ナフタリン君！」と言ったりしないではいられない男だったのだ。

「僕はめったにこんなところには来ないんですがね」とニコラはラファエルに話しかけた。「父が亡くなったんです。それで財産を失って……」

ニコラはこう言うと、口をつぐんで相手の反応を待った。不具の若者は唇を固く結んだままだった。ただ、目だけは動いていた。異様なほど生き生きと。ようやく若者は言った。

「もう一度、言ってくれます？」

「財産を失ったんですよ」

ラファエルの表情には何の変化もなかった。だが、数秒後、彼の顔が輝いた。まるでようやく体じゅうに光が行きわたったみたいだった。手の指も動きだして、胸が波うつように上下した。ニコラはそれまで相手の指など気にも留めていなかった。

「ああ、分かります。財産を失ったと言ったんですね。ええ、分かりますよ。で、あなたは僕の言っていることが分かります？」

「もちろん」

「じゃあ、今、僕は何と言いました？」

「何って……自分の言っていることが分かるかって訊いたじゃないですか」

「ええ？　僕、そんなことを訊きました？」

ラファエルはその質問もまたすぐに忘れてしまった。穴の開いた大きなニッケルの玉に、ナプキンを通しているボーイの姿に目を奪われたのだ。

「あの玉、何に使うんです？」ラファエルはニコラに訊いた。

「ナプキンを通すんですよ」

「ナプキンを通す？」

「そう。そうだと思いますよ。まあ、僕はこの店にはめったに来ないから、よく知らないんですけど」

ニコラはこんな店で日がな一日過ごしている人間だと思われるのはいやだった。今、彼がここにいるのはただの偶然ということにしたかった。だが、まっとうな人間に見られたいと思う一方で、それとは対極的な考えも彼の心の中に芽生えていた。さっき、ふと「この男はきっと金を持っている」と思ってしまったのがいけなかったのだ。彼は二つの選択肢の間で揺れはじめた。図らずも柄の悪い場所に足を踏みいれてしまった通行人のふりで押し通すか、それとも、この若者の少し足りないところにつけ込んで、手持ちの金を巻きあげるか。「この男は赤の他人なんだ。軽蔑されたってかまわない」そう考えると、彼の身内に勇気が湧いてきた。彼は不具の若者に顔を寄せて、低い声で話しはじめた。

「さっき、うちは財産を失ったって言いましたよね。実際、その通りなんです。昔は何でもありました。アパルトマンも、ピアノも、アンティークの家具も。それが、今ではどこに住んでいると思います？　ちっぽけな安ホテルですよ。僕ら、つまり僕と母は、ちっぽけな安ホテルに部屋を借りているんです。もう僕らには何も残っていません。レストランで食事をするのにも、僅かに残った服を売っているありさまなんです」

「あなた、財産を失ったんですか？　で、その後、何て言いましたっけ？」

「こいつ、わざとばかを装っていやがる」とニコラは思った。「たとえ金を貸してくれと百回頼んだとしても、こいつはわけの分からないふりをするだけだろう」彼はそれでも、一度だけ運を試してみたかった。

「少しお金を貸してもらえませんか？」

「お金？」

「ええ」

ニコラは聾唖者と話しているときみたいに、ポケットから何かを取りだして相手に与えるまねをした。そのとき、彼はカフェの入口近くに六十歳くらいの老人が立っているのに気がついた。その老人は人に怪しまれないように劇場のポスターを読んでいるふりをしていたが、ときどきニコラたちの方をちらりと見ていた。メガネをかけているので、目の表情までは分からなかった。グレーの顎ひげを生やした男で、その手はコートのポケットから紙切れを出したり、それを別のポケットに入れたりしていた。

ボーイのジョジョが「ほら、そんなところに突っ立ってないで」と男に声をかけた。「どこでも好きなところに座って！」ジョジョは両手を広げて店内を示した。

通りに面したガラスの壁のわきに、丸テーブルが三つ空いていた。居心地がよくないので、いつも客のいない席だった。ジョジョに促された老人は、慌ててそのうちの一つに座った。ニコラは口をつぐんだ。この見知らぬ老人の存在が、何故か彼の不安をかき立てた。彼は老人をちらちらと盗み見た。しばらくして、「もうあの老人は何か他のことに気をとられているにちがいない」と思いながら、もう一度様子を窺うと、老人は唇に指を当てて「黙っていて」と合図してきた。ニコラはとっさに顔をそむけた。彼はすぐにでもその場から立ち去りたかった。だが、急に立ちあがる勇気もなかった。老人に背を向けて座っている不具の若者は、さっきから一人で喋りつづけていたが、ときどき話を中断して、「さっきの話をもう一度してくださいよ」とニコラにせがんだ。ニコラは適当にごまかそうとしたが、若者は執拗だった。ニコラは調子に乗って金の話などしなければよかったと後悔した。ラファエルが「ところで、さっきの話は何でしたっけ?」と訊くたびに、彼は「もういいですよ……もうたくさん……何か別の話をしましょうよ」と遮った。この「もういいですよ」を六度目に口にしたとき、彼は老人が立ちあがって近づいてくる気配をはっきりと感じとった。ラファエルも顔色を変えていた。だが、ラファエルは何も気づいていないふりをして、またニコラに言った。

「あなた、さっき、何か言いましたよね?」

「さあ。知りませんって」

「いや。あなたは何か言っていた」ラファエルの声は怒気を含んでいた。

この若者は、すでにすぐそばまで来ている父親に、見知らぬ人と会話ができるというところを見せたかったのだ。

「誓ってもいい、僕は何も言っていない」ニコラはそう答えながら、こいつ、ぜったいにわざとだ、と思った。「こいつは僕に、この老人の前でもう一度、金を貸してくれと言わせたいんだ……」罠にかかったと彼が臍をかんだとき、ラファエルの顔つきがすっと和らいだ。老人が息子の手を握ったのだ。

「さあ、もう帰ろう。こんなに遅くまで起きていると体に障るよ。私はおまえのためだけを思って言っているんだ。分かるだろう？　さあ、行こう」

シモネ氏はそう言うと、ニコラを見た。

「この子に家に帰るよう言っていただけませんか。私はこの子の父親です。この子は、ひょっとすると私よりあなたの言うことを聞くかもしれませんから」

ニコラはほっと胸を撫でおろしながら、ラファエルに言った。

「お父さんのおっしゃるとおりになさい。だいたい、僕はさっきから言っているでしょう、もう家に帰ったほうがいいって」

ラファエルは一瞬、驚きの表情を浮かべたが、何も言わずに、テーブルをずらすようニコラに指図した。

それを見た父親はとたんに元気づいて、「どうかそのまま、そのまま。私がやりますから」と言いながら、大慌てで息子の世話を焼きはじめ、息子が通れるようにテーブルをずらしたり、椅子に載せてあった帽子と杖をとってやったりした。

ラファエルが立ちあがると、父親はその腕をとって、ドアの方に歩きだした。だが、息子がまだニコラに「さようなら」を言っていないことを思い出して、こう言った。

「さあ、ご挨拶なさい。あの方はおまえに優しくしてくれただろう」

不具の若者は振りかえると、笑みを浮かべながら、自由に動く方の手でニコラに別れの挨拶を送った。まるで汽車が動きはじめたときの挨拶みたいだった。

午前二時にカフェは看板になった。ニコラは店の外に出た。昼間どんな天気だったのかも知らない自分に気づいて、彼はつくづく我が身が情けなくなった。久しぶりに母親やモナコの常連客以外の人に触れたおかげで、自分がどんなに卑劣な人間になっているのかもよく分かった。「もし今」と彼は呟いた、「酔っぱらいか、頭のおかしい人が目の前に現れたら、救いの手を差しのべることしか考えないんだけど……」いくつかの窓に明かりが灯っていた。きっと、昼間、額に汗して働いた人や、楽しく遊んだ人が暮らしているにちがいなかった。病みあがりの人間が外を歩くと、熱い空気の層となまぬるい空気の層を交互に通過しているように感じるものだが、彼は今、気持ちがひどく弱っていたので、それと同じような感覚を覚えた。彼は何とか元気を出そうとした。だが、不具の息子を迎えに来たあの父親の愛情を思うと、自分の身の上がしみじみ悲しくなった。彼は周りの世界を揺さぶりたかった。できるだけ遠くへ旅立って、そこで皆と同じように暮らしたかった。もうモナコには二度と行くまい、と彼は胸に誓った。「僕を救ってくれるのは金だけだ。もし金があれば、僕は今とは違う人間になる。気前のよい人間になって、善いことをいっぱいする。周囲の人たちを幸せにするようにがんばる。だけど、まずは金だ」彼の脳裏に、金を手に入れるための方策が次々に浮かんだ。あらゆる種類の偶然、結婚、事業……あまりに多すぎて、いったいいくつあるのか、数えきれなかった。だが、突然、今、一人きりで夜道を歩いていることを思い出し、「金持ちになろうが、このままだろうが、夜道を歩くのにどれほどの違いがあるだろうか」と思った。

6

午後三時頃、ニコラがアフタリオン夫人の部屋を訪ねてみると、彼女は昼食もとらずに、服を着たままベッドに寝ていた。息子が来ても、頭をもたげようともしなかった。

「ママン、どうしたんだ?」

彼女は気だるそうにタンスを指さした。

「もうお金がないわ」

ニースを離れるときに現金化した二万フランがなくなってしまうまで、彼女が無一文になる日のことを本気で考えたことは一度もなかった。彼女はどんな部屋に引越しても、自分のささやかな財産を鏡張りのタンスの中に隠すことにしていた。タンスの中にしまってある厚紙の香水瓶ケースの隙間とか、肌着の下とか、一番上の空の引出しとかに、少しずつ分けて隠すのだ。こんなふうに金を少しずつ分けたり、その隠し場所を毎日変えたりするのは、虫のように素朴な彼女の本能のなせる業だった。彼女はタンスから百フランとり出すたびに、その分だけ金が減ったという事実、例えばもう千三百フランではなく千二百フランしか残っていないというあたりまえの事実に驚愕した。そして、持ち金が残り少なくなってくると、さすがにいつか借金が返せなくなるかもしれないことや、もうヴァカンスの計画を立てている場合ではないことをはっきりと意識するようになった。彼女の脳裏に、「私が店に行かなくなったら、あの美容師はどう思うだろう？」とか、「今に街に遊びに出かけられなくなるかもしれない」といった考えが次々に浮かんだ。断念しなければならないすべての娯楽が彼女の目の前を過った。芝居見物もその一つだった。彼女にとって、芝居はパンと同じほどの重さを持っていた。というか、パンほど重くはなかったが、その分、芝居は光り輝いているので、どちらも同じくらいの価値があったのだ。

不安でたまらなくなると、彼女は金を数えなおした。すると不思議なことに、タンスの引出しを閉める頃には、不安はどこかに消えていた。彼女は努めて何も考えないようにしていた。一歩外に出ると、彼女は目にするものすべてに心を引かれた。花屋の店先では、カーネーションが彼女の足を止めた。「買うな」という声が一瞬どこからか聞こえてくるのだが、すぐに彼女の頭の中に靄のようなものがたち込めて、理性の働きがストップした。彼女は足を機械的に店内に進めて、いちばん美しいカーネーションを選ぶと、ハンドバッグの口を開けて、夢でも見ているような調子で代金を払った。そして店を出ると、店員が肩に差してくれた花を、首を傾げてうっとりと眺めた。そんなとき、彼女は夢遊病者みたいに無防備で、自分でも何を言っているのか分からないまま、ぶつぶつとこんな独り言を言った。「これで最後にするわ……これで何が変わるというわけじゃなし……どうせ遅かれ早かれ……」その晩、彼女はコップに差したカーネーションを窓辺に置いたままベッドに入って、翌朝、道の埃をかぶって萎れた花を眺めながらしばらくは落ちこんでいるのだが、やがてタンスの金を数えはじめて、外に出かける頃にはすべてを忘れていた。こうして、昨日、カーネーションで起こったことが、絹のストッキングや、化粧品や、手袋で繰りかえされた。彼女はつい浪費してしまった分は、チップをケチることで取りもどすことにしていた。それで、よく「チップ、あれで足りたかしら？」とニコラに訊ねたり、「皆、あのくらいしかチップを置いていないわ」と言い訳したりする羽目に陥った。

アフタリオン夫人はどうしても浪費欲に打ち勝つことができなかった。そして、いつも金を使った後になって、何か過ちを犯したり、つい弱い心に流されたりしたときに覚えるあの胸苦しさを味わった。若い頃の彼女なら、そんな胸苦しさが込みあげてきたら、それをなんとか抑えつけようと躍起になったはずなのだが……元々内気でプライドの高い彼女は、家で使っている女中に何か盗られても、何も言えないような娘だった。盗みの現場を目撃することもたびたびあったのだが、ある種の羞じらいのために当の女中よりもっと居たたまれない気持ちになってしまって、結局、まったく関係のない質問をして相手をほっとさせるのがおちだった。だが、それも昔のことで、もし今、彼女が何か盗まれでもしたら、ぜったいにただでは済まなかっただろう。金を使わずにはいられない彼女が、その金を他人に奪われて泣き寝入りするはずがなかった。

世間には、彼女のことを「ケチだ」とか「あの女がケチでなくなるのは自分の楽しみのために金を使うときだけだ」などと言う人もいた。だが、彼女はけっしてケチではなかった。それどころか、プライドが高くて、周囲にどう見られているのか気になってしかたがない質なだけに、誰かれなしにプレゼントを贈ったし、非常識なほど高額なチップをボーイに握らせたりもした。そんなときの彼女はまるで催眠術にかかっているみたいだった。自分の立場をすっかり忘れて、おとぎ話のお姫さまにでもなったつもりで周囲に金をばらまき、そのお返しに、深々とお辞儀されたり、微笑みを送られたり、こまごまと気を遣われたりして悦に入っているのだが、頭の中には靄がかかっていて、何が起こっているのかはっきり理解してはいなかった。そして、そんな熱に浮かされたような状態が去ってから、ようやく調子に乗ってやり過ぎたと後悔するのだ。彼女はいつもこうだった。

数年前、ニコラが何をやっても長続きしなかったとき、本人はそれを気にする風でもなかったのだが、何かにつけて嘆いてばかりいたアフタリオン夫人は、息子がこんなになったのも自分のせいだと考えた。それ以来、彼女は何か行動を起こす前に、かならず長々と思い煩うようになった。こんなことをしたら、後で苦労することになるのではないか、と不安でならないのだ。もっとも、彼女が本当に恐れているのは、行動の結果そのものというよりはむしろ、気がかりがまた一つ増えることだった。金がすっかりなくなる頃には、彼女は病的なほど過去を悔いるようになっていた。「もし、あのとき、心の声を聞いていなければ」とか「もし夫に財産を委ねていなければ」とかと思っていると、彼女の目には、今とは違う人生を送っている自分の姿がありありと浮かんできた。世の中にはよく「あの男が私の無邪気さにつけこんだの」と言って嘆いている女がいるが、彼女の場合は、愛するがゆえについ気前よくふるまってしまったことを後悔しているのだった。彼女にとって何よりもこたえたのは、ようやくすべての障害から解放されて、人生を楽しむ術も身につけた今になって無一文にならなければならないことだった。いくらニコラが「済んだことは済んだことさ」とか「後ろを振りかえっても何にもならないよ」などと励ましても無駄だった。これもすべて自分のせいだと思うと、彼女の悲しみは深まる一方だった。「もしやり直せるなら……」というフレーズがたえず彼女の口を突いて出た。彼女はかつて自分がすべてを予見していたような気がしてならなかった。ただし、その彼女が明日のことを本気で考えようとすることは一度もなかったのだが。

この日の午前中、アフタリオン夫人はずっと泣いていたのだった。朝、タンスを開けて、もう百フラン紙幣一枚しか残っていないことに気づいたとき、彼女はまるでそれに先立つ日々が何も予告していなかったかのように、愕然として叫んだ。「信じられない……信じられない！」そして、部屋じゅうをくまなく探しまわってから、ベッドに横たわって、泣きはじめたのだ。ときどき、彼女の口から「でも、借金はどうなるの？　借金は？」という呟きが漏れた。もう借りた金を返せないと思うと、彼女は体がぶるぶる震えた。

ニコラは窓から身を乗りだして外を眺めていたが、そのうち部屋の中央に戻ってきて、母親に訊ねた。

「だけど、まだ少しくらいは残っているんだろう？　まさか、二千フラン全部を使いきったわけでもあるまい」

「そうよ。まだ百フラン残っているわ」

「おい、ちょっと……」待ってくれ、と言う代わりにニコラは親指を立てた。

「親指なんか立てて、おまえは何が言いたいの？　いらいらする子だね。私たちがどんな立場に置かれているのか、おまえは理解しようという気があるの？　ばかなことばかり言ってないで、よく考えてごらんなさい。親指を立てたりして……おまえにできるのはそんなことだけなの？」

ニコラは肘掛椅子に座って、両脚を長々と伸ばした。昔、よく父親に叱られた姿勢だった。今、彼の心は不安でいっぱいだったが、そこにある種の喜びが混じっていないわけでもなかった。というのも、何かが確実に起ころうとしていたからだ。「いったい何が起こるのだろう？」と彼は自問した。「必要に迫られて、ついに働きはじめることになるのだろうか？　例えば、植民地に高官として赴くとか……」彼は部下に指示を出しながら、自由に歩きまわる自分の姿を想像してみた。すると、思いのままに生きたいという夢がようやく叶うような気がしてきた。これまで、彼は一人で旅行しているときにしか親もとを離れたことがなかったのだが、あらためて考えてみると、自立した生活を始めるのはそんなに難しいことでもなさそうだった。「これからは、一人きりで、誰にも煩わされずに生きていく」と彼は胸の内で呟いた。「誰の助けも必要としない。何しろ、自由さえ手に入れれば、他に欲しいものは何もないのだから」彼の目の前に、旅行中の日々のように美しい人生が広がった。

「私たち、どうなるのかしら？」アフタリオン夫人が唐突に言った。

「まあ、様子を見よう」

「おまえはいつもそんなことを言って……ええ、そうよ、なるようにしかならないわ。そう、なるようにしかならない……」

「じゃあ、他に何を言えばいい？」

「そんなこと知らないわ。とにかく、おまえはまるで動こうとしない。切り株みたいにいつもそこにいる。ねえ、少しは体を動かしてちょうだい。まるでおまえは何かを待っているみたい。何を待っているのか知らないけど。お願い、とにかく体を動かしてちょうだい。はっきり言っておくわ、私たちにはもうお金がないの」

「いったい僕に何をしろと言うのさ？」

「じゃあ、私に何かしろと言うの？」

「僕は何も求めていないよ」

「私だってそうだわ……」

「なら、何の問題もないじゃないか」

ニコラがそう言い終わらないうちに、アフタリオン夫人は叫んだ。

「ああ！　何の問題もない……何の問題もない……おまえはどうかしている。自分の言っていることが分かっていない。ごらんなさい、この部屋を。ほら、ごらんなさい。それでもおまえは分からないの？」

彼女は早口でこうまくしたてた。実際、舌がもつれるほどの早口だった。それで、ニコラには母親が何を言っているのかすぐには理解できなかった。突然、ぴたりと口をつぐんだとき、すでに彼女は立ちあがっていた。しばらくの間、彼女はどんよりした目で周囲を見まわしていたが、急に冷静な声で言った。

「教えてあげる。おまえにもたぶん分かるから」

彼女は小さなテーブルの前に座ると、そこに載っているものを全部、前腕で壁際に押しやった。それから封筒を一枚取って、そこにすべての借金を書きだしはじめた。きりのよい数字に整えるために、一つ一つの借金の端数は切り上げた。そうしておけば、借金生活から抜けだした暁には、手もとに数百フラン残るはずだった。だが、突然、彼女のペンの動きが止まった。彼女は昔から、文章を書いたり、面倒な計算をしたりする根気のない人間だったのだ。書きだした数字の総計を出さないまま、彼女は恐ろしそうに封筒を眺めた。

「こんなことをしたって、何の足しにもならないわ」

「何？」

「何の足しにもならないって言ったの」

彼女は鏡の付いたタンスに歩みよって、頭のてっぺんから爪先までしげしげと眺めた。

「こんなことがあると女は歳をとるわね。アレクサンドルと知り合ったとき、他にもっとやりようがあったはずなのに……と言っても、いったい何をどうすればよかったのか……」

彼女は髪を撫でつけながら、淡々とした口調で言った。だが、上下する胸や、震える指先を見れば、彼女が動揺していることは明らかだった。

「出かけるわ」突然、彼女はそう言った。

「でもママン、どこへ行くんだ？」

「知らない……知らない……とにかく外に出ないと……この部屋は耐えられない。一人になりたいの。どこでもいい。そう、テレーズに会いに行くわ。でも、彼女は会ってくれないわね」

「そんなこと、分からないさ」

「でも、私、できることは全部したでしょう？　これ以上、おまえは私に何をしろというの？　私に道で物乞いでもさせたいの？　そう、例えば、このホテルの前で」

アフタリオン夫人はまた早口になっていた。彼女は自分でも何故そうするのか分からないまま、借金を書きだした封筒をハンドバッグの中にしまうと、最後にもう一度、タンスの鏡を覗いた。暖炉の鏡に映った後ろ姿が見えるように、手が勝手にタンスの鏡の位置を調節していた。

「ドアの鍵は閉めなくていいよ」とニコラが言った。

「そうね、その必要はないわね。泥棒だって、この部屋に何もないのはよく知っているわね」

彼女は素手でハンドバッグをもてあそんでいた。

「手袋、持っていきなよ。別に着けなくてもいいんだから」

ベッドの枕もとに、人形が一つ寝かせてあった。ある晩、アフタリオン夫人が夜遅くまで開いているレストランで買ってきた人形で、彼女はそれにおばあちゃんという名前をつけて可愛がっていた。実際、彼女がメメにキスしたり、子供をあやすように話しかけたりしない日は一日もなかった。彼女は出かける支度を済ませた後も、数分間、部屋に立ちつくしていたが、突然、抑えようのない怒りに衝きうごかされて、手で人形を激しく叩いた。人形は暖炉の前まで転がっていって、大理石の板の上で止まった。そこには、商品の包み紙や、萎れた花や、果物の皮や、古新聞が捨ててあった。

「気でも違ったのか？」とニコラが言った。

一瞬、彼女は呆然としていたが、すぐにぶつぶつ呟きはじめた。

「本当だわ……私、どうかしている。ニコラ、その子を拾いあげてちょうだい。その子をベッドに戻して……私、どうかしている」

彼女が部屋のドアを開けたとき、ニコラはまだ座ったままだった。彼は肘掛椅子に座っていると、朝、ベッドに寝ているときと同じように、なかなか体を起こすことができないのだった。

「もう行くわ。その子のこと、お願いね」

「何時ごろ帰る？」

「分からないわ。そんなこと、どうしたら分かるって言うの？」

＊＊＊

母親が出かけると、ニコラは上着を脱いで、カーテンを閉めた。そしてベッドに横になると、すぐに眠りに落ちた。暑い日だった。蠅が電灯の周りを飛びかっていた。アフタリオン夫人お手製の針金で作った電灯の笠にも、その笠から垂らしたバラ色の布にも、木製の玉すだれにも、埃がぶ厚く溜まっていた。ニコラは六時頃、目を覚ました。昼日中に眠ったせいで、体が重くて、あちこち痛んだ。「ほら、少し元気を出せ」と彼は呟いた。「じっとしていないで、体を動かせ!」彼は顔を洗って、髪に櫛を入れると、部屋の中をざっと片づけ、足掛布団の皺を伸ばして、外に出た。「もう、ママンはテレーズの家に着いているはずだ」そう思うと、彼の身内に力が湧いてきた。彼は母親のコックレル家訪問に大きな期待を寄せていた。それだけに、母親が夜更けまで戻ってこなければいいと思っていた。道の曲がり角では、急に母親の姿が現れるのではないかと不安になった。というのも、帰りが遅いのはテレーズの家で歓待されている証拠、事がうまく運んでいる証拠だったからだ。彼はきっかり一時間散歩してから、ノックス・ホテルの前に戻ってきた。通りの反対側の歩道から、少し開けたままにしておいた部屋の窓を見あげると、両開きの窓に人の手が触れた形跡はなかった。

「よい兆候だ」と彼は頷いた。「ひょっとすると、ママンはもう金を手にしているかもしれない」

ニコラは気持ちが弾んできた。「滑りだしが好調だと、たいてい、そのままうまくいくものだ」彼の目には、人生がそれまでとは違ったふうに見えてきた。行くあてのない彼は、カフェ・モナコに向かった。知った顔を探して店内を一回りすると、一人の若い女と目が合った。体のラインを強調するような服を着た女で、安手のプリント地のワンピースの下に、形のよい胸が息づいていた。脚はテーブルの下に組んでいて、靴はくたびれた傷だらけのアンクルブーツだった。彼女には、「この女をものにできたら」と男に思わせるところがあった。身につけているものを全部はぎ取って、新しい服を着せてみたくなるような女だったのだ。それは彼女自身よく分かっていた。だから、彼女は安物の服を着ていることにまったく引け目を感じなかったし、おしゃれな女を妬むこともなかった。彼女はいつも急にしかめ面をしたり、態度をがらりと変えたりすることで、自分が自立した女であることをアピールしていた。彼女の顔にはこう書いてあった――「私くらいの美人になれば、誰の助けも必要としないわ。恋人を選ぶ時間ならたっぷりあるの」実際、彼女は男につれなかった。男とちょっとでも言葉を交わせば、その男が何を望んでいるのか彼女にはすぐに分かってしまって、それで口癖のように「男なんて皆、同じよ」と言っていた。最高にシックな男も、その逆の男も、彼女とデートの約束をすれば喜び勇んで待ちあわせの場所に出かけたが、そこに彼女が現れることはけっしてなかった。たまに男と一緒にタクシーに乗ることがあっても、男が下心を剝きだしにすると、彼女はその場で車を降りてしまった。「私たち、友だちだわ。それだけよ」そんな彼女も、実は、心から愛してくれる男とめぐりあうことを夢みていた。心から愛してくれる男と結婚して、死ぬまで一緒に暮らすのが彼女の夢だった。だが、彼女には男を選ぶ勇気がなかった。一度でも選択を誤ったらそれで一巻の終わりで、それ以後、誰も本気で愛してくれなくなると思いこんでいたのだ。「そうなったら、あの女たちの仲間入りだ……」日頃、彼女は浮名を流している女たちに会うと、にっこり微笑みかけてはいたが、内心ぞっとしていたのだ。

彼女はニコラをじっと見つめた。彼女の目には、ニコラの穏やかな表情や、遠慮がちな物腰が好ましく映った。そこで、彼女は彼の気を引くために、あれこれ考えずにさっと立ちあがって、食事客専用の一画に置いてある絵入り新聞をとりに行った。もちろん、絵入り新聞はただの口実で、本当は立ち姿に自信があったのだ。映画館でも、休憩時間が終わって席に着くのが一番遅いのは彼女だった。何かの事情でじっと座っていなければならないと、彼女は人混みの中に埋没してしまったような気になって、「これじゃあ、誰にも気づいてもらえない」と腹を立てた。今、彼女はニコラの視線を意識しながら、脚をしならせ、一足ごとに腰を振って歩いた。日頃、他の女たちから「わざとらしい」と陰口を叩かれている歩き方だった。薄手のコートは、体のラインがくっきりと浮かびあがるように、ボタンを全部かけたときよりもさらに体に密着させていた。自分の席に戻ってくると、彼女は椅子に腰かける前に片足で立ち、後ろを振りかえるようにしてもう一方の足のヒールをチェックした。ニコラは彼女から目が離せなかった。話しかけたかったが、彼にはその勇気がなかった。四人の客がトランプをしていて、彼女はその勝負に見入っていた。店内に他に客はなかった。声をかけない手はない、とニコラは思った。今にも何かが起きそうだった。例えば、他の男に先を越されるとか、彼女が店を出ていってしまうとか。今、話しかければ、そのすべてが事前に防げるはずだった。彼は一人きりの女性を見かけたときにいつもそうするように、彼女の隣のテーブルに座った。

彼は彼女が振りむくのをじっと待った。振りむいた瞬間に、微笑みかけるつもりだった。だが、彼女は新聞を読むのに夢中で、ストッキングの位置を直そうとしてスカートの裾を乱してしまったことにも気づいていない様子だった。平気で頭をぽりぽり掻いたりもした。もちろん、それはすべて、ニコラの視線に勘づいていないふりをするための演技だった。しばらくすると、彼女はぞんざいな調子でニコラの方を向いて、まともに彼の目を覗きこんだ。彼は予定通り微笑みかけることができずに、先に目を伏せてしまった。ふたたび彼が顔をあげると、彼女はまた新聞を読み耽っていた。「なんてばかなんだ」と彼は思った。「絶好のチャンスだったのに」だんだん、彼女が席を立ってしまうのではないかという不安が高まってきた。もっと大胆な男がやってきて、彼女の横に座らないとも限らなかった。突然、彼はそんな事態がすぐそこまで迫っていると確信して、胸の内でこう呟いた。「しかたがない。一か八かやってみよう。うまくいくかどうかは、やってみてのお楽しみだ」結果がどうであれ、声をかけてしまえば、ほっとできるはずだ。彼はそう考えながら、彼女に訊ねた。

「マドモワゼル、誰か待っているんですか？」

かしこまって「マドモワゼル」と呼びかけてみると、彼にはこのよそゆきの言葉がどこか奇妙に感じられた。そして、それとは対照的な「リュリュ」とか「ココット」とか「ペペ」とか「僕の宝物」といった愛称が、また、相手のまぶたに触るとか、「黙って」と囁くとか、指輪を替えてやるといった親密な行為が、次々に頭に浮かんだ。

「誰も待っていないし、皆を待っているわ」

彼女はこう言うと、まるで長い議論にけりをつけるときみたいに、新聞をわきに置き、肘をついて、ニコラをしっかりと見つめた。

「どう？　驚いた？」

「いや、驚きはしません。でも、よく分からない」

「どうして分かろうとするの？　人生なんて、分かろうとしちゃだめよ」

彼女の態度ががらりと変わったので、ニコラは慌てた。だが、同時に、大きな喜びが彼の胸に込みあげてきた。というのも、彼は話に耳を傾けてもらえさえすれば、女に気に入られる自信があったのだ。実際、彼は働いていないだけあって、どんな職業の垢もついていなかった。他人を傷つけるような人間でもなかった。それに、何と言っても特定の彼女がいなかった。

「でも、あなた、誰かを待っているみたいでしたよ」と彼は言った。

「で、そっちは女をさがしていたみたいね。きっと、そんなことばかりしているんでしょう」

「なんでそんなことを言うんですか？」

「おかしな人ね……あなた、見ず知らずの私に話しかけてきたじゃない。そうしたら、そう考えるのがふつうでしょう」

「それはちがう。僕があなたに声をかけたのは、あなたが他の誰よりもきれいだからだ」

「みんな、そう言うわ……みんな、そう言うわ……」彼女は歌うように言った。

ニコラはこんなおしゃべりなら何時間していても飽きなかった。彼にとって、これこそ人生で最高に甘美な瞬間だった。落ちこんだときに思い出すのも、こんなおしゃべりのことだった。心をそそる女性、しかもふいに姿を消してしまう心配のない女性と打ち解けて語りあう喜びは、他の何ものにも代えがたかった。

「お名前は？　ファーストネームだけでいいんですけど」

「みんな、私のことをシモーヌって呼ぶわ」あいかわらず歌うような調子で彼女は言った。

「シモーヌ？」

「そう。あなたは？」

「ニコラ」

「独身男の守護聖人、聖ニコラね」

彼はシモーヌの白い小さな歯と歯の間に隙間があるのに気づいて、子供の頃、そんな歯並びの子を「鉄格子みたい」とからかったことを思い出した。彼はうっとりと彼女の顔に見とれながら、ついに僕を愛してくれる女性が見つかった、これで人生が変わるだろうと考えた。だが、突然、「彼女は僕を金持ちだと思っているのでは？」という不安が胸を過った。それに、彼女にはもう恋人がいるのかもしれなかった。彼女が最初に口にした不思議な言葉――「誰も待っていないし、皆を待っている」――が頭の中でこだました。「彼女はきっと僕が大きなアパルトマンに住んでいるとでも思っているのだろう。もちろん車も持っていて、その車で彼女を家まで連れて行ったり、ドレスを何着もプレゼントしたりすると思っているにちがいない」彼は真実を知ったときの彼女の顔を想像した。

「このカフェにはよく来るんですか？」と彼は訊ねた。

「ときどき。今日は喉が渇いたから。あなたは？」

「僕も喉が渇いたから」

「二人とも喉が渇いていたというわけね」

「そう。そのくせ、二人ともまだコップにほとんど口をつけていない」

「喉が渇いていても、飲み物を口にしないことだってあるわ」シモーヌは少し困った顔をして言いかえした。出会いを求めて店にやってきたと思われるのがいやだったのだ。

「眠くても、眠らないことがある。それと同じってわけだ」

「からかわないで。でないと、私もあなたをからかうわよ」

「あなたはそんなことのできる人じゃないでしょう」

「なら、試してみましょうか？」

ニコラは自分の体にいくつか変なところがあるのを知っていた。彼はその変な箇所を隠そうかとも思ったが、隠せば告白するも同然だった。彼女はまだ気づいていないかもしれない。

「どうぞ」と彼は答えた。

「あなたの指、猿の指みたいだわ」

実際、ニコラの指は長くて、骨ばっていて、指先も付け根も同じ太さだった。

このとき、二人の青年が店に入ってきた。彼らはシモーヌが見知らぬ男と話しこんでいるのにすぐに気づいた。そして、その男のコップが彼女のコップとは別のテーブルに載っているのを見て、自分たちが来る前に何があったのかを即座に理解した。彼らは自分たちとシモーヌの仲をその男に見せつけてやろうと考えた。

「やあ、シモネット」一人がシモーヌの手を取りながら言った。もう一人は彼女のすぐ横に座った。ニコラは体を少し後ろに引いた。どんな態度を取ればいいのか分からなかった。

「友だちよ」彼女はニコラのことを二人の男にそう紹介した。

彼らはニコラに手を挙げて挨拶した。二人とも明るいグレーのスーツを着ていて、襟もとのスカーフと、ポケットの派手なハンカチーフが映えていた。靴はワニ皮だった。彼らはニコラのことなど気にも留めないふりをしながら、わざとニコラの知らない仲間内のことを話題にした。

「最近、ジョルジュに会ったかい？」と背の高い方がシモーヌに訊ねた。もう一方の男は、彼女の髪を眺めながら、父親のような口調で言った。

「もう少し伸ばした方がいい。うなじの辺りが短すぎる」

「あなたもそう思う？」彼女はニコラに訊ねた。

「いや、ちょうどいい長さです」

しばらくして、二人の青年のうちの一方が言った。

「シモネット、僕らは君を迎えに来たんだよ。ヴェルサイユに行くんだ。一緒に行って、食事でもしないか？　三人の方が楽しいからね」

「でも、こちらの方は？」

「こちらさんにはどうだっていいことさ。ねえ、そうですね？　かまいませんね？」

ニコラは頷いた。シモーヌは驚いて彼を見た。

「どうでもいいことなの？」

二人の男がじっと見ていると思うと、ニコラは返事をすることも、顔の表情でシモーヌに自分の思いを伝えることもできなかった。

「いいわ。あなたたちと一緒に行くわ」

一人残されたニコラの胸に、深い悲しみが込みあげてきた。彼は数分後に店を出た。シモーヌが戻ってくるかもしれないと思って、数分間待ったのだ。彼は自分の絶望的な境遇をあらためて思いおこした。夜の七時だった。母親が帰っているかどうか確かめるためにホテルの前を通ると、窓はあいかわらず半開きのままだった。彼はその足でいつもの食堂に向かった。

7

ニコラは部屋にあがる前にもう一度、歩道からノックス・ホテルを見あげた。今度は、母親の部屋の窓に明かりが灯っていた。「そうか、だめだったか」と彼は思った。何故そう思ったのか、それは彼にも分からなかった。

アフタリオン夫人はベッドに寝そべって息子の帰りを待っていた。部屋はひどく散らかっていて、肘掛椅子の上には帽子が放りだしてあった。彼女はまだ靴を履いていたが、靴ひもは解けていた。ニコラを見ると、彼女は跳ねおきて、首を横に振った。

「もういや。こんな役目はもうたくさん。おまえも少しはお金を借りに行ってごらん。どんな目に遭うか分かるわ」

「なんで僕なんだ？　ママンが行けばいいだろう」

「言ったでしょう、お金を借りるってのがどんなことか、おまえにも分かるから」

「そんなことはよく分かっている。今さらやってみるまでもない」

「いいえ、おまえはもう忘れている。もう一度やってみれば、記憶が蘇るわ」ニコラはきつい目で母親をにらんだ。母親は肩をすくめて、話しつづけた。「もういや。こんな目に遭うくらいなら飢え死にした方がましよ。二度とお金を借りになんて行かないわ。今日はピエール、明日はポールと頭を下げてまわって、どこに行っても疑り深そうな目で見られて、どこに行っても冷たくあしらわれて……あの連中もばかじゃないから、こっちの目的なんか百も承知なのよ。いいこと？　はっきり言っておく。私はもう一度こんなことをするくらいなら死んだ方がまし」

毎日の生活にうんざりしているところに、母親にまでこんな態度をとられると、もうニコラは込みあげてくる怒りを抑えようという気にもなれなかった。「いつも僕が全部ひっかぶるんだ」と彼は思った。「ママンがあんな無駄づかいさえしなかったら……おいしいところを持っていくのはいつもママンだ」彼には自分だけが辛い役目を負わされているように思えていた。実際、これまでいろんな人に頭を下げてまわったのは彼だった。これ以上、一人で走りまわるのはごめんだった。

「僕だってもう一歩も動かない」と彼は宣言した。「僕らは同じ立場に置かれているんだ。ママンも僕と同じように苦労すればいい」

彼は母親が手で耳を塞いで話を聞かないようにしているのを見て、口をつぐんだが、借金を頼みに行って侮辱されたり、一人だけ離れた場所に連れていかれたりしたことを思い出して、ますます腹が立ってきた。怒りの感情が膨らんでくるにつれて、悲しみの感情が潤《しぼ》んでいった。彼は怒りに身をゆだねることに、苦くて強烈な喜びを覚えた。彼はこぶしを握って、首筋をこわばらせた。今まで感じたことのないようなエネルギーが体の中を流れた。周囲のものすべてを上空から見おろしているような気がして、深い満足感が込みあげてきた。

「例えばロジーヌだ。何故ロジーヌに会いに行かない？」彼はこぶしで肘掛椅子のアームを激しく叩いた。「ママンはロジーヌと仲良くしていたじゃないか。それなのに、なぜ僕が行かなくちゃならない？　僕は仕事だって探しているし、できることは何でもやっている。ところが、ママンはただ待っているだけだ。そもそも、すべての責任はママンにあるというのに」

「私には何の責任もないわ」

「言っただろう、すべての責任はママンにあるんだ」

「私はね、私には何の責任もないと言っているの！」

「僕を怒らせたいのか？　もうたくさんだ。いいか。ママンは自分の姉のところに行って、それですべての義務を果たしたつもりでいる。冗談じゃない。我が身が可愛いのはママンだけじゃないんだ。僕もママンと同じようにする。もう一歩も動かない。この先、いったいどうなるか、見届けようじゃないか」

ニコラはますます興奮してきた。彼の口から切れ切れの言葉が飛びだした。意味をなさないフレーズもあった。だが、彼には自分の言っていることが眩いばかりの真実に貫かれているように思えていた。さすがに言い過ぎたと思って気持ちが緩みかけることがないではなかったが、ろくに反応も示さない母親を見ると、怒って当然だと思いなおした。

「ママンが一歩、足を前に踏みだせば、それで僕らは救われるんだ。それなのに、ママンはその一歩を踏みだそうとしない。そんなことをするくらいなら、その場で殺された方がましだと思っている。どうかしている。どうかしているよ。とても信じられない」

「そう言うおまえはどうなの？　おまえは働こうとしないじゃないの」

「僕が働こうとしないって？」

「そう。おまえは働こうとしない。もしおまえがその気になれば、とっくに仕事が見つかっていたはずなのに。それなのに、おまえは何一つしようとしない。おまえはいつも昼間、何をやっているんだい？　言ってごらん、何をやっているのか」

「それなら仕事を見つけてくれ」

「そんなもの、すぐに見つかるわ」

「そうか。じゃあ、見つけてくれ」

最近、この親子の間では、こんなシーンがたびたび生じるようになっていた。ときには収拾のつかない大げんかに発展することもあった。アフタリオン夫人には一つ、おかしなところがあって、彼女は「息子は母親を敬うものだ」と考えたことが一度もなかった。だから、昔、夫と口げんかをしたときのように息子とも本気でやり合ったし、息子にひどいことを言われても当然だと思っていた。そして、ひとたび興奮が鎮まると、息子の言葉をすぐに忘れてしまうのだった。息子の方もそれはよく分かっていた。もし彼女が「母親にそんな口のきき方をして恥ずかしくないのか」と一言言えば、それで彼は口をつぐんだはずだったが、実際にそんなふうに叱られたことが一度もないので、彼は母親にたいして、まるで友だちにたいするようにふるまってきたのだ。アフタリオン夫人はいったん怒ると手がつけられなかったが、翌日にはきまって息子の優しさや思いやり深さを周囲に吹聴した。家庭内のもめごとを他人に隠すことに、ある種の喜びを見いだしていたのだ。もっとも、彼女は息子と激しくやり合うことを恥じてはいなかった。むしろ、息子とのけんかを後で思いかえして誇りを感じていた。彼女には、この諍いが毎回、激しさを増していくことを願っているようなところがあった。

「ロジーヌのところになんか行かないわ。行きたくないもの」彼女はそう言いながら、半ば立ちあがって、隣の部屋に声が筒抜けだとニコラに身ぶりで伝えた。

「隣人なんか知ったことか。いいか、ママンが行くんだ……」

彼はとげとげしい目で母親をにらんだ。すると、母親も無意識のうちにその表情をまねた。やがて彼女は笑いだした。

「私にも自分の好きなことをする権利くらいあると思うんだけど、ちがうかしら?」

ニコラはもはや自制がきかなくなっていた。彼の頭の中には、母親を徹底的に怒らせてやろうという考えしかなかった。ただ、それにはどうすればいいのか、彼には分からなかった。

「行けと言っているんだ。いいか。行くんだ。僕の言うとおりにしろ」

彼が全身の力を込めてどなると、アフタリオン夫人は笑うのをやめた。

「おまえに命令される覚えはないわ。私はこれまで誰にも命令されずに生きてきたの。この歳になって、今さら生き方を変えることはできないわ」

ニコラの怒りは頂点に達した。彼は座っていられなくなって、立ちあがった。すると、天井が頭の上にずっしりとのしかかってきた。四方は限りなく厚い壁に取りまかれていた。彼の胸は破裂しそうだった。アフタリオン夫人は枕にもたれて座っていた。彼は何でもいいから最初に手に触れたものを母親の顔に投げつけようと思った。彼の目の前にあるものすべてが輝きを放っていた。彼は一歩足を前に踏みだした。さらに、もう一歩。暖炉の上に、アフタリオン夫人が日頃大切に使っているオーデコロンの瓶が置いてあった。彼はその瓶に視線を注いだ。それから、その横にある香水の小瓶と、ブラシと、灰皿と、花瓶を順々に見つめた。突然、彼はオーデコロンの瓶を摑むと、渾身の力で床に叩きつけた。部屋じゅうに芳しい匂いが立ちこめた。彼は一瞬、困ったような顔をした。壁にも、彼の服にも、ベッドにも、雫が飛びちっていた。彼の頭に明快きわまりない選択肢が二つ浮かんだ。このまま続けるか、それとも部屋を出ていくか。彼は母親の顔を目で探した。彼女の顔を見て、どちらを選ぶか決めるつもりだった。母親は恐怖に顔を歪めていた。まだ足りない、と彼は思った。彼女の顔に絶望的な哀願の表情が浮かぶまで続けなければならなかった。彼は暖炉に掛かっているインド更紗の端を摑むと、それを一気に引っぱった。暖炉の上に載っていたものがすべて、音をたてて床に落ちた。アフタリオン夫人が鋭い悲鳴をあげた。彼女は両腕で自分の体を抱きすくめるようにしてベッドを飛びだすと、シュミーズ姿で部屋の中を走りまわりながら、「殺される！　助けて！」と叫んだ。このとき、部屋のドアを激しく叩く音がして、母親と息子は顔を見あわせた。まるで犯行現場をとり押さえられた二人の共犯者のようだった。廊下で何人かの人の声がした。わざと部屋の中にまで聞こえる声で話しているようだった。「外国人ですよ。寄生虫みたいな奴らです。とっとと出ていってもらわないと。警察に連絡してください。ここの息子はいい死に方をしないでしょうよ」この言葉を聞くと、ニコラはすぐに冷静さをとり戻した。アフタリオン夫人は爪先立ちでそろりそろりとベッドに戻って、また体を横たえた。ニコラは彼女に「逆上して何も分からなくなっていたのだ」と身ぶりで伝えた。隣人たちが立ち去ると、彼はベッドの足の方に腰をおろして、後悔の念の滲んだ声でこう囁いた。

「ママン、僕を許して。僕らは不幸だね。僕にはもう自分のしていることがよく分からないよ。こんな生活が僕らをすっかりだめにしてしまうんだ。ねえ、お金のことなら心配しないで。もしママンが望むなら、今すぐロジーヌを訪ねてもいい。ねえ、そうしようか？　何でも言うとおりにするよ。だから、お願いだ、今日のことは忘れて。明日から僕は違う人間になる」

彼女は返事をせずに、何度か悲しげに首を振った。そして、自分の髪や、まぶたや、唇に手をやった。それは彼女が街中でもよくやる仕草で、知らないうちに顔に付着した埃を払っているのだった。ニコラは立ちあがって、壊れたものを新聞紙に包み、窓を開けてオーデコロンの匂いを追いはらった。

「おまえはばかだよ」アフタリオン夫人は苦々しげに言った。「私たちはもう素寒貧《すかんぴん》なんだよ。明日は道端で寝ることになるかもしれないの。友だちだって、親戚だって、誰も私たちを助けてくれやしない。そんなときに、おまえは手もとに残った僅かなものまで壊して、大騒ぎをやらかしたんだ。ばかだよ、まったく」

「ママン、僕は金を探しに行く。金を手に入れなければいけないし、きっと手に入れてみせる」

アフタリオン夫人は息子を見つめた。

「おまえが私にこれっぽっちの優しさも持っていないと思うと……私を街の女のように扱って……その辺のごろつきだって、おまえみたいなことはしないよ」

「ねえ、金を探してくるから」

「いいかい、今度のことはただでは済まないよ。明日になったら、きっとホテルの主人が私たちを追いだしにやってくる。考えてもごらん。部屋代を滞納して、その上、大騒ぎまでやらかしたんだから。私たちはどこに行けばいいの？　ねえ、私の可愛いニコラ、どこに行けばいい？」

「どこかによい部屋を二つ借りよう」

「お金がないんだよ。お金がなければ、誰も部屋なんか貸してくれないよ」

そう言いながら、アフタリオン夫人は小さな鏡を覗きこんだ。

「ひどい顔！　まるで一週間前から一睡もしていないみたいだよ。もういや。もう耐えられない。何とかしないと。何でもいいから、とにかく手を打たないと。ねえ、本当かい？　本当におまえはお金を借りに行ってくれるのかい？」

「もしママンが望むなら、今すぐにでも」

「ばかだね。もう深夜だよ。誰もドアを開けてくれないよ。いいかい、明日の朝、ロジーヌの家に行って、彼女に五千フラン頼んでちょうだい。彼女は男の気を引こうとするところがあるから、私が行くよりおまえのような若者が行った方がいいんだよ。とにかく、明日、話しましょう。今日はもうだめ。神経がいらいらして……もう休まないと。おまえもお休み」

8

翌朝、ニコラがロジーヌに会いに行くためにホテルを出ようとすると、ホテルの主人が彼を呼びとめた。

「アフタリオンさん、ちょっと。あんた、こんなことがいつまでも許されると思っているんですか？　どうなんです？　家賃を滞納したら、ふつうは恥ずかしくて人目につくようなことはできないものでしょう。もうたくさん。二十四時間後にこのホテルを出ていってください。あんたも、あんたの母親も」

間もなくニコラはロジーヌの家に到着した。騒々しい大通りに面した彼女のアパルトマンに足を踏み入れると、彼は洞窟の中にでも入りこんだような気になった。大量の家具や物がでたらめに詰めこんであって、元々どんな間取りだったのか分からなくなっていたのだ。ロジーヌというのは、ルイーズがアレクサンドルと恋に落ちた頃、ルイーズの母親ととても親しくしていた女性だった。いまだに独身の彼女は、布類や、服や、革製品をため込むことを唯一の趣味にしていた。いったんタンスの中にしまったものにはぜったいに手を触れようとせず、生活に必要な分、例えばナプキンならナプキン二枚だけは別に取りのけておいて、その二枚をぼろぼろになるまで使いこみながら、タンスの中にまだ真っさらのナプキンが山のようにあることを思ってほくそ笑んでいるのだ。彼女がニコラにたいして抱いた印象は、ルイーズが期待していたものとはおよそ正反対のものだった。つまり、「信用の置けない若者だ」と思ったのだ。それで彼女は「今、私の自由になるお金はないの。財産をすべて投資してしまったものだから。今は一銭たりとも現金に換えることはできないの」などと言い訳して、体よく逃げてしまった。

午後二時に、ニコラは母親と一緒にフォンテーヌ街の食堂に行った。食事が済むと、彼はまた一人で金策に駆けずりまわった。シャルルの家も訪ねてみたが、シャルルは三日前からルーアンに行っていて、晩にならなければ帰宅しないのだった。ニコラは彼にばったり会うことを期待して、夜になるまでプレール広場の周辺をぶらぶらして過ごした。

夜が更けても、ニコラは誰からも金を借りることができずにいた。ほんの僅かな金も手に入れていなかった。彼はシモーヌがカフェ・モナコで待っていたにちがいないと思うと、女に会いに行くこともできない自分の身の上が怨めしくてならなかった。また、彼の帰りを待ちわびている母のもとに手ぶらで戻る時間が迫っていると思うと、背筋に寒けが走った。彼は途方に暮れた。もうどこにも金を借りるあてがなかったし、かといってノックス・ホテルに帰る勇気もなかった。「僕の留守中、ホテルで何かあったにちがいない」母親の部屋はもう荷造りが済んでいるかもしれなかった。明日には出ていかなければならないというのに、彼はあいかわらず一文無しだった。

明るい夜だった。幌を外したタクシーが、人気《ひとけ》のない大通りを走っていった。生暖かい靄の中から、ときどき街路樹がぼんやりと浮かびでていた。樹の発散する田舎の匂いを嗅ぐと、ニコラは悲しみが和らぐのを感じた。そして、パリから遠く離れた場所で、心配事を忘れて、のびのびと暮らしたくなった。クリシー広場周辺のカフェのテラスは人だかりで黒くなっていた。メトロの入口では老婆が夕刊を売っていた。建物の上部に設置された反射鏡が、巨大なポスターに青白い光を投げかけていた。ニコラにはもう偶然の出会いに期待するほかなかった。彼は通行人とすれ違うたびに、ひょっとして知っている人ではないかと顔を覗きこんだ。クリシー大通り沿いの一軒のレストランの前に車が列をなしていて、燕尾服のようなものを着こんだドアマンが運転手たちと話しこんでいた。ニコラは足を止めた。学校時代の同級生とか、昔、知り合いだった女とか、とにかく一度でも言葉を交わしたことのある人間が、このレストランから出てこないとも限らなかった。

レストランの前を離れようとしたとき、彼は一人の男と鉢合わせた。その男の顔には見覚えがあった。二週間ほど前、カフェ・モナコで出会った不具の若者ラファエル・シモネの父親だった。老人は見違えるほど変わっていた。この暑さにもかかわらずコートを着て、まるで顔を隠すように襟を立てていた。手には先端に鉄具のついた杖を持っていた。やつれた顔には疲労が滲んでいて、ポケットからは新聞紙がはみ出ていた。相手がニコラだと分かると、老人は叫び声をあげ、すぐにニコラの腕をとって暗い脇道に連れていった。

「ご存じでは？……あなたならご存じでは？……」シモネ氏はどもりながらそう言った。

「いったい何を？」とニコラは訊きかえした。彼は思いがけない出会いに自分の心配事を忘れていた。

「あの子がまたいなくなったんです……もう一週間にもなる……誰もあの子がどこにいるのか知りません。ごろつきにでも連れさられたのかもしれない。ああ、神様！　ひょっとして、お会いになりませんでしたか？　あの子がどこにいるかご存じありませんか？……ああ、どうか教えてください……お願いです……私のせいなんです……もう二度とあの子を部屋に閉じこめたりしませんから」

シモネ氏は縋るような目をして、ニコラの周りをぐるぐる回りながらそう言った。どうすればニコラに親身になってもらえるのか分からないので、ただやみくもにニコラの上着を撫でたり、手や顔に触ったりした。

「息子さんはそんなに遠くには行っていないでしょう」

「ああ、どこに行ったんでしょう？　あの子がよく行く場所をご存じありませんか？　あの子はお金を持っていないんです。何も持っていません。もし私が見つけてやらなければ、お腹を空かして死んでしまうんです」

老人の顔は苦悶に歪んでいた。街の喧騒や、すでに夜も更けているという事実が、彼の不安をさらに煽っていた。

「お手伝いしましょうか、息子さんを捜すのを」

「でも、いったいどこを」

「あちこち捜しましょう。とにかく、あちこち……」

ニコラは生気を取りもどした。苦しんでいる男がそばにいると思うと、彼の身内に元気が湧いてきた。もう、さっきほど孤独ではないような気がした。何日も前から、何の張りあいもなくただ街をうろついていた彼には、神がこの老人を自分のもとに送りとどけてくれたのだとしか思えなかった。昔から、彼はどこか怪しげな職業に憧れていて、神経症患者の付き添い人とか、ある種のデリケートな案件を担当する調査員とか、カジノの警備員とかになりたいと思っていた。息子を捜す父親の手伝いをするというのも、彼にはそんな仕事と相通じるところがあるように思えた。彼はさっそくしかるべき手順を示して、自分の能力をアピールしようとした。

「まずは、これまでどんな捜索をなさったのかお聞かせください」

「いろんなところを捜しました。警察にも届けました。あの子の友だちの家は全部まわりました。ですが、誰もあの子を見ていないと言うんです。何か恐ろしいことがあったんじゃないでしょうか。セーヌ川に身を投げるとか……」

一晩中、二人はカフェやホテルを捜しまわった。彼らはいつも同じ言葉でラファエルの特徴を説明した。それにたいする返答は様々だった。その子なら「見た」とか、「見たと思う」とか、「見ていない」とか。

明け方、シモネ氏はベンチにぐったりと座りこんだ。一睡もしないで一晩を過ごしたので、老人は疲れきっていた。

「ここでお別れしましょう」とシモネ氏は言った。「もう見つかりません。あなたは本当によくしてくださった。ああ、あの子はどこにいるんでしょう？　どの辺を捜せばいいんでしょう？　分かりません。私たちにできることは何もありません。だいたい、どこにあの子がいるかなんて、分かるはずがありません。この広い街で、あの子に出会えるはずがないんです」

シモネ氏の声を聞きながら、ニコラはすべてが遠ざかっていくように感じた。冷たい世間の真ん中に、また一人きりでとり残された気がした。それにしても、こんなに苦しんでいる男が何故こうもあっさり別れようと言いだせるのか、彼には理解できなかった。もし彼が同じ立場に立たされたら、できるだけ長く誰かに一緒にいてもらいたいと思うにちがいなかった。「結局、この老人にとって、僕は道案内役に過ぎなかったということだろうか」ただの道案内役なら、ひとたび不要になれば、さっさと礼を言って別れるのも当然だろう……。

「お帰りになるんですか？」そう訊ねたニコラの胸には、実は、すでに一時間前から、この老人に金を借りようという心算が芽生えていた。

だが、彼はずっと金の話を切りだせずにいた。この状況につけいったと思われるのがいやだったのだ。ただ、その一方で、この老人は心労のあまり何も考えられなくなっているはずだと踏んでもいた。

「ええ、帰ります。捜しつづけたところで何になるでしょう? 今はあの子もどこかで眠っているはずです。それがどこかは、分かりませんが」

孤独がすぐそこまで迫っていると思うと、ニコラはいてもたってもいられない気持ちになった。突然、彼の脳裏に、母親の顔や、昼までに明け渡さなければならないホテルの部屋が浮かんだ。「尻込みしている場合じゃない。この男に金をくれと頼むんだ。どう思われたってかまわない。ここを逃したら手遅れだ」

「シモネさん!」

こう呼びかけて、彼は立ちどまった。だが、いくら掌に爪を食いこませても、これ以上、言葉が出てこなかった。

「シモネさん、もう少し捜しませんか」

彼は無理に微笑みを浮かべながら、こうつけ加えた。

「息子さんが、今、どこかの女性とリリック・ホテルにいるとしても、僕はさして驚きませんがね」

この言葉を聞くと、それまでぐったりしていたシモネ氏の様子が一変した。彼は顔を輝かせて、縋るような目でニコラを見た。

「ご存じですか、そのホテルの場所を?」

「おまかせください」

「あなたはあの子がそこにいるとお思いなんですね？　ああ、神様！　もしそれが本当なら……本当でしょうか？」

「息子さんは僕によくそのホテルの話をしていました。ああ、何故それを今まで忘れていたんだろう。でも、今からでも遅すぎることはありません。ここからなら、そう遠くはありませんし」

リリック・ホテルへ向かう途中、ニコラはすでに大金を手に入れた気になっていた。彼は喧《かまびす》しく催促されている借金を返済して、新しい部屋の契約を交わすシーンを思い描いた。さらに、店で服を選んでいるシーンも。だが、にもかかわらず、彼は老人に金を貸してくれと頼めずにいた。リリック・ホテルが近づいてきた。「あと二百メートルだ」と彼は思った。「僕はばかだ。たった一言頼めば、この老人は手持ちの金を全部くれるはずだ。それなのに、その一言が言えないなんて」

「シモネさん、聞いてください」

「もう着きますか？」

「ええ、もう着いたも同然です。実は、お願いしたいことがあるんです」

「本当ですか？　本当にあの子はそのホテルを知っていると言ったんですか？」

「お願いです、シモネさん。話を聞いてください」

「どうなさったんです、突然。お疲れなら、道を教えていただければ、私一人で行きますが……」

「そうじゃありません。僕と母のことです。僕らはもうお金がないんです」

「私のために、あなたの貴重な時間を使わせてしまって……」シモネ氏はそう言いながら、ポケットから数枚の紙幣を掴みだして、ニコラに渡した。「お許しください。私はもう自分で自分のしていることが分からなくなっているんです。あまり辛いものだから、あなたにお礼をすることも忘れてしまって」

ニコラは相手に気づかれないように紙幣を数えた。全部で百四十フランあった。彼の頭の中で「もっととれる」という声がした。ただ、その前に、ラファエルを心配しているふりをしておく必要があった。

「もしリリック・ホテルがだめでも、他にいくつか心当たりがありますから。やっぱり、息子さんが話していた場所です。一時間後には、息子さんは見つかっていますよ」

「他にも心当たりがあるんですか?」

頼めばもっと金がもらえる。そう思うと、ニコラはもう自分を抑えることができなかった。彼は相手の質問に答えもせずにこう言った。

「シモネさん、あなたは本当に親切な方です。お礼の言葉もありません。もし僕と母がどんな境遇にあるかご存じだったら、あなたはきっともう少しお金を貸してくださることでしょう。数日後にはかならずお返しします」

ラファエルの父親は、門の陰や脇道からいつ息子の歪んだ影法師が現れるかと絶えず周囲に目を光らせながら、今度は財布を取りだした。そして、心ここに在らずといった調子で、数枚の紙幣を引きぬいた。ニコラは気前のよい妖精と一緒に歩いているようなものだった。彼にはもう何も考えられなかった。彼の人格はすっかり変わってしまっていた。自尊心もどこかに消えうせていた。彼の目的はただ一つ、もっと金をとること、この老人の有り金を全部巻きあげることだけだった。彼の目の前で、夢のような数字が踊っていた。これで一足飛びに金持ちになれる。新しい人生が始まろうとしている。そう彼は思った。

そんな期待に胸を膨らませた彼には、今、手に入れたものなど端金《はしたがね》にしか思えなかった。彼は平気で施しを請うことのできる人間になっていた。ふつう、人は頼みごとをするのにためらいを覚えるものだが、そのためらいが突然、彼の心から消えてしまったのだ。彼はシモネ氏のそばにいると、知りあってまだ間もないのに、親に駄々をこねる子供か、夫に甘える妻にでもなった気がした。とにかく、この老人はまだ横の男の下心に気づいていないのだから、そこにつけ込まない手はなかった。

「シモネさん、もっと!」

ラファエルの父親は慌ててすべてのポケットを探って、手持ちの金を全部彼に差しだし、「今あるのはこれだけです」と言った。

ニコラは震える手で金を受けとった。まるで熱に浮かされているみたいだった。彼は今度は、何かの偶然でラファエルがリリック・ホテルにいてくれることを願いはじめた。「ついに僕にも幸運が巡ってきた。シモネ氏は感謝の印に、二万フランか三万フランの小切手にサインするにちがいない」彼はこれまで一度も神に祈ったことがなかったが、このときばかりは神に祈らずにはいられなかった。ラファエルがホテルにいてくれさえすれば、彼は救われるのだ。だが、何の変哲もない穏やかなホテルの入口に立って、彼はすぐに悟った、これはだめだ、と。はたしてラファエルはそこにいなかった。

ニコラは老人を別の場所に連れて行こうとした。だが、老人は疲労困憊の体で、ちょっと歩くとすぐに立ちどまって、街路樹や壁にもたれた。

「どうかタクシーを呼んでください」と老人は言った。「もうだめ、もうだめ。倒れそうです」

間もなく二人はタクシーに乗りこんだ。ニコラは自分の卑劣な行為を振りかえりながら、シモネ氏の顔をちらちらと窺って、そこに軽蔑の色が浮かんでいないかどうか確かめた。じきに車はブルジョワ風の邸宅の前で止まった。

「あの子は家に戻ってくるでしょうか？　私はまたあの子に会うことができるでしょうか？」

「もちろんです。若者にはこんな家出はよくあることです」

「でも、あの子は他の子とは違いますから……」

「大丈夫、息子さんは戻ってきますよ」

＊＊＊

こうして一睡もしないまま朝を迎えると、ニコラは安くてベッドが二つある部屋を探して午前中ずっと走りまわった。だが、どのホテルでも、二人部屋には大きなダブルベッドが一つ置いてあるだけだった。ようやく、エクセルシオールという名の、両側を低い家に挟まれた八階建ての狭苦しいホテルに、望みのタイプの部屋が見つかった。表通りに面した一室に、肘掛の部分が倒せるようになっているソファがあって、それがベッド代わりになったのだ。その部屋の家具としては他に銅製のベッド、鏡付きのキャビネット、天井部分の大理石にひびの入ったタンス、それに白木の椅子が二脚あるばかりだった。水道は引かれていたが、蛇口から出るのは冷水だけだった。

ニコラは、手押し車を持っている炭屋兼ワイン屋に引越しを依頼すると、一時間ほど姿をくらましていた。彼にとって、引越しの荷物運びに立ちあうことほど気詰まりなことはなかった。周りの人にじろじろ見られるのはたまらなかったし、ホテルの女中たちが二つの大型トランクやらカバンやらを運んでいる間、歩道でぼんやり立っているのも情けなくていやだった。

昼食後、アフタリオン夫人はトランクの中に入っていたものを出して並べたり、キャビネットの棚とナイトテーブルの引出しに古新聞紙を敷いたりした。寝具のチェックも怠らなかった。要するに、これから暮らしていくこの部屋、家具も間取りも敵意を漂わせているこの部屋を、少しでも温かみのあるものに変えようと努めたのだ。その間に、ニコラはシモネ氏の家を訪ねた。彼はこれからも息子捜しに協力すると申し出るつもりだった。もちろん、彼の目的は、適当な時期を見はからって、哀れな老人からまた金を巻きあげることだった。彼は女中に案内されてサロンに入った。四方の壁に沿って肘掛椅子が並んでいて、中央には堂々としたグランドピアノが置いてあった。そのピアノを挟むように立っている二種類のフロアスタンドのシェードには、まばゆい金箔が施してあった。重苦しい静けさが広い部屋を支配していて、圧倒されたニコラは身動き一つできなかった。やがてドアの開く音がして、シモネ氏が両手を差しだしながら彼に近づいてきた。シモネ氏は休息の足りた顔をしていた。灰色のフランネルのスーツを着ているせいか、若返ったようにも見えた。

「おお、あなたでしたか。またお会いできて実に嬉しい」とシモネ氏はすぐに言った。「ご存じですか、あの子がここにいるのを？　昨夜、帰ってきていたんですよ。私たちが街じゅうを探しまわっているとき、かわいそうなあの子は自分の部屋で眠っていたんです。まるで幼い子供みたいに」

ニコラはぎょっとして、思わず訊きかえした。

「ここにいるんですか？」

「そう、いるんです。眠っていますよ、ベッドで。とてもおとなしく」

ニコラは何か言おうと思ったが、言葉が出てこなかった。結局、シモネ氏は息子をとり戻すのに、彼の助けを必要としなかったのだ。彼はせっかく摑みかけた金が手をすり抜けていくような気がした。「これでまた今まで通りの生活が始まる」と彼は思った。「いや、むしろ事態は悪化していると言うべきだろう。何しろ、今度のホテルの主人は僕らとは縁もゆかりもない人だ。部屋代を待ってくれるはずがない」彼は諦めきれずに、この場にしばらく留まることにした。実際、この老人が今なお何かしてくれないとも限らなかった。彼は昨夜の礼を言われるのを待った。相手が礼を言ったとき、すかさず自分の苦境を訴えて、金を無心するつもりだった。だが、今さらニコラの手助けなど必要としないシモネ氏は、喜びに浸ってばかりいて、なかなか感謝の言葉を口にしようとしなかった。それどころか、昨夜のことが話題にのぼると、何かを恥ずかしがっているような調子で話を逸しさえした。実はシモネ氏は、疲れきって帰宅した息子が汚れた服のままベッドに倒れこんだとき、そばにいてやれなかったことを恥じていたのだ。ニコラは「この老人の帰宅が遅れたのは、いくらかは僕のせいだ」と考えた。「僕が引きとめたのだから……」ふいに、彼はシモネ氏が一人きりになりたがっているのを察して、もはや話のきっかけを待っている場合ではないと覚悟を決めた。

「シモネさん、どうかもう一度、ちょっとしたお願いをさせてくださいませんか？」

ラファエルの父親は一瞬、口をつぐんだ。そして、こう言った。

「ええ、どうぞおっしゃってください。今日は私も頭がしっかりしています。あの辛い夜にあなたがしてくださったことを、私は生涯忘れないでしょう」

「もう一度、助けていただけませんか。今、僕ら親子は絶望的な状況にいるんです」

「もちろんです。お安いご用ですよ。私の記憶が確かなら、昨夜、すでにちょっとばかりご用立てしましたね。それと同じ額でよろしいか？」

「ええ、ええ」とニコラはどもりながら言った。それまで彼は「この老人は何も気づいていない」と無理にでも信じこもうとしていたのだ。

シモネ氏は部屋を離れると、じきに千フランの小切手を携えて戻ってきた。

「さあ、お取りください。ご親切はけっして忘れません。昨晩の私のように苦しんでいる者にとって、見ず知らずの人に何時間か支えてもらうということは、本当に励まされることなのです。まさに、あなたがしてくださったことです」

老人はニコラを玄関のドアまで送った。そして、ドアを閉める前に、微笑みを浮かべながら「本当にお世話になりました」と言った。

9

ニコラはシモネ氏の家を出ると同時に、今度の事を忘れようとした。あの老人は僕を軽蔑していたにちがいない。ただ育ちがいいのでそれを顔に出さなかっただけだ——そう考えると、彼にはそんな最低レベルの気遣いを受けたのがひどく屈辱的なことに思えた。「だいたい」と彼は胸の内で言った、「あれだけ頭のいい人間がこっちの腹を見透かしていないわけがない」彼の脳裏を、シモネ氏の言葉——「私の記憶が確かなら、すでにちょっとばかりご用立てしましたね」——が何度も過った。だが、そのうち、ひょっとしてシモネ氏は世の中の卑劣さにまったく疎い人なのではないかという気もしてきて、彼はその可能性にしがみついた。「あの老人は、昨夜はすっかり動転していたし、今日は有頂天になっていたから、僕のことを考える余裕などなかったはずだ。そもそも、彼にとって二千フランが何だと言うんだ？　僕にとっての五フランじゃないか」金に相対的な価値を与えるのはニコラの癖だった。つい無駄づかいをしてしまったとき、こんなのは億万長者にとっては端金だと自分で自分に言い訳するのだ。「他人から見れば、この程度は浪費のうちに入らない」が彼の口癖だった。

シモーヌが来ているかもしれないと思って、彼はカフェ・モナコに向かった。相手が会いたがっているのに、みすみすチャンスを逃すのはいやだった。彼の心がこの淡い恋を忘れさるためには、彼女に愛されていないと確信する必要があった。「もし僕のことが気になっているなら、彼女は一昨日と同じ時間にカフェに来るはずだ。昨日も来たかもしれない。今日も来るだろう。来なければ、僕に気がないということだ」彼女にその気がないとはっきりすれば、彼もすぐに忘れられるはずだった。

モナコはがらんとしていた。蠅というのは部屋の真ん中を飛びまわるものと決まっているらしく、このカフェの蠅も店の中央を飛びかっていた。柱時計の針は五時を指していた。彼は二日前と同じ席に座ると、新聞を開いて、脇目もふらずに読みはじめた。もちろん、仕切り壁の向こうで女の声がするたびに、耳をそばだてるのは忘れなかった。「僕には彼女がすぐに分かるだろうか？ 彼女が現れても、違う女だと思って見過ごしてしまうのではないだろうか？」ときおり客が店の入口で立ちどまって、目で何か探してから、姿を消した。街の喧騒を離れて小さなカフェに籠もっていると、僅かながら金を手にしてほっとしていたこともあって、彼はたまらなく人恋しくなった。彼はすでに二杯のアルコールを飲みほしていた。ほろ酔い気分で楽天的になった彼の心の奥底で、誰かが「おまえは若くて健康だ。女を幸せにするのに必要なものをすべて備えている」と囁いた。彼は歌を口ずさみながら、どうかシモーヌがやって来ますようにと祈った。頭の中では、早くも彼女を愛撫するシーンが始まっていた。「おまえのように優しく、情熱的に女を愛せる男が他にいるだろうか」いつかこの胸に彼女を抱きしめるためなら、今、こうして待つ身の辛さを味わうのも仕方がない——彼はそう思いながら、足を伸ばし、両手をテーブルに載せると、あらためてシモーヌのことをじっくりと考えはじめた。

すると、突然、彼女が現れた。彼は彼女の顔を見誤りはしなかったが、それでも嬉しさのあまり、つい「別の女ではないか」と思ってしまった。彼女はニコラに気づくと、びっくりしたふりをした。

「あなた、毎晩ここに来ているの？」

「あなたに会いに来たんです」

彼女はニコラのそばに座ると、帽子を取って、鏡を見ずに髪を直した。慣れた手つきだった。それから、女らしいところを見せようとしてアルコール度数の低いリキュールを注文すると、これで面倒なことはすべて済んだといった調子で、くるりとニコラの方を向いた。その顔には微笑みが浮かんでいた。

「あなた、来てたのね」

「ごらんのとおり」

「いつも来ているから？　それとも、私のため？」

「あなたのため」

彼女は目を輝かせた。

「それ、本当？」

「ええ、僕がそう言う以上は」

「じゃあ、あなたが言うことは全部本当なの？」

ふと彼女は自分が質問ばかりしていることに気づいて、こうつけ足した。

「暑いわ。早足で歩いたものだから……」

彼女はすっかりリラックスしていた。まるで朝からずっと一緒にいる相手と話しているみたいだった。

その様子を見て、ニコラは「この二日間、彼女は僕のことを忘れずにいたにちがいない」と確信した。

会わない間に、彼は彼女にとって徐々に親しい存在になっていたのだ。

「で、このあいだの二人は？」とニコラは訊ねた。

「ちょっとした知り合いよ。もし私が彼らと一緒にヴェルサイユに行ったと思っているなら……」

「彼ら、もうすぐここに来るんじゃないかな」

「まさか。私、あの人たちに、モナコにはもう行かないって言っておいたもの。ところで、あなた、昨日は何をしていたの？　ここに来るんじゃないかと思ったけど……」

「あなたは来たの？」

「知りたい？」

ニコラは昨日の午後のことを思い出して、暗い気持ちになった。昨日は、一時間ごとにシャルルの家の呼び鈴を鳴らしていたのだった。

「どうしたの？」

「いや、別に」

「なんだか悲しそうだわ」

彼女はニコラをじっと見つめて、彼の考えていることを探ろうとした。ニコラは顔をあげた。

「あなたが僕を見つめるなら、僕も同じようにあなたを見つめよう」

彼はシモーヌが好意を持ってくれていたことに驚いていた。自分のような男と一緒にいていったい何が楽しいのか、彼にはよく分からなかった。それだけに、内気な彼も開きなおって大胆になった。大丈夫、うまくいく、と彼は確信した。遅かれ早かれ彼女は僕のものになる、と。彼は彼女をものにするまでの日数を計算して、せいぜい二週間と見積もった。そんな計算をするのは、誰かを好きになったときの彼の癖だった。もっとも、今回は見積もった数字がすぐに彼の心を離れた。何か月かかろうが、一向にかまわない気がしたのだ。「何しろ」と彼は胸の内で呟いた、「待つ時間が長ければ長いほど、一度そうなってしまえば、その分、彼女は僕から離れられなくなるはずだから」だが、ふいに、彼はこんな打算的な考え方をしてしまう自分が恥ずかしくなった。そして、今、この瞬間から、立派な人間になるために努力しようと心に誓った。彼にはもうシモーヌしか見えなかった。生まれたての幸福をそっと手の中で温めているような気分だった。それだけに、突然、彼を待ちうけている惨めな未来、きっとシモーヌと別れる原因にもなる惨めな未来が頭に浮かんでくると、彼は泣きだしたい気持ちになった。

「いつもあなたね、先に目を伏せるのは」と彼女は言った。

この言葉は彼の痛いところを突いていた。彼は自分を励ましながら、目に力を込めて彼女を見かえした。すると、今度は彼女が顔をそむけた。この瞬間、彼はもう自分の悲惨な身の上を忘れていた。周りの世界も消えうせていた。「男なら誰だって僕の立場を羨むだろうし、もし僕の立場になったら、すぐに彼女の好意につけ込んだまねをするにちがいない。ところが、僕はまだ何一つ彼女の気持ちを傷つけるようなことをしていないし、言ってもいない」そう考えると、彼は誇らしい気持ちになった。彼の脳裏に、どこかの男がシモーヌの腰を抱きよせようとするシーンが浮かんだ。彼女は怯えて、後ずさりしていた。彼にはその男のいやらしい顔がはっきりと見えた。彼は、自分の言葉に耳を傾けてくれるこの娘の信頼を裏切るようなまねはぜったいにするまいと思った。たとえどんなに金を積まれても、彼女の体には指一本触れるまい、と。突然、彼はこれまでの会話の流れとは何の関係もない質問をした。

「あなたから見て、僕は感じのいい人間なんだろうか?」

一瞬、シモーヌは彼を見つめた。それから、にやっと笑うと、モデルを前にした画家を演じはじめた。

「はい、横を向いて……そのご質問にお答えするのは、横顔を拝見してからにいたしましょう」

彼は言われるがままに横を向いた。だが、彼は彼女のおどけた口調に傷ついていた。せっかくの雰囲気が台なしだった。もう彼女の返事もどうでもよかった。

「ええ、あなた、いい感じだわ」

「本当に?」

「そう言っているでしょう」

「口では何とでも言える」

「私、本当にそう思っているもの」

彼女はこの言葉を本気で言っていた。それは彼女の顔つきを見れば明らかだった。彼は一瞬、心を強く揺さぶられずにはいられなかったが、それだけに尻ごみするような気持ちになって、わざとさっきの彼女と同じおどけた口調で答えた。

「もし僕のことが気に入っておられなくても、本人の前ではっきりそうとはおっしゃれないでしょうな」

今度は彼女がむっとする番だった。

「私を信じないなら、それでもいいわ。どう思おうとあなたの勝手ですもの」

二人は黙りこんだ。ニコラは後悔の念の入りまじった強い感情に衝きうごかされて、思わずシモーヌの手を握ってしまった。それから、まるで悪いことでもしたみたいに、その手を引っこめた。

「僕には自分があなたに気に入ってもらっているかどうかは分からない。でも、僕はあなたにとても好感を持っているんです」

彼女はさっきニコラが傷ついていたのだということをようやく悟った。それで、本当は「私のどこに好感を持ったの？」と訊きかえして、彼の口からいろんな褒め言葉を引きだしたかったのだが、その気持ちを抑えて、彼に横顔を向けた。自分ならやはり同じようにするというところを見せようと思ったのだ。彼女はいたずらっぽく訊ねた。

「どうかしら？」

「もっと好感を持った」

「ということは、それまでは完全に気に入っていたわけじゃないのね」

ニコラは口ごもった。彼の困った顔を見て、彼女は優しく言った。

「こんな話し方をするのは一緒に笑うためだわ。怒らないで。私はいつも一人ぼっちだから、あなたみたいな男性と話すことがあると、つい調子に乗ってしまうのよ」

「よくあるの？　男の人と話すことって？」

ニコラはあれこれ考えまいとしたが、だめだった。彼は相手が何を言っても、かならず一つは気になる点を見つける男だった。どんなにたわいのない言葉にも、嫉妬のネタを見つけずにはいられなかった。

「なんて疑り深いのかしら！」

「いや。何と言えばいいのかな……とにかく、僕の言葉をあまり気にしないで。よく考えずに言っているんだから」

「まだ知り合ったばかりでこんな調子だと、これからどうなってしまうのかしら？」

「さあ。それには答えられない。僕は誰かと深く付き合ったことなんてないから」

「あら、そうなの……珍しいわね」

「他の男はそうじゃない？」

彼はまた自分が嫌な言い方をしてしまっていることに気づいて、もう一度、「他の男はそうじゃない」と繰りかえした。今度は語尾を揚げなかったので、このフレーズは質問ではなくなった。シモーヌは何も気にしないで、無邪気に相槌を打った。

「ええ、そうよね」

ニコラはあいかわらず彼女の知り合いがやってくるのを恐れていた。

「よかったら、出ませんか?」

「ええ、それがいいわ」

彼らは店を出るとすぐに立ちどまった。行くあてがなかったのだ。

「左? それとも右?」とシモーヌが訊ねた。

「どっちがいい?」

「あなたのお好きな方に」

「じゃあ、左だ」

彼らはこうして、アフタリオン夫人と出くわす可能性のあるエクセルシオール・ホテル周辺とは反対の方角に歩きだした。外の空気に触れて彼らの気分が変わったせいか、二人の会話の調子ががらりと変わった。彼らはもう漠然とした言葉を交わすだけでは満足しなかった。まるで家路を急ぐ人々の確かな足どりや、パリのある地点から別の地点まで決まったコースを走る路線バスや、腕を組んで歩いている、彼らよりも進んだカップルなどを見ているうちに、互いにもっとよく知り合いたいという気分になったみたいだった。

「お母さんと一緒に住んでいるの?」とニコラは訊ねた。

「いいえ、一人よ。母は一年前に亡くなったの。あなたは？」

「僕？　僕は母と一緒だ」

彼の脳裏に、エクセルシオール・ホテルの部屋が浮かんだ。もう母親が部屋に戻っている時間だった。シモーヌともっと親しくなったら、彼女がホテルまで迎えに来ることもあるだろう。そうなったら彼女にあの貧相な部屋を見られてしまう。そう思うと、彼は背筋が寒くなった。

「仕事はしているの？」

「家で裁縫をしているわ。昔、母のお客だった人から注文が来るのよ。母は客筋がとてもよくて、一時期、ラマニ王女のドレスを担当していたこともあったわ」

それを聞いて、彼はさっと頬を赤らめた。とっさに恥ずかしい考えが頭に浮かんだのだ。シモーヌにその王女を紹介してもらって、やがて王女と結婚する。そして豪華ホテルを泊まりあるきながら世界じゅうを旅する――こんなストーリーが、彼の頭の中で一瞬のうちにできあがっていた。

「王女なんて、ケチで意地悪に決まっている」

「そうとは限らないわ。そんなことを言うのはあなたがラマニ嬢を知らないからよ。彼女はぜったいに母の仕事に文句をつけなかったわ。それに、私たちの家に来るときは、いつも外に車を待たせているんだけど、でも、私と同じくらい飾り気のない人だったの」

「今でもその王女に会っているの？」

「いいえ、彼女はイタリアに帰ったもの」

それを聞いて、ニコラは心底ほっとした。彼はこれ以上、ラマニ王女の話は聞きたくなかった。それで、話の流れを断ち切るようにこう言った。

「要するに、今、一人きりなんだね？」

「あなた、質問ばかりするのね！　じゃあ、私も質問しようかしら、あなたは何をしている人なのって」

「僕？　僕なら話は簡単だ。学校を終えて、今、仕事が見つかるのを待っている」

彼らは互いに相手を知れば知るほど、自分たちの距離が広がっていくのを感じた。相手の性格や、仕事や、家族のことを知るたびに、これまで縁のなかった世界に連れていかれるような気がした。ニコラはぼんやりと不安を感じながら、笑みを浮かべてこう言った。

「こんな話はまた今度にしよう。ねえ、シモーヌ、頼みをきいてくれるかい？」

「ええ」

「よし、じゃあ、一緒に晩ごはんを食べよう。それから映画に行こう。帰りは、家の前まで送るから」

＊＊＊

ニコラは夜更けにエクセルシオール・ホテルに戻ってきた。頭の中はシモーヌのことでいっぱいだった。アフタリオン夫人はもう眠っていた。彼は窓辺に座った。空に星がたくさん出ていて、まるで光の敷布を広げたみたいだった。彼はふいに嫉妬心を覚えて、もう一度外に出て、シモーヌの家の周りを歩きたくなった。彼は自分が彼女の人生のちょうどよい時期に居あわせたことが不思議でならなかった。昔から、こういうタイミングのよさとは縁がないものと諦めていたのだ。実際、これまで彼が好きになった女性には、たいてい、夫か、恋人か、厳格な両親がいた。それで、今回も、彼にはシモーヌが完全に独り身だとは思えなかったのだ。「でも、僕より冴えない男にだって妻や恋人がいるんだから、たまには僕に運が巡ってきてもおかしくないだろう」そう考えると、彼も少しは元気が出てきたが、すぐにまたいろんな思い出が蘇ってきて、不安な気持ちに押しもどされた。五年前に彼がアプローチした女子学生の顔が目に浮かんだ。その女子学生はどう見ても彼に深い愛情を抱いているようだったのに、結局、「あなたのことは好きになれない」と言ってきたのだ。彼は女の移り気にはどうしても慣れることができなかった。そもそも、欲望とはまるで無縁な顔をしていながら、男と付き合おうとする女という生き物がよく分からなかった。

　隣の部屋の足音が聞こえてきた。夜の青白い光に、アフタリオン夫人の顔がぼんやりと浮かびあがっていた。まぶたを閉じたその顔には、日頃、彼女があれほど望んでいる安らぎが漂っていた。彼の頭の中では、シモーヌを抱きよせるシーンが始まっていた。舞台は彼女の部屋だった。彼はシモーヌにキスをして、服を脱がせていた。二人を邪魔するものは何もなかった。というのも、シモーヌの部屋は建物の最上階にあって、他のどの部屋からも離れていたのだ。窓にはカーテンが引いてあった。もちろん、ドアも、鎧戸も、しっかり閉めてあった。絨毯にはクッションがいくつか転がっていて、バラ色の光が寝室を照らしていた。この時刻なら、もう管理人や同じ建物の住民が訪ねてくる心配もなかった。彼女は少しだけ抵抗した。彼はゆっくりと服を脱がせていった。ついに彼女はベッドの中に体を滑りこませた。今度は彼が服を脱ぐ番だった。一人で服を脱ぐのは面倒だったし、いつまでたっても脱ぎ終わらないような気がしていらいらした。彼はようやく裸になると、慌ててベッドにもぐりこんだ。ぐずぐずしていると、彼女の気が変わってしまいそうだった……。

　すっかり興奮したニコラは、今すぐ街に出て、最初に目に留まった女に言い寄ろうと決心した。そのとき、シモーヌの顔がまた彼の目の前に現れた。僕が求めているのは彼女だ、と彼は呟いた。彼女のあの口もとがきゅっと締まるのが見たいのだし、あの目がそっと閉じられるのが見たいのであって、他の女の口や目はどうでもよかった。いつかあの体をものにする日が来る、そのときにはあの顔がああなって、こうなって……と考えていると、彼は体が震えてきた。夜が更けるにつれて、彼の欲望はますます激しさを増していった。すぐ横で母親の寝ているこの部屋が、彼には息苦しくてたまらなかった。実際、母親を起こしてしまうかもしれないと思うと、椅子から立ちあがることもできなかったのだ。突然、ある疑念が彼の胸を過った。とたんに彼の全身は凍りつき、興奮もすっと引いていった。シモーヌの体には何か障害があるのではないか？――そう思ったのだ。だが、すぐにそんな想像をしてしまったことを後悔する気持ちが生まれて、彼の興奮を純粋な優しさに変えた。「彼女の寝顔をそっと見守ってあげよう」と彼は胸の内で呟いた。「彼女のどんな気まぐれも叶えてあげよう。朝になったら、二人で大急ぎで服を着て、田舎に遊びに出かけよう」

結局、彼はソファに横になった。マットレスがないので、シーツの端が床まで垂れていた。彼はなかなか寝つけなかった。彼の脳裏に突拍子もない考えが次々に生まれた。彼女はさっき送っていった家には住んでいないのではないか？ もう彼女は結婚しているのではないか？ 愛人が何人もいるのではないか？ 彼女の母親はまだ生きていて、パリには一度も来たことがないのではないか？……もしかすると、彼女は正直者のふりをして、彼から金を巻きあげる魂胆かもしれなかった。だいたい、知り合ったばかりの彼女が本当のことだけを言っているはずがなく、何か隠しているのはまちがいなかった。人は誰しも一つくらい秘密を持っているものだ。彼自身、貧乏暮らしをしていることは彼女に黙っていたのだ。

郵 便 は が き

おそれいりますが切手をおはりください。

101-0052

東京都千代田区神田小川町3-24

白 水 社 行

購読申込書

■ご注文の書籍はご指定の書店にお届けします．なお，直送をご希望の場合は冊数に関係なく送料300円をご負担願います．

書 名	本体価格	部 数

★価格は税抜きです

(ふりがな)

お 名 前 (Tel.)

ご 住 所 (〒)

ご指定書店名（必ずご記入ください）	取次	（この欄は小社で記入いたします）
Tel.		

『のけ者』について　(8067)

■その他小社出版物についてのご意見・ご感想もお書きください。

■あなたのコメントを広告やホームページ等で紹介してもよろしいですか？
1. はい（お名前は掲載しません。紹介させていただいた方には粗品を進呈します）　2. いいえ

ご住所	〒　電話（　　　）		
(ふりがな) お名前	（　　歳） 1. 男　2. 女		
ご職業または学校名		お求めの書店名	

■この本を何でお知りになりましたか？
1. 新聞広告（朝日・毎日・読売・日経・他〈　　　〉）
2. 雑誌広告（雑誌名　　　）
3. 書評（新聞または雑誌名　　　）　4. 出版ダイジェストを見て
5. 店頭で見て　6. 白水社のホームページを見て　7. その他（　　　）

■お買い求めの動機は？
1. 著者・翻訳者に関心があるので　2. タイトルに引かれて　3. 帯の文章を読んで
4. 広告を見て　5. 装丁が良かったので　6. その他（　　　）

■出版案内ご入用の方はご希望のものに印をおつけください。
1. 白水社ブックカタログ　2. 新書カタログ　3. 辞典・語学書カタログ
4. 出版ダイジェスト《白水社の本棚》（新刊案内・隔月刊）

※ご記入いただいた個人情報は、ご希望のあった目録などの送付、また今後の本作りの参考にさせていただく以外の目的で使用することはありません。なお書店を指定して書籍を注文された場合は、お名前・ご住所・お電話番号をご指定書店に連絡させていただきます。

彼にとって、女性との交際がこんなに順調に滑りだしたのは初めてだった。今まで、女が彼に身を任せるとしたら、それは何かの偶然か、まぐれ当たりみたいなものだった。実際、彼は前々から思いを寄せていた女性と付き合ったことが一度もなかった。彼と関係を持とうという女が現れるのは、彼が何か特別な状況に身を置いているとき、例えば、旅行しているときとか、ちょっとした事件に巻きこまれたときとかだけだった。もちろん、そんなことが彼の人生にそう何度もあったわけではないし、それに相手の女は数日後にはかならず姿を消すものときまっていた。シモーヌのようにふるまってくれた女は一人もいなかった。だから、今、彼は何かを恐れずにはいられなかった。

寝つけないので、彼は裸足で部屋の中を歩きまわりながら、過去に女性を口説いた場面を一つ一つ思いかえした。彼が相手のことを気に入っていた場合の成功例はゼロだった。彼はジェルメーヌ・ルーという少女を思い出した。彼女は同じ学校に在籍していた三人の少女のうちの一人で、彼は一度、彼女にキスしたことがあった。そのとき、彼はまた会う約束をとりつけたのだが、結局、彼女は約束の場所に現れなかった。彼の恋はいつもこんな終わりを迎えてきたので、今回もがっかりすることになるような気がしてならなかった。だが、彼のまぶたの裏にシモーヌの面影が浮かんできた。どうしても彼女がいい加減な気持ちだとは思えなかった。ふと彼は、今度の恋を終わらせるのは自分の方かもしれない、と考えた。「今回だけはうまく行きそうなのに、結局、そうならないとしたら……まちがいない、原因は僕だ」彼の念頭にあったのは、彼ら親子の惨めな身の上だった。彼の中に激しい怒りが込みあげてきた。ようやく幸せになれるチャンスが巡ってきたのに、何故こんな境遇に身を落としていなければならないのだろう？　彼にはどうしても納得がいかなかった。

突然、アフタリオン夫人が眠ったまま「もう寝なさい」と言った。彼は「もう何一つ僕の自由にはならない」とこぼしながら、それでも母親の言葉に従った。ソファのクッションにもたれかかると、シモーヌのいろんな仕草や微笑みが目に浮かんできた。彼女の声も聞こえた。やがて、すべてが少しずつ霧の中に消えていって、彼はなかば座ったままの姿勢で眠りに落ちた。彼が無意識のうちに体をソファに横たえたのは、夜がもっと更けてからだった。

10

夏の終わりが近づくにつれて、アフタリオン親子はますます孤立を深めていった。シモネ氏からもらった金はとっくに使いはたしていた。ニコラは明日のパンのためにあちこちで金を借りていた。あちこちで金を借りて、あちこちで「近日中に」返済すると約束していた。もちろん、金を借りるときは本気でそう思っているのだが、いざ返済日がやってくると、彼はぱったり連絡を絶ってしまった。一方、ルイーズは、もうルソー夫妻にも、姉にも、弟にも、その他の知人にも会わせる顔がなくなっていた。彼らに数千フランずつの借金があって、それを前月末までに返すと約束していたのだ。毎週、クリーニング屋の女主人が未払いの勘定書を携えてやってきた。だが、それでも彼女はツケで買い物のできるホテルの横のキオスクで、一番高いモード雑誌を買いつづけていた。ツケだとつい見境なく買ってしまうという話は彼女もよく耳にしていたが、自分が買い物をするときにその話を思い出すことはなかった。先週、ニコラはカフェ・モナコの常連たちを個別に訪ねて、百フランほどの金をかき集めるのに成功していた。その際、彼は何かの名目で寄付金を募っているようなふりをしてしまった。それが噂になっているのではないかと思うと、彼は怖くてもうモナコに顔を出すこともできなかった。

ニコラは金を貸してくれた人たちに、もう少し待ってくれと頼んだり、事情を説明したり、せめて希望を与えたり、顔を見せて安心させたりする代わりに、姿をくらますことを選んだ。もちろん、金を借りるときは「ぜったいに返す」と約束するのだが、その直後には、返さないで済まそう、とか、半分だけ返そうか、といった考えが頭の中に忍びこんでくるのだ。人は貸した金のことなどどうでもよくなってしまうものではないか、中には金を貸したことをすっかり忘れてしまう人もいるのではないか、などと思うこともあった。それで、彼は返済日がやってきても、「別に急ぎませんから」と言われたことを思い出しながら、ホテルのベッドに寝ころんでいた。彼に言わせれば、相手が忘れていることをみすみす思い出させる手はなかったし、そもそも相手は本気で金を返してもらおうとは思っていないのだった。こうしてニコラは方々で不義理をした。その彼が何よりも恐れていたのは手紙だった。罵りの手紙や冷やかな文面の手紙を受けとると、彼は気分が悪くなってめまいに襲われた。いくら「こんなものはただの手紙だ、僕に何の危害も加えやしない」と自分で自分に言いきかせても、不安は彼の心を去らなかった。

この日も、彼がエクセルシオール・ホテルの受付の前を通ると、ホテルの主人が預かっていた一通の手紙を差しだした。彼はなにげない顔でその手紙を受けとったが、怖くてすぐには封を切ることもできなかった。誰かからの督促状であることはまちがいなかった。切手に押された消印に目を凝らすと、「パッシー」という地名が読めた。「そうか、ルソー夫妻か……」彼は覚悟を決めて、封筒の端を破いた。

そして、差出人の名前を確かるために便箋の下の方に目をやった。「この問題を可能な限りすみやかに処理していただけるようお願いをいたします。私としてはすでに十分な忍耐をお示ししたつもりでおります。敬具。J・ルソー」ニコラは手紙の前半部分は読まずに、便箋をポケットに押しこんだ。彼は痛烈な皮肉を浴びせられたような気がしていた。とくに彼をぞっとさせたのは「……していただけるようお願いをいたします」というばか丁寧な文句だった。「僕だって『……していただけるようお願いをいたします』くらいのことは書ける。この文句を使ってルソー氏に返事を書いてやろうか。きっと胸がすっとするだろう」彼はシモーヌのことを考えた。一緒に映画に行って以来、彼はすでに二度、彼女とデートしていた。二人の間に、ある種の親密感が生まれつつあった。この手紙によって何がどうなるわけでもないのは分かっていたが、それでも彼は追いつめられた気がして、「もうすぐ終わりだ。シモーヌを失うだろう」と考えた。「シャルルがルーアンから戻ってきているはずだ……」彼の最後の頼みの綱は叔父のシャルルだった。

朝の十時だった。空気はもうどんより淀んでいた。いくつかの商店の軒先で、水で洗った敷石がところどころ白く乾いていた。空には薄い靄が漂っていたが、その靄を貫いて、太陽がそこらじゅうにむらなく光を振りまいていた。それで、通りに影はほとんどなかった。彼にはどこにも行くあてがなかった。ちょっと歩くとすぐに下ろした日よけにぶつかるので、しょっちゅう身を屈めていなければならなかった。歩きながら、彼は頭の中で知人の名簿を作成した。一通りすべての名前をリストアップしてから、取りこぼした名前を思い出そうとすると、名簿の始めの方に出てきた名前が記憶からぬけ落ちていった。そこで、彼はまた最初からやり直した。このエクササイズはよい気晴らしになった。「これからシャルルを訪ねてみようか？」ふとそう思ったとき、彼はすでにプレール広場の近くまで来ていた。まるで幸福な思い出に引きよせられでもしたみたいだった。だが、ふいに彼の背筋に寒けが走った。「シャルルも僕に手紙を書いたんじゃないだろうか？　投函したのが昨日の夜遅くなら、その手紙が今朝まだホテルに届いていなくても不思議はない。今日の午後には届くだろう。だいたい、悪い便りが一通来れば、他にも悪い便りが来るものだ。そんなときに、のうのうと彼に金を借りに行くなんて！　シャルルだってびっくりするだろう」今、まさに一通の手紙がホテルに向かっている――そう思うと彼は逃げだしたくなったが、いつの間にかシャルル・ペリエの家に着いてしまっていた。目的地までの道のりがこんなに短く思えたことはなかった。彼の頭に埒もない考えが浮かんだ。呼び鈴を鳴らして、ドアが開く前に逃げだそうか、とか、シャルルが突然、窓から顔を出すのではないか、とか、たとえ見つかっても、シャルルには僕が誰だか分からないのではないか、とか……冷たくあしらわれるような気もしたし、下にも置かないもてなしを受けて、かえって何も頼めなくなってしまうような気もした。だが、どのみち予想したようには事は運ばないはずだと考えると、勇気が湧いてきた。彼は子供じみた計算を働かせて、シャルルが彼に罵声を浴びせながらドアを激しく閉めるシーンを想像した。そんな想像をしておけば、実際にはそうならないような気がしたのだ。彼は覚悟を決めて、呼び鈴を鳴らした。しばらく待ったが、部屋の中からは物音一つ聞こえてこなかった。そこで、もう一度、呼び鈴を鳴らした。すると、今度は扉が開いて、寝起きで目を腫らしたシャルルが現れた。髪はぼさぼさで、背中にガウンの腰ひもが垂れていた。すぐにシャルルは言った。

「妙な時間に他人の家を訪ねる奴だな。まあいい、あがってくれ」

ニコラはほっとした。シャルルが彼を待ちわびていたようには見えなかったからだ。つまり、手紙のことは思いすごしだったわけだ。ニコラはすぐにサロンに通された。酒のグラスや、レコードや、プチ・フールの紙飾りや、吸殻でいっぱいの灰皿などが、家具の上にも、床の上にも散乱していた。突然、「誰なの？」という叫び声が聞こえた。女の声だった。

「おれの甥さ」シャルルはもったいぶった調子で答えた。「君とちがって、俺には親類縁者がいるんだ。固い絆で結ばれているのさ」

アパルトマンの奥の方から、はじけるような笑い声が聞こえてきた。

「おれに甥がいたらおかしいのか？」

笑い声はさらに大きくなった。

シャルルはニコラの方を向くと、「今、彼女はふつうじゃないから」と指で額を叩いて合図した。それから、わざと彼女に聞こえるような大声で「アリスはいかれているんだ」と言った。

シャルルはこの手の冗談が好きで、よく友人がそばにいるのに気づかないふりをして、その友人のうわさ話をしたりした。

「彼女は頭がおかしいんだ。医者に診てもらわないと」

「悪口はやめて！」アリスの甲高い声がした。その声が、急にニコラに向かって話しはじめた。「彼の言うことに耳を貸しちゃだめ。彼、私が気が弱いのをいいことに、言いたい放題なの」

シャルルはその言葉を聞きながして、「今に医者を呼ばなきゃならなくなる」と続けた。「ときどき彼女は自分で自分の言っていることが分からなくなるんだ。一歩外に出たら、おれはあいつのおかげでいつもひどい目に遭っているよ」

そこで彼は言葉を切ると、ニコラの耳もとに顔を寄せて、「それはよくありませんね」と相槌を打つよう頼んだ。ニコラは上司に証言を求められたような気分になった。そんなことを頼まれると、何だか仲間扱いしてもらったみたいで嬉しかったが、それもこの一瞬のことに過ぎないと思うと、彼はかえってみじめな気持ちになった。その場限りの仲間意識なら、そんなものは始めからない方がよかった。それに、こんなゲームにちょっとでも加わったら、あとでどんなしっぺ返しを受けるか分からなかった。内気な人間はたいてい友情の一歩手前にとどまることを好むものだが、彼もまた例外ではなかった。

突然、アリスが男物のコートを着てサロンに現れた。シャルルとニコラに気づかれないように、そっと寝室を抜けだしてきたのだ。彼女はコートのボタンを全部かけて、襟をピンと立たせていた。袖は彼女には長すぎた。それで、まるで手首から大きな布を垂らした芸人みたいに身ぶりが大げさになっていた。

「さあ、気違い女の登場よ。とくとごらんになって。気違い女と同席するなんて、そうそうあることじゃないでしょう?」

「君はおれの甥にそんな挨拶をするのか?」

「あら、いらっしゃいませ……あなた、郵便屋さんや小鳥みたいに早起きなのね」

彼女は人の意表をつくのが好きな女だった。小柄な男の話をするときは、その男を反語で「巨人」と呼んだし、ケーキを食べると、すぐにしたり顔で「美味しくて不味い」とコメントした。彼女はまた無類のいたずら好きで、実際、彼女がコート掛けに男物の帽子を見つけて、それを即座に被らないことは一度としてなかった。しかも、彼女はふだん被りつけない帽子を頭に載せると、スペイン人ダンサーのまねをしないではいられない質だったので、かならず腰に手をあてて、ポーズまでとって見せるのだった。おかげで、シャルルはいつ帽子の持ち主が現れるかと、いつもはらはらさせられていた。レストランでは、彼女は背中を向けている他の客に、しかめ面をしたりした。ときには横顔を向けている客にも同じことをした。彼女にできないいたずらはなかった。シャルルのポケットにいろんなものを詰めこんでおくことなど朝飯前で、彼が急いでいるときに財布を隠して、怒りだすまで隠し場所を言わないこともあった。毎朝、シャルルは彼女を残して仕事に行くのに一苦労した。家を出る前に二十回はキスをしなければならなかったし、それが済んで、ようやくドアを開けたと思ったとたん、また彼女に呼びとめられるのだ。彼女は思いのままに恋人を操っていた。自分のたった一言で恋人が立ちどまるのが、彼女にはおかしくてならなかった。ようやく彼が家を出ると、彼女は走って後を追いかけた。ただし、いつも彼が悲鳴をあげる一歩手前で立ちどまった。恋愛ごっこに夢中になっているようで、彼女は彼女なりの分別を失ってはいなかったのだ。

ニコラはこの若い女性から目が離せなかった。ときどき彼の視線と彼女の視線がぶつかった。彼女は冗談を言ったり、おどけたり、笑ったりしながら、ずっと彼を観察していたようだった。世の中には、二人きりで話をすれば、どんな相手でも自分の言いなりにしてしまえる人がいる。彼女もその一人だ、と彼は思った。彼はそういう人が好きだった。だが、居心地のよい部屋に住んで、自分たちのことだけを考えて生きているこの幸せなカップルを見ていると、彼は何だか悲しくなってきた。母親と一緒にもがき苦しんでいる悲惨な日々を思わないではいられなかった。ふいに彼はシモーヌのことを思い出した。シモーヌはアリスよりも美人だった。ただ、彼女にはアリスを取りまいているものが欠けていた。できることなら、同じような部屋や、陽気さや、無頓着さをシモーヌにも与えてやりたかった。

「おまえさん、もう朝飯は済ませたのかい?」とシャルルが彼に訊ねた。

「ええ。ありがとうございます」

「そうか。だからといって、おれたちが今から朝飯にしてはいけないって法はないな」

ニコラはシャルルと一緒にいると、他の誰と一緒にいるときよりも心が浮きたった。だが、同時に、辛い思いもしなければならなかった。彼はシャルルに憧れていた。シャルルの送っている生活は、まさに彼の理想の生活だった。それだけに、そのシャルルに「この若者は今の自分に甘んじていて、おれを羨むこともできない人間だ」と決めつけられているのが辛かったのだ。戦争に行って、何度も負傷したシャルルの胸には、今も砲弾の破片が埋まっていた。ニコラは、死の危険と差し向かいになってあらゆる苦難に耐えた四年間が、今、この男にわがままに生きる権利を与えているのだと思っていた。金の心配や生活の苦労など、この男が味わった苦しみに比べれば取るに足らないことのような気もした。しかも、シャルル本人は皆と運命を共にするのはあたりまえのことだと考えていて、けっして戦争の苦労話はしなかった。そんな男が幸福を摑まないわけがなかった。シャルルのそばにいると、ニコラはいつも圧倒されて、押しつぶされてしまいそうな気がした。どんなに辛い目に遭っても、過去の苦しみを思って笑っていられるこの男、いつも周囲に上機嫌を振りまき、精力的に動きまわっているこの男を前にすると、ニコラは自分など子供だと思わずにはいられなかった。そして、そう思うと、それでもシャルルのようになりたいという気持ちに変わりはないだけに、絶望的な気分に襲われるのだった。

「ところで、おまえさんの母親はどうしている?」とシャルルが言った。

ガウンを取りに隣の部屋に行っていたアリスが戻ってきて、「あんたの伯母の弟の息子は?」と混ぜかえした。

「ああ、あいつなら眠ってるよ。放っておけ、疲れているんだ」とシャルルはでまかせに答えた。暗に「おまえさんが親戚づきあいをばかにしているのはよく分かっている」と言ったのだ。

ニコラはアリスが部屋から出ていくのをじりじりしながら待っていた。彼女がいると、計画どおりに話を進めることができなかった。だが、彼女は席を外すといった気遣いとは無縁の人間だったし、シャルルにしてもその点はまったく無神経で、せっかくドアの方に歩きだしたアリスを呼びとめたりした。

これにはニコラも腹が立った。それでも、ついに彼はシャルルと二人だけになった。彼は金の話を切りだす機会を窺った。シャルルは恋人が部屋を出ていってからは、ひたすら自分のことだけを話していた。「もしこの仕事がうまく行ったら」と彼は何度も繰りかえした、「空から金が降ってくる」ニコラがぽかんと口を開けて聞いていると、彼はいつの間にか自画自賛を始めていて、ふだんなら心に思っていてもぜったいに口に出さないようなことまで滔々《とうとう》と語った。シャルルは内気で控えめそうな人を前にすると、自慢話をしないではいられない人間だったのだ。「おれはこう見えてもたいした男なんだ。他の奴なら、この仕事は百回やっても成功しないだろうな。世間ではよく機転とか進取の精神とか言うだろう？　そんなものは、おれは売りに出すほど持っているよ」まして相手が自分の甥だと思うと、彼にはもう何の遠慮もなかった。だが、実は、彼がこれだけ自慢話をするのには、元来の性格とは別に、もう一つ理由があった。詰まるところ、彼はニコラが好きではなかったのだ。彼自身どこがどうとはっきり言うことはできなかったが、とにかく彼にとって我慢のならない何かがニコラにはあった。ニコラの穏やかさや、内気さや、何を言っても首を縦に振るところが、どことなく無気力な雰囲気を醸しだしていて、その雰囲気がシャルルの頭の中で、外国人一般の無気力さと重なっていたのだ。もっとも、外国人とは言っても、シャルルにとって馴染みの深い近隣諸国の人たちは別だったのだが。「奴らは何一つしようとしない」と彼はいつも言っていた。「のうのうと女に喰わせてもらっているんだ。何を思ったのかフランスにやってきて、いったん腰を落ちつけると、泣き言を言ってばかりいる。それなら自分の国に留まっていればよかったんだ。もしおれが政治家だったら、いつまでもこんなことを見逃してはおかない。明日にでも、奴ら全員を国境に引っぱっていく」シャルルにとっては、ニコラもそんな軽蔑すべき外国人の一人に過ぎなかった。もっとも、彼もさすがにアフタリオン親子の前で外国人を悪く言うことは差しひかえていた。今、彼があざとい自慢話をしたのは、その埋めあわせだった。「おれたちフランス人は」と仄めかすことで、本音を口にできないもどかしさを解消していたのだ。彼はこうして、ニコラをその出発点である空虚な場所に押しもどした気になっていた。

「もしこの事業がうまく行けば、空から紙幣が降ってくる」

シャルルはそう言いながら、二本の指に挟んでいた小石を放し、それと同時に身を屈めて、その小石を空中で摑みとるまねをした。

「あなたは幸運な人です」

「運のあるなしの問題じゃない。いいか、大事なのは、何かを欲することなんだ。もちろん、うわのそらでいくら欲しいと思っていたってだめだ。心の底から欲するんだ。おれを見てみろよ。いったん何かが欲しいと思ったら、おれはもう眠らない。飯も食わない。何が起ころうと、ぜったいに欲しつづける。そうすれば、もう勝負はついたも同然だ。おれの勝ちだよ。どうだ？　たまげるだろうな、おまえさんの国の連中は」

シャルルは思わず軽蔑した口調で「おまえさんの国の連中」と言ってしまった。ニコラはその言葉にぼんやりと敵意を感じとった。シャルルはその場を繕うために、わざと乱暴にこう言った。

「こんちくしょう！　元気を出せってことさ。でなきゃ、圧延機でぺしゃんこにされたみたいになっちまうぜ」

ニコラは話に聴きいっているような顔をしていた。シャルルはそれに励まされて、今度は人生にはっきりした指針を持っている人間を演じはじめた。

「正しくあれ。ただし強くあれ」

それまでの彼の言葉に気取りがなかっただけに、この言葉は妙に空々しく響いた。調子を取りもどそうとして、彼はこぶしで暖炉を叩いた。

「おまえさん、どう思う?」

「おっしゃる通りだと思います」

ニコラは話の成りゆきに困惑していた。こんな教訓話を聞かされた後で、金を貸してくれと言いだせるはずがなかった。だが、もう時間がなかった。いまにもシャルルが「今日はこの辺で」と言いだしそうだった。会話が途切れた一瞬の隙をついて、ニコラは一息に言った。

「母が僕をこちらに伺わせたのは、あなたにもう一度お力添えいただけないものかと思ったからなんです。もう少しだけ、お金をお借りできないものか、と」

シャルルはすぐには返事をしなかった。ニコラの目をじっと見つめてから、彼は言った。

「おれの大切な姉貴は、どうやらものには限度があるということを知らないらしい」

「今回は特別なんです」

「ああ、そうであって欲しいよ」

「つまり、今、僕らは本当に困っているんです」

「だろうな」

「いつでも、おっしゃるときにお返ししますから」

「例えば?」

「さあ……例えば、来月には」

「で、その間、おまえさんたちはぶらぶら遊んで暮らすのか。おまえさんたちを養ってくれるお人好しには事欠かないってわけだな。はっきり言っておく。おれには関係のないことだ。なるほど、おまえさんたちの背中には火がついている。おれもかつてはそうだった。それがどんなことかよく知っている。だけどな、友人として一言だけ言わせてもらうが、もっとうまくやれよ、自分たちでさ」

このとき、アリスが部屋に入ってきた。

「ほら、見て、シャルル！」

彼女は両手に一つずつ小さな鉄アレイを持って、ゆっくりと万歳のポーズをとろうとしていた。

「これって、女性にはよくないのかしら？」

「すごくいい。だが、今は静かにしてくれ」

「失礼ね！」

「頼むから放っておいてくれ。分かるだろう、おれは話の途中なんだ」

「もし私が邪魔だったら、遠慮しないではっきり言ってね」

「だからそう言っている！」

「それでも私が居座ったら？」

「ああ、また始まった！」

結局、彼女は部屋から出ていった。ただし、身ぶり手ぶりで恋人をからかうのは忘れずに。

「おまえさんの母親にはすでに五千フラン貸している。先月中に返してもらうことになっていた。だが、まだ何も言ってこない」

「ええ、まさにそのことについて、お詫びをするようことづかってきました……」

「金は金だ。たしかにおれは金を持っている。だが、事業に必要な金なんだ。金がなければ、みすみす最高のチャンスを見逃すことにもなりかねない。で、彼女はいくら欲しいと言っているんだ？」

「もし可能なら、二千フラン……」

「いいだろう」

この返事を聞いて、ニコラは心の底からほっとした。大声で感謝の気持ちを伝えたくなった。思いつく限りの誓いの言葉を口にしながら、ひれ伏してしまいたくなった。だが、叔父のどこか人のよさそうな分別ある態度を見て、思いとどまった。この人には感謝の言葉などどうでもいいのだろう。そう考えて、彼は口ごもりながらこう言うにとどめた。

「ありがとうございます……ありがとうございます……あなたのしてくださったことが僕らにとってどれほどのことか……心からお礼を申します」

11

最初、ニコラが考えたのは、いろんな人から少しずつ借りた金を一気に返済してしまうことだった。小額の借金が方々にあって、身動きがとれずに不快な思いをしていたのだ。だが、前月の部屋代と食堂のツケを払ってしまうと、それでもうシャルルに借りた金のかなりの部分がなくなってしまった。それ以後、アフタリオン親子はまるで申し合わせたみたいに返済の話をしなくなった。

それからの一週間、彼らは毎晩街に出かけて、映画を観たり、シャンゼリゼ大通りのカフェのテラスでアイスクリームを食べたりした。それまでは金を借りた相手に出くわすのが怖くて、人の集まる場所には足も向けられなかったのだが、僅かな金を手に入れた今、彼らに恐れるものは何もなかった。これで街を自由に歩きまわれる、店に入っても恥をかかずに済むと思うと、彼らは酒に酔ったような気分になった。将来の計画がいろいろ頭に浮かんできた。彼らは完全に自分たちの現実を見失っていた。つい数日前まで、この人生はなんて陰気なんだろうと思っていた彼らに、その同じ人生がにっこり微笑みかけていた。毎朝、ルイーズは「今日は何をしよう?」とニコラに訊ねた。「大通りを散歩でもする?」

もちろん、「じきにまた一文無しになる」という不安が彼らの中にまったく頭をもたげなかったわけではない。だが、そんな不安は、言ってみれば花瓶の中を這いまわる一匹の毛虫みたいなもので、光り輝く川の流れとか、川面に覆いかぶさる瑞々しい草木とか、さざ波に照り映える太陽の前では、一匹の毛虫など存在しないも同然だった。アフタリオン親子の口癖は、「金は金を呼ぶ」だった。この諺を口にするたびに、彼らは身内に力が湧いてくるのを感じた。「人生ってそんなものなのよ。何不自由なく暮らしていると、空から幸運が降ってくるの」もはや悪い時期は去った、今日からはもう金に困ることはない。どこから金が湧いてくるのか、それは分からないが、とにかく何とかなる。そう彼らは信じていた。彼らは話し方まで金持ちのようになっていた。こんな気楽な生活が一週間つづいた。まさに束の間の休息だった。ほんの些細な欲求も満たすことができずに苦しんでいた彼らにとって、まるで魔法の国で暮らしているような一週間だった。一日に使った金額をちまちま計算しないで済むことも、家具の上に貨幣を無造作に転がしておけることも、ついこの間まで困窮した彼らを眺めていた人たちの前に、浪費家のような顔をして登場することができるということも、彼らにはこたえられない喜びだった。それだけに、シャルルから借りた二千フランをほとんど使いはたしてしまったときも、彼らはぜったいに騒ぎたてまいとした。「明日、また金が見つかる」と彼らは互いに言いあった。「見つからないわけがない」と。

ニコラはシモーヌと最後に会ったとき、次の日曜日にクリシー広場で会う約束をしていた。当日、彼は遅刻して、彼女を十五分待たせた。

「あなた、たしか三時って言ったわよね」とシモーヌが文句を言った。

「ああ。今、ちょうど三時だ」ニコラは三時十五分を指している大時計を見あげながら言った。

「あなた、目が見えなくなっちゃったの?」

「誓ってもいい、今、三時ちょうどだ」

彼は機嫌がいいと、明々白々な事実をわざと否定することがあった。すると、何故か心が和むのだ。実際、彼は皆と反対のことを言い張っていると、肩の力が抜けて、息抜きしたような気分になった。彼がそんな息抜きがしたくなるのは、とりわけ色彩が話題になったときで、例えば、誰かがいくら「これは赤だ」と言っても、「いや、違う」と言い張るのだ。「どう見ても緑じゃないか」「君は色盲なのか?」「いや、君こそ色盲だろう」以前、アフタリオン夫人が電話帳で知人の住所を探すよう頼んだときはこうだった。「電話帳って何?」「冗談はやめて」「いや、本当に僕は電話帳って何だか知らないんだ」「おまえ、私をからかってるの?」「とんでもない!」「誓える?」「もちろん、誓うさ」「本当に誓えるの?」最後に彼が笑いながら「ちょっとからかっただけなんだよ」と打ち明けると、母親はさすがに腹を立てた。「おまえ、誓ったじゃないの!」「怒らないで。白状したんだから……」

「今日、何をする?」とシモーヌが訊ねた。

「さあ」

「あなたっていつもそう」

「君はいつもアイデアがいっぱいだからね」

「そうは言ってないわ」

「だけど、そうじゃないとも言ってない」

「変な人!」

「僕は皆と同じさ」

「いいから教えて。今日、何をするのか」

「君のしたいことをしよう」

「あなたが決める番だわ」

「とりあえず、このまま歩こうよ」

二人はクリシー広場を後にして、バティニョル大通りを歩きだした。夜のうちに雨が降ったので、街路樹が葉を落としていた。春先、あまりにも早く芽を出して、この八月の終わりにはすでに枯れてしまっていた葉の運命だった。地面に張りついた葉は、どれも皺がなくなってのっぺりとしていた。真っ青な空には綿雲が流れていた。秋の訪れを予感させる日曜日だった。

二人は映画館の前で立ちどまった。

「入る?」とシモーヌが訊ねた。

「ノー」ニコラはこの言葉をできるだけ長く引っぱった。

「じゃあ、どうするの?」

「少し歩こうよ」

ニコラにははっきりした目的があった。シモーヌの部屋に行きたかったのだ。ただ、彼は自分からそう言いだす勇気がないので、彼女の方から誘ってくれるのを待っていた。さっきから何を見ても心楽しまない様子で、うかない顔をしていたのもそのためだった。一方、シモーヌはニコラのたくらみに勘づいていた。それで、ふだんなら自分から何かを提案したりはしない彼女も、今日はいろんな思いつきを矢継ぎ早に口にしていた。実際、バスが通れば、「あれに乗って、終点まで行ってみましょうよ」とニコラを誘ったし、大きなカフェの前を通りかかれば、あの店に入って音楽を聴きましょうと言った。突然、二人の視線がぶつかった。ニコラは微笑みに自分の気持ちを滲ませようとした。シモーヌは笑いかえしてしまわないように目を逸らして、頭に浮かんだ最初の言葉を口にした。

「ブーローニュの森の動物園はどう?」

ニコラは打ちひしがれた男みたいにうなだれてみせた。

「勘弁してくれ!」

「でも、ラクダに乗って散歩しない?」

「興味ないな」

「じゃあ、あなたはどこにも行きたくないの?」

「そんなことはない」

「どこ?」彼女はそう訊ねながら、まるでこのとき初めてニコラの気持ちを察したかのように表情を変えた。

「さあ」

「今、言ったじゃない、行きたいところがあるって」

「忘れちゃったんだ」

「あなた、今日は優しくないのね」

ニコラは後ろに誰もいないのを確かめてからシモーヌの腰に手を回し、口をとがらせて言った。

「そんなことはない。僕は優しいさ」

「あなたは私のことが好きだって言うけど、本当は好きじゃないのね」

「ちょ、ちょ、ちょ、ちょっ」

「私はまじめに話しているのよ」

もしこの会話を誰かに聞かれていたら赤面ものだな、とニコラは思った。実際、「ちょ、ちょ、ちょ」とは我ながらよく言ったものだ、と。彼はシモーヌの顔を盗み見た。彼女に呆れられたのではないかと不安になったのだ。だが、彼女はさっきまでとまったく変わらない顔をしていた。どんなばかなことを言っても、少しも驚かずに受けとめてくれそうな顔だった。僕ら二人の間には、すべてが許されるあの親密な関係が成立している、と彼は思った。いちいち意味を気にしないで何でも言える親密さ、わけの分からないことをしても、それがそのまま受けとめてもらえる親密さ、笑いと涙が交互に訪れる親密さ、そんな親密な関係が成立している、と。それは要するに、相手を自分の体のように思えるということだった。

「そんなことはない。僕は君が好きだ。その証拠に、僕は今ここにいるじゃないか」

彼にしても、自分の言っていることがまるで理屈になっていないことは分かっていた。だが、愛情の証拠として、証拠にならないような事実を挙げることにはある種の喜びがあった。彼はシモーヌが「そんなのおかしいわ」と言いかえしてくるだろうと思った。だから、彼女の口から「ええ、そうね」という無邪気な言葉が漏れたとき、彼は胸がじんとして、今度こそ本当の証拠を示そうと思った。

「僕はいつも君のことを思っている。眠っていても、君がそばにいてくれるような気がしている。君のことが好きだからだ。朝起きて、真っ先に考えるのも君のことだ」

この最後のフレーズは、いつも彼が自分の真剣さを相手に信じこませようとするときに使う言い回しだった。実際、彼は何かあればすぐにこの言い回しに頼った。かつて父親に「お願いだから勉強してくれ」と言われたときも、「心配いらないよ。その証拠に、朝起きて真っ先に考えるのは授業のことなんだ」と答えたし、母親に将来のことを何も考えていないと責められたときも、「そんなことはない。朝起きて真っ先に頭に浮かぶのは将来のことなんだから」と言っていた。

「本当？　朝起きるとすぐに私のことを考えるの？」

「ああ、すぐにだ」

「おかしいわね。だって、私もそうなのよ。朝、まだ目を開ける前から、頭の中にあなたがいるの」

彼は歩き疲れたのを口実に立ちどまった。

「どこに行くか決めないと」と彼は言った。

「散歩でいいわ」

「だけど、今日は皆が散歩しているじゃないか」

「だから散歩がいいのよ」

この言葉を聞いて、ニコラは自分と彼女を隔てる距離を痛感した。他人の色に染まらないで生きるように育てられた彼は、何でも他人と違うことをするのがいいのだと信じていた。だから、シモーヌが日曜日に散歩するのが好きで、土曜日の晩は芝居に行くものだし、月曜日は悲しいものだと思いこんでいるのを知って、一瞬、彼女が赤の他人に見えたのだ。

「いいよ。もし君が望むなら、このまま散歩しよう」

二百メートルほど行ったところで、彼はまた立ちどまると、驚いたような顔をして言った。

「この通りは、君の家の前の通りじゃないか？」

もちろん、彼は最初からルジャンドル通りの最終番地を目指して歩いていたのだ。

彼女は顔をあげた。

「ほんとね。うちの前の道がこんなに長いとは知らなかったわ」

「君の部屋は、このすぐ近くだっけ？」

「いいえ、まだずいぶんあるわ」

彼らはすでにサン・ラザール駅近くの小さな公園まで来ていた。線路の上になかば張りだした格好の公園だった。ニコラはシモーヌの目をじっと見つめた。そして、うつむいた彼女を抱きよせて、キスをした。

「ニコラ……どうしたの、急に？」

「さあ、行こう。僕らは二人一緒だと幸せなんだ」

「だめ、だめ。私、いやよ」

「もう、僕らはお互いをよく知っているじゃないか」

「ええ、でも、いやなの」

「どうして？」

「いやと言ったらいや」

シモーヌは震えていた。ふだんは姿勢のよい彼女が背を丸めていた。彼女は憐れみを請うような目でニコラを見つめていたが、突然、公園を指さすと、無理に微笑みを浮かべながらこう言った。

「見て。緑がとってもきれい！　小さな花がいっぱい咲いていて！　ほら、見える？　屈んでごらんなさいよ」

ニコラは彼女の言うとおりにした。だが、こんな貧相な自然を見ても、その辺の壁を前にしたときと同じくらいの感動しかなかった。

「あの公園のベンチに座りましょう。ねえ、ニコラ、気持ちよさそうでしょう？　子供の頃、ママンがよくあの公園に連れていってくれたの」

シモーヌは自分の言葉に酔っていた。また、彼女はほんの些細なことにも大げさに反応するようになっていた。実際、車がわきを通ると、彼女は公園の鉄柵まで跳びのいたし、自分の靴がニコラにちょっとでも触れると、いったい彼のどこに触れたのか確かめるような様子で、足もとを食い入るように見つめた。

「ねえ、いいでしょう？」

彼女はニコラの手を取って歩きだした。彼はされるがままになっていた。

「あそこのベンチはどう？」

「僕には他にしたいことがあるんだ」

「何？」

眼を大きく見開いて、口を半開きにした彼女の顔には、従順さと不安が同時に表われていた。手の指はへんてこな機械みたいに神経質な動きを繰りかえしていた。

「シモーヌ、お願いだから」

「でも、公園は？」

「また別の機会にしよう」

彼女は喉を詰まらせながら、無理に笑おうとした。

「そんなこと言って、どうせ公園に行く気なんかないんでしょう？」

「誓うよ。次はかならず行く」

「次って、いつ？」

「いつでも。君の望むときに」

シモーヌの様子は一変していた。ニコラはもう一度、彼女を抱きよせようとした。すると、彼女はまるで柵を跳びこえようとする動物みたいに勢いよく走りだした。だが、ほんの数歩で立ちどまって、神経質に笑いはじめた。そして、顎を上げ、両腕を体のわきにだらりと垂らして、ニコラが近づいてくるのを待った。その顔は急激にやつれていた。

ニコラの手がもう少しで彼女に届きそうになると、彼女はまた逃げだした。

「捕まらないわ」

ニコラは彼女を欺くために、わざと途方に暮れたような仕草をした。それから、突然、彼女に飛びかかった。彼女は両手を前に突きだしながら、本能的に一歩退いた。次の瞬間、彼女はニコラに抱きすくめられていた。

「ほら、捕まえた」

「放して。放してったら」

ニコラは即座に手を放した。彼女は意表を突かれて、彼を見つめた。

「どうしたの？」

「何でもない。でも、優しくないのは君の方じゃないか」

「そんなことない。私、優しいわ」

彼女はニコラに近づいて、彼の両手を手で包みこみながら、目を覗きこんだ。

「ほら。私、優しくない？」

「なぜ君の部屋に行っちゃいけないんだ?」

「だめ。いやなの」

ニコラは彼女の手を振りほどいた。

「いいよ。それなら公園に行こう」

彼女はニコラがむっとしているのは分かっていたが、何も気づかないふりをして歓声をあげた。それは、半分は本当の気持ちの表われで、半分はニコラの気持ちを和らげるための方便だった。

「ああ、私、幸せだわ! あなた、最高よ。今までの千倍も好き。さあ、行きましょう。ねえ、あの公園ですてきな時間を過ごしましょう!」

ニコラの表情はこわばったままだった。彼女は気にせずに続けた。

「あの銅像のわきに座りましょう。あそこでなら、ゆっくり話せるわ。誰も邪魔しに来ないもの。だから、ねえ、ニコラ、笑ってよ。ほら、笑って!」

彼は返事をしなかった。

「怒ってるの?」

「いや」

「じゃあ、どうしたの?」

「何でもない」

シモーヌの喜びは凋んでしまった。彼女は笑おうとしたが、笑えなかった。それでも何とか会話を続けようとしたとき、彼女は腰にニコラの腕が巻きつくのを覚えた。その腕が無理やり彼女を引きずっていこうとした。彼女は頭にいろんな思いがどっと押しよせてきて何も言えなくなり、すっかり混乱したまま、黙って彼に従った。何度か体をこわばらせはしたが、その都度すぐに力が抜けてしまった。それにしても、ニコラがこんな強引なことをしていながら、その強引さに気づこうともしないのが、彼女には不思議でならなかった。彼はどうやら視線を落として彼女の体を眺めはじめたようだった。彼女はそれを感じとったが、彼の方を振りかえる勇気はなかった。突然、「もう何を言ってもむだだ」という思いが彼女の胸を過った。数秒間、地面を踏みしめる足音が聞こえていた。ニコラの足音だった。彼女の耳は二人の足音を聞きわけていた。彼女は知らないうちに遠くまで流されてしまっていたことを知り、今さら身を守りようもないとはっきり悟った。

12

夏が終わろうとしていた。シャルルに借りた二千フランはとっくになくなっていた。アフタリオン親子は金がなくなるたびに、ああ、ばかだった、もっと違うことに金を使うべきだったと後悔して、金があるうちは考えもしなかった使い道をあれこれ数えあげるのだったが、いつの間にか、彼らはこの浮き沈みにも慣れてしまっていた。よい時期と悪い時期が交互にやってくるので、たとえ今はしんどい思いをしていても、やがて事態はかならず好転するはずだと考えるようになっていたのだ。この「満ち潮、引き潮の法則」への信頼に支えられて、彼らは最悪の日々をあまり思いつめずに過ごすことができた。だが、回数を重ねるごとに、水中に潜ってから水面に顔を出すまでの苦しみが大きくなった。悪い時期がなかなか終わらないようになった。

彼らはいつもくたびれた服を着ていた。昔の裕福な暮らしを偲ばせるもので今もアフタリオン夫人の手もとに残っているのは、襟の部分がマーモットで、他が全部カワウソの毛皮のコートだけだった。それは二束三文で買いたたかれそうになって、それ以来、彼女が「これを売るくらいなら飢え死にする方」と言っているコートだった。彼女はたとえ陽が燦々と降りそそいでいても、外出するときはかならずこのコートを着た。そして、留め金が壊れて、勝手に口が開いてしまうハンドバッグを手に持ち、ひびの入った靴を履いて、ドライクリーニングに出しても消えない染みのついたトック帽を被った。まったく目を覆いたくなるような格好だった。ただし、彼女の手だけはいつまでも白いままだった。彼女は絹のストッキングなしではいられない人間だったのだが、手持ちのストッキングはどれもあちこち裂けていて、履くと、太い糸で繕った箇所が長く伸びた。一方、ニコラはまだ二着の背広を手放さずにいて、それを交互に着ていた。毎晩、きちんとブラシをかけて吊していたので、それだけに生地のほころびが目についた。靴は、今もニースで買ったアンクルブーツを履いていた。買った当時の流行で、胴の部分に明るいスエード革が使われていたが、その端のところは靴墨ですっかり黒ずんでいた。シャツもかなり傷んでいて、背広を着るときはまず擦りきれたシャツの袖口を折りかえさなくてはならなかった。さんざん雨に打たれたフェルトの帽子は、生地がふにゃふにゃになっていて、庇が垂れたところは植民地のヘルメットのようだった。

アフタリオン親子はいくら記憶を探っても、金を貸してくれそうな人を一人も見つけることができなかった。すでに彼らは皆に借金をしていたのだ。エクセルシオール・ホテルの主人はいらいらしはじめていて、彼らが受付の前を通っても、もう挨拶を返そうともしなかった。彼らは今一時的に困っているだけで、そのうち大金が手に入ることになっているのだと皆に思いこませていた。彼ら自身、自分たちが本当の一文無しになるとはどうしても思えずに、今にどこからか金が降ってくるとずっと信じていたのだ。

だが、そんな彼らも、ようやく少しはまともに頭を働かせるようになってきていた。「よく考えなさい」とルイーズは息子に何度も言った。「そんなお金がどこから出てくると思うの？　もう頼りになるのは自分だけよ」とはいえ、この親子が何か幸運な出来事を夢みるのをやめたわけではなかった。「もし一万フランあれば、僕たちは救われる」とニコラは毎日のように言った。母親は「いいえ、一万五千フランだわ」と応じた。そこで二人はいくらあれば足りるのか、何時間も頭をひねるのだった。

アフタリオン親子がホテルの主人と激しい口論を交わしたのは九月の終わりのことだった。その前日には、ニコラは借金の催促状を二通受けとっていた。日中はまだ息詰まるような暑さがつづいていたが、夜になるともう涼しかった。美しい季節が終わろうとしていた。むっとするような熱気の立ちこめる真昼時に、突然、冷たい風が頬を撫でていくこともあった。

「ニコラ、おまえはぜったいにお金を工面してこないといけないよ」

「いったいどこで？」

「知らないわ。どこでもいいの。とにかくお金を工面してきて。ぜったいに、ぜったいに、ぜったいにお金を工面してきてちょうだい。もしおまえにできないのなら、私がする。ここにあるものを全部売り払うわ」

「百フランにはなるだろうな」

「百フラン？」

「いや、百フランにもならないか」

ルイーズは啞然とした顔で息子を見つめた。

「おまえ、気は確かかい？　あのドレス、いったいいくらしたと思っているの？」

彼女は口をつぐんで、タンスを開けた。彼女の胸の高さの棚に、いろんなものが雑然と並んでいた。

他の棚は全部からっぽだった。

「ニコラ、どうすればいい？」

「僕に何をしろと言うんだ？」

「もし私が男だったら、こんなとき、ぐずぐずしてないわ」

「何をするんだ？」

「あちこち訪ねてまわって、頭を下げるのよ。きっと誰かが救いの手を差しのべてくれるわ」

「誰も、何一つしてくれやしないよ」

「おまえには友だちがいないのかい？　一人も知り合いがいないのかい？」

ニコラはちょっと考えこんだ。突然、モラッチーニとかいう男の顔が頭に浮かんだ。カフェ・モナコで何度も話したことのある男で、ニコラにずいぶん好意を持っている様子だった。

「明日、知り合いのところに行ってくる」

「明日じゃないわ。今よ」

＊＊＊

正午、ニコラはモラッチーニの住んでいるブルー街の小さなホテルを訪ねた。慎ましくて、居心地のよさそうなホテルだった。

モラッチーニというのは南仏のトゥーロン出身の男で、親はレストランの経営者だった。彼は十七歳のとき、トゥーロンじゅうのカフェをはしごして大騒ぎをした挙げ句、巡査を半殺しにして懲役二年の刑に処せられたのだが、戦争中だったので、入隊を条件に釈放されて、マルセイユのサン・ジャン砦で囚人部隊の一員として任務に就いた。そこでは、彼に外出の許可は与えられていなかった。だが、ある晩、彼は城壁をよじ登って街に出て、そのまま一週間、古い港の売春宿を転々として過ごした。結局、脱走兵リストに載って、カフェから出てきたところを捕まった彼は、ふたたび有罪判決を受けて、刑の執行を逃れるためにまた戦線に赴くことを志願した。こうして、手榴弾の投げ方も、銃に弾を装填する仕方も知らないまま、二週間後には彼は懲治部隊の一員として前線に立っていた。それからの二年間はまさに悪夢そのものだった。毎日、彼は一人ないし複数の戦友の死に立ち会った。夜は酒を飲まずにはいられなかった。それでも、彼はいつも歌を口ずさんで、周囲に上機嫌を振りまいていた。朝日が昇るたびに、彼はもう夕日を見ることはないだろうと考えた。ときにはトゥーロンがたまらなく懐かしくなって、「このまま脱走して、港や、船や、海を見に行こうか」と思うこともあった。だが、他の兵隊の呼ぶ声がすると、そんな思いを即座に振りはらって、その兵隊のもとに駆けつけるのだった。

彼は危険を避けようとは思わない男だった。負傷したときのことをあれこれ考えることもなかった。だから、地面に腹ばいになっていても、彼だけはまるで雪合戦でもしているみたいだった。たとえ大地が揺れるほどの爆撃に見舞われても、それに続く沈黙の中で、自分だけは無傷で立ちあがる——そう心のどこかで信じていたのだ。だが、一九一八年三月、そんな彼も有毒ガスにやられてしまった。その後、彼は両親の家で二年間の療養生活を送ってから、パリに出た。季節の変わり目になると激しい咳の発作に襲われて、数日間、一睡もできないこともあった。そんなときはさすがの彼も、もう終わりだ、このまま息が止まるのだろうと考えた。医者は「息子さんはもってあと五年ですな」と彼の父親に告げていた。世の中には、あまりにも静かな生活を送っているので、もう生きることをやめてしまったのではないかと皆に思われている人間がいる。きっと今のままの姿で最期の日を迎えるのだろうと思われている人間だ。モラッチーニは死の宣告を受けていながら、いつも陽気に笑って、日の出とともにベッドに入るような生活を改めようとしなかったのだが、それでも何故か、そんな生気のない人間と同じ印象を周囲の人々に与えていた。

ただし、モラッチーニ本人にとっては、毒ガスの後遺症は牢獄や軍隊と同様、一つの障害、ぜったいに乗り越えるべき一つの障害に過ぎなかった。かつて思いのままに生きることを妨げるすべてのものを憎んだように、今、彼はこの病気を憎んでいた。どんな苦しみも彼を屈服させることはできなかった。彼は生きようという強い意志をもって、敢然と病気に立ちむかっていた。

彼はまず自分に厳しかった。咳きこんだときは、それがまるで自分のせいみたいに自分を責めた。彼が絶望的な気分に流されることはけっしてなかった。病気などものともしないという姿勢をぜったいに崩さないのだ。そのため、酒量は増える一方で、女性関係もますます盛んだし、あちこちで借金を重ねて、眠るのはいつも日の高い時刻だった。それを仲間にたしなめられても、「死ななければならないときは、いつでも死んでやる。だが、今は人生を楽しみたいんだ」とはねつけた。彼はいつも健康な連中と同じようにふるまおうとした。ぜったいにその連中を羨んだりはしなかった。もし誰かに同情されたら、彼は狂ったように怒りだしただろう。だが、にもかかわらず、いつの間にか彼は一人きりでいることに耐えられなくなっていた。もちろん、それも病気のせいだった。自分では「ふさぎの虫にとり憑かれるのがいやなだけさ」と言っていたが、夜、そばに誰もいないと、彼はまるで道に迷った子供のようになって、日頃の強気はすっかり影を潜めた。一人で夜の街を歩いていて、どこかで破裂音でもしようものなら、戦場の記憶が蘇って思わず飛びあがり、見ず知らずの通行人を縋るような目で見つめた。そんなときは、さすがの彼も自分の体が病に蝕まれていることを意識しないではいられなかった。胸はもちろん、どうやら肩の辺りまでやられているらしいと思うと、彼は恐怖に震えた。夜がこのまま果てしなく続くように思えて、そのうち全身が熱っぽくなってくると、その夜が死の闇に見えてきた。彼を救ってくれるのは日の出だけだった。そんなわけで、彼には方々に友だちがいた。煙草を買いに行くにも、誰かにつき添ってもらう必要があったのだ。とりわけ彼が恐れていたのは部屋で一人きりになることで、だから、今、彼はクロクロという自称歌手の女と一緒に住んでいた。いつも派手な色のスーツを着て、新品のスカーフと、ゲートルと、ハンチングを身につけた彼は、見かけはその辺の山師のようだったが、どこか子供っぽいところがあって、それが周囲の微笑を誘っていた。細かいことはいっさい気にせず、自分の欲求を満たすためなら何でもするような顔をしていたが、そんなポーズの裏に純朴さが透けていた。

ニコラが部屋に入ったとき、モラッチーニはまだベッドに横になっていた。隣に寝ていた愛人はとっさにシーツで体を隠した。カーテンが引いてあったので、陽は差しこんでいなかったが、部屋がひどく散らかっているのはすぐに分かった。モラッチーニは体を起こして、ベッドの上に座った。青い顔をして、髪はぼさぼさだった。彼は今、自分がどこにいるのかよく分かっていないようだった。咳の発作がひとしきり彼の体を揺すった。発作が治まると、彼は立ちあがって窓を開け、しばらく手すりにもたれたまま陽光を浴びていた。

「今、何時だ?」モラッチーニはクロクロに訊ねた。

「開けたの?」

「時間を訊いているんだ」

「開けたのって訊いているの」

モラッチーニとクロクロはまるでニコラがいることに気づいていないような調子で話した。もっとも、彼らが他人の前で荒っぽい言葉を交わしたり、どなりあったりするのはいつものことだった。実際、彼らは慎みとは無縁なカップルで、ところかまわずキスもすれば、けんかもした。一度などは近所の子供たちが見ている前で「女を食いものにしている」とクロクロがモラッチーニを責め、怒ったモラッチーニが彼女を殴り、それに彼女も応戦して、大げんかになったことがある。結局、通りすがりの人たちが中に割って入って、力ずくで二人を引きはなし、それぞれ反対の方向に連れていったのだが、彼らは遠くからも罵りあうのをやめなかった。

モラッチーニが窓を開けると、陽の光が部屋の中に流れこんできた。壁には金の唐草模様の入った紫色の壁紙が貼ってあって、床にはフェルトの絨毯が敷きつめてあった。洗面所の扉は半分開いていた。

「なあ、来るのがちょっと早すぎるんじゃないか」

「誰なの?」シーツに体を隠したままクロクロが訊いた。

「知り合いだ」

「フレッド?」

「いや、ニコラだ」

「知らないわ」

「正午に他人の家を訪ねるなら、あらかじめそう言ってから来るものだろう」

突然、クロクロが掛け布団の中から飛びだしてきた。彼女の顔はクリームでてかてかしていて、目の端にはマスカラの黒い筋がついていた。ショートカットの髪は少年の頭のようにぼさぼさだった。

「モラ、鏡をとって。そこのあんた、こっちを見ないでね」

ニコラは初めて会うこの女が煩わしかった。彼女がいると、モラッチーニに金を貸してくれと頼むことができなかった。もっとも、彼はモラッチーニともゆっくり話したことがあるわけではなかったのだが。

「で、調子はどうだい？」モラッチーニはまるでいつも顔を合わせている仲間に話しかけるような口調でニコラに訊ねた。

モラッチーニはいつもこうだった。孤独を恐れるあまり、いつの間にか、相手が誰であろうと愛想よくふるまう癖がついていたのだ。実際、彼は友情の印をむやみに振りまいていた。何か月もお互いに連絡をとらなかった知り合いにも、まるで昨晩一緒にグラスを傾けた友人に話しかけるような調子で話しかけた。一方、ニコラはモラッチーニの全身から漂ってくる活動的な雰囲気に圧倒されていた。世の中には、たとえ暇を持てあましていても、ぎっしり予定の詰まった生活を送っているように見える人間がいるものだが、モラッチーニもその一人だった。他の者がするとただの暇つぶしにしか見えないことも、彼にかかると、きわめて多忙な人間のすることに見えた。ニコラなら「散歩してくる」と言うところも、彼の場合は「今から徒歩でオペラ座まで行って、戻ってくる」となった。

モラッチーニの咳の発作がまた始まった。咳きこんでいるうちにめまいに襲われた彼は、それをニコラたちに悟られまいとして、小さな肘掛椅子に倒れこむように座った。壁紙の色調とよく合ったモダンな布地張りの椅子だった。彼の咳はなかなか鎮まらなかった。クロクロが立ちあがって、彼の背中をさすった。それでも咳が止まらないので、彼女は水の入ったコップをとりに行った。

「ほら、ゆっくり飲みなよ」

彼女はまるでしゃっくりがとまらない人の世話でもするみたいにそう言った。彼はコップを押しのけた。と、突然、咳が止まった。だが、彼はまた発作が始まるのを恐れて、身動き一つしなかった。僅かに息を吸ったり吐いたりするだけで、涙が頬をつたっても、まぶたを閉じようともしなかった。ただ、彼の胸は全力疾走の後のように波うっていた。ようやく、彼は怒りに声を震わせながらこう言った。

「毎朝、こうだ」

「医者に診てもらわないからよ」クロクロが文句を言った。

「もう三十六人の医者にかかったよ。どうしようもないのさ。ガスのせいだからな」

彼は口をつぐんだ。彼の息遣いが徐々に平静になってきた。彼は目をあげると、小さなクリスタルの照明を何秒かにらんでいたが、突然、周囲に人がいるのを忘れてしまったような調子で自分の胸を叩きはじめた。彼の顔には心の中のことがすべて現れていたが、彼はもうそれを隠そうともしなかった。今、胸を叩いているのは、ちゃんと胸が痛みを感じるかどうか確かめるためだった。だが、彼の胸は何も感じなかった。そこで、今度は彼は自分の首を絞めはじめた。まるで自分自身を扼殺《やくさつ》しようとしているみたいだった。戦場でガスにやられて以来、彼はときどきこんなふうに自分の首を絞めずにはいられなかったのだ。やがて、頭のどこかで「もう十分だ」と悟った彼は、不要になった両手をこすり合わせながら、ぶっきらぼうに話しはじめた。

「こんな病気で苦しまなきゃならないなんて、まったくばかげている。そうは思わないか？　だが、もう、この話はよそう。おまえさん、何の用だい？」

ニコラはモラッチーニが病気のことを忘れたがっているのを察して、「頼みごとをするなら今だ」と考えた。「今、金を頼めば、この男を死の恐怖から救ってやることになる。きっと喜んでくれるだろう。

実際、そんなことでもなければ、この男は服を着るまで、病気のこと以外は何も考えられないのだから」それで、彼はクロクロが洗面所に立った隙に、少しの疚《やま》しさも覚えずにこう言った。

「少し金を貸してくれないかな？」

「いくら？」

「できるだけ多く」

「二百フランだ。だが、もうその話はやめろ」

そう言いながら、モラッチーニは洗面所を指さした。

13

アフタリオン親子はエクセルシオール・ホテルでもだんだん肩身の狭い思いをするようになっていて、今では気兼ねなく受付の前を通ることもできなかった。ホテルの主人は彼らを見ると、そこらじゅうのドアを激しく閉めたり、床に唾を吐くまねをしたりしながら、まるで彼らが見えていないみたいに堂々と悪口を言った。彼はこの親子に深い憎しみを抱いていた。もし許されるのなら、すぐにでも二人をホテルから叩きだしただろう。ときにはわざと鍵を隠すこともあって、ニコラがしかたなく受付で声をかけると、手を滑らせたふりをして鍵を床に落とした。だが、主人にはアフタリオン親子をホテルから追いだすことができなかった。法律がそれを禁じていたのだ。彼はこの親子の横暴さを前に手を拱《こまね》いているることしかできないのが悔しくてならなかった。みすみすホテル全三十二室のうちの一つの部屋代をとり逃していると思うと、胸に怒りが込みあげてきた。もちろん、アフタリオン親子の滞納している部屋代が今すぐ彼に必要だというわけではなかった。ただ、彼はこのホテルの年間の収益が、収容可能な客数から割りだした額を二万フラン越えることを目標にしていて、そのため、年の始めから終りまで、ちょっとしたごまかしをしたり、必要なものを諦めたり、夜間客の部屋代を割増しにしたり、行きずりのカップルにシャンパンを勧めたりしていたのだった。

アフタリオン親子の窮乏ぶりは目も当てられなかった。彼らはもうろくに食事もしなかった。月末の勘定のことを考えると、ツケのきく食堂に行く気にもなれないのだ。そのくせ、ニコラが金策に走りまわって、粘った末にようやく手に入れてきた僅かな金を、すぐに気まぐれに使ってしまうことも珍しくなかった。九月三十日、ホテルの主人が彼らの部屋をノックした。

「警察に通報しましたよ。最終期限は明日の正午。それまでにこの部屋を出ていってください。でないと、あんたたちの衣類を全部まとめて窓から投げ捨てます。よろしいか？」

アフタリオン親子は「できる限りのことはするから」と懇願したが無駄だった。ホテルの主人が出ていった後、彼らは半狂乱に陥った。ニコラは何とかルイーズを落ちつかせようとしたが、ふだんから警察をひどく恐れていた彼女は、主人の脅し文句に震えが止まらなかった。

「今度こそ出ていかないと。あの男は何だってやりかねないわ」

その日、ニコラは新しい住処を探して走りまわった。さんざん無駄骨を折った後、彼はふと壁に貼ってある小さな紙に目を留めた。そこには手書きの文字でこう書いてあった。

自宅の一室、貸します
部屋代、月百七十五フラン
自炊可
クロワ・ニヴェール街百十番地　モリニエ夫人

翌日、アフタリオン親子はそれぞれカバンを一つずつ持って、モリニエ夫人の家に向かった。大きなトランクは部屋代の形としてホテルの主人に押さえられていたのだ。モリニエ夫人はしなびて、子供くらいの背丈しかない老婆だった。そのおどおどした物腰や、不安そうで、何かに驚いたような顔つきを見ていると、誰でも「この人は一度として成熟した女だったことがないのではないか」と思わずにはいられなかった。ニコラはすでに昨日のうちに、部屋代は月末にきちんと払うと伝えてあった。つまり、前払いはできないと断ったわけだが、それでもモリニエ夫人はアフタリオン親子を愛想よく迎えた。彼女は二人をくつろがせようと懸命だった。「私はあなたがたを存じ上げないけれど」と彼女は言った、「あなたがたを信用していますわ。あなたがたが低俗な人間でないことくらい、すぐに分かりますもの。人と人って、双方がきちんとした教育を受けてさえいれば、いつかかならず分かりあえるものなの。いがみあったりするのは下々の人たちだけだわ」

＊＊＊

だが、十月の末になっても、アフタリオン親子はモリニエ夫人との約束を果たすのに必要な金を手に入れることができなかった。毎朝、モリニエ夫人は部屋にやって来て、少しでもいいから部屋代を入れてくれとルイーズに泣きついた。毎日が悲しく過ぎていった。エクセルシオール・ホテルを出たときから、アフタリオン親子は奇跡が起こることだけを待っていた。彼らのようにみすぼらしくて哀れっぽい人間がいくら親戚や友人を訪ねたところで、すぐに適当な理由で追いはらわれて、来たときと同じようにしょんぼり帰るのがおちだったのだ。ニコラは前回のシモーヌとのデートをすっぽかしていた。彼は自分と自分の置かれた境遇を恥じるあまり、彼女と会うのを避けていたのだ。実際、エクセルシオール・ホテルを出てからは、一度も彼女の部屋を訪ねていなかった。

ニコラは道ですれ違う人に、突拍子もない言葉を期待するようになっていた。ずっと熱に浮かされていたせいか、通りすがりの人が「ほら、君、百フランだ、取っておきなさい」と声をかけてくるような気がしてならなかったのだ。なかには、「パリのど真ん中で匍匐《ほふく》前進してごらん。進んだ距離だけお金をあげるから」とか、「君が六階から飛びおりたら、全財産を君にあげよう」などと言ってくる人もいるかもしれなかった。いろんな条件が彼の脳裏を過った。もし軽業師のまねをしろと言われたら、と思うと、彼はめまいを覚えた。彼の耳もとで、「この崖っぷちをつたって歩いてみろ。そうしたら百万長者にしてやる」と囁く声がした。また、「大声で叫んでごらん。もし街の反対側までおまえの声が届けば、うちの別荘をやろう」という声もした。こんな誘惑の言葉がひっきりなしに彼の頭の中を跳ねまわっていた。知性の衰弱から生じる幻聴が、彼の耳もとで羽虫の飛びまわるような音を立てつづけた。彼にはそれを払いのけることができなかった。彼が一つの声に従おうとすると、すぐに別の声が聞こえてきた。「すっ裸で街を歩きまわれば、金持ちにしてやる」こうして彼は、自分の中に生まれるでたらめな言葉に耳を傾け、その中で実現可能なものはどれかと考えながら、毎日、昼から日暮れまで街をさまよいつづけるのだった。もっとも、ときには彼も母親のことを考えた。愚痴をこぼす相手もいない部屋で、すべての希望を託した息子の帰りをじっと待っている母親のことを。するときまって彼のまぶたの裏に浮かんでくるのは、彼が口を開く前にすべてを悟ってしまう彼女の眼差しだった。その眼差しを思い出すと、やはり知性の衰弱に起因する妄想が彼の頭の中に沸きおこった。「まず車を買おう。そして南仏に旅立とう。金ならいくらでもある。旅と自由は僕らのものだ」彼ら親子が金持ちになったと知って、友人や親戚が嫉妬心を剝きだしにする。なかには笑みを浮かべて近づいてくる者もいる。そんな連中を彼は尊大な態度であしらっている……そんなシーンが彼の頭の中で延々とくり広げられた。

十一月の半ばにはもうアフタリオン親子はモリニエ夫人の家に居続けることができなくなった。この老婆に彼らを追いだす気力はなかったが、その代わり、彼らの部屋をノックして、ベッドに座りこんで涙を流すのだ。そんなことが日に何度も繰りかえされると、彼らとしてもこの家を出ることを考えないわけにはいかなかった。折よく、ルイーズがまたシャルルから少しだけ金を借りてきたので、ある朝、彼らはモリニエ夫人が外出した隙に、「申し訳のない仕儀とはなったが、年末までにご厚意にはきっとお礼をする、云々」と記した手紙をテーブルの上に残して家を出た。彼らの新しい住処は、士官学校にほど近いカヴァルリー街の週極めの部屋だった。それは三階建てのみすぼらしいホテルの一室で、他の部屋にはアルジェリア人労働者や、トラック運転手や、工員が住んでいた。ホテルの正面は年月のために黒ずんでいた。表通りからは、藁ぶきの家のような傾斜のある屋根と、外壁の二階と三階の中間にペンキで書かれた〈灯台ホテル〉という文字が見えた。夜の八時になると、モット・ピケ大通りに立ちならぶ映画館から、上映開始を告げるベルの音が聞こえてきた。最初の数日間、アフタリオン親子は新しい部屋の空気に馴染めずに、しきりにモリニエ夫人の家を懐かしんだ。「失敗だったわ」とルイーズは何度も言った。「私たち、きっとまだ彼女のところに居られたのよ。いい人だったもの」それは実はいつものことで、彼女は引越しをするたびに、それまで住んでいた部屋が理想的とまでは言わなくても、少なくとも今いる部屋よりはましだったと思うのだった。

冬が近づいていた。大きな悲しみが街を覆いはじめた。だが、その悲しみの奥の方には、すでにクリスマスの歓喜がきらきらと輝いていた。毎日、夜が来るのが確実に早まった。一つの季節が去って、もう一つの季節が訪れようとしていた。どうやら季節の変わり目というのは人を落ちつかない気持ちにさせるものらしく、街全体が本格的な寒さの到来を待ちわびているようだった。ニコラにはもう上下揃いの背広一着きりしか服がなかった。しかも、そのズボンの生地は股を開くことができないほど薄くなっていた。上着にしても、すり切れた袖口の裏地がひらひら泳いでいて、外出する前はかならず袖口を内側に折りかえさなければならなかった。それで、彼はいつもサイズの合わない服を着ているみたいに見えた。彼はもう下着を替えようともしなかった。靴は底に穴があいて、くるぶしの辺りにも五、六か所、亀裂が入っていた。ひげを剃ろうにも、使い古した安全剃刀の刃と白い石鹼しかないので、剃りおわると皮膚がひりひりして焼けるようだったし、しかもかならず剃りのこしがあって、頰や顎にいつもブロンドの毛が散らばっていた。髪は首筋まで伸びて、こめかみの辺りはカールしたみたいになっていた。要するに、落ちぶれて、薄汚れた感じが、彼の体全体から漂っていたのだ。

それでも、彼の途方もない自信は手つかずのままだった。彼は今まで以上に豪奢な暮らしを夢みるようになっていて、暇さえあれば、一流ホテルの晩餐や、テニスの試合や、ドライブの話をしていた。それはもう、ほとんど病気だった。湿っぽくて、ろくに家具も置いていない〈灯台ホテル〉の部屋に戻ってきて、彼が最初に口にするセリフはまず例外なく「いま一つシックじゃないな、このサロンは」だった。ベッドに腰をおろすときは「さて、ロッキングチェアに座ろうか」と言い、窓辺に立てば「ああ、海が見える」と言った。その言葉に皮肉めいたところはまるでなかった。彼の口ぶりは、幸せなシーンをあれこれ思い描いているうちに、ついに現実を忘れさって、想像の世界に生きるようになった人間の口ぶりだった。彼は街を歩いていて、突然、大きな声で「ありがとう、それには及びません」と言うこともあった。「今晩、お会いしましょう。でも、十時まではふさがっているんです」とか、「ドアを三回ノックしてください。すぐに開けますから」とかといったセリフも飛びだした。だが、そんな独り言を言っていて、美しい女性とすれ違うと、さすがに彼も顔を赤らめた。

今ではもう、彼は人通りの多い道しか歩かなかった。知人に会っても逃げ場のない路地裏のような場所には、怖くて足を踏みいれられなかったのだ。歩きながら、彼はしょっちゅう「今度こそ終わりだ」と呟いた。もっとも、それは勝手に口をついて出てくる言葉で、彼自身、それがどういう意味なのかよく分かってはいなかった。絶望した人間なら誰でも一度は考えてみる解決策が彼の頭にも浮かんだ。フランス外人部隊に志願するとか（ただし、フランスの軍隊を毛嫌いしている母親にはこの計画は話せなかった）、デモ行進をして世間の注目を集めるとか、通りすがりの人にしつこくつきまとって、身の上話を聞いてもらうとか……「実際、ありえない」と彼はいつも思っていた。「僕らみたいな者の力になろうという人が、この地上に一人もいないなんて」彼はすれ違う人々の顔を食い入るように見つめて、そこに彼にたいする何らかの関心を読みとろうとした。だが、どの顔も一様に無関心さに覆われていた。こうして一日じゅう、あてもなく街を歩きまわって、すっかり落ちこんだ彼の目には、カヴァルリー街の狭苦しい部屋が、理想的な憩いの場所に映るのだった。

一方、アフタリオン夫人は正気を失う一歩手前の状態まで来ていた。実際、彼女は何日も部屋から一歩も出ないで、ベッドに横たわったまま一人きりで話したり、うとうと居眠りしたりしていた。だが、ときにはいきなり立ちあがって、邪魔になりそうなものをわきに押しのけ、部屋の中をやみくもに歩きまわることもあった。できるだけ早足で歩いて、じきに目が回わってくると、立ちどまって、しばらくふらふらしているのだが、そのとき彼女が願っているのはただ一つ、そのまま床に倒れてしまうことだけだった。めまいが治まると、彼女はまた目がまわって動けなくなるまで部屋の中を歩きまわった。だが、そんなことをいくら繰りかえしたところで、倒れることなどできるはずがなかった。日が暮れると、彼女はベッドに体を横たえて、どうか病気になりますようにと祈った。どんな病気にかかりたいのか、それは彼女自身にも分からなかったが、とにかく、病気になりさえすれば、この悲惨な状況から抜けだせるような気がしていたのだ。

＊＊＊

ある晩、ニコラは夕食の代わりに茶を何杯も飲んでから、また外に出た。彼は二日前からひどい興奮状態にあって、食欲も眠気もまったく感じていなかった。空には月が昇っていたが、ときどき厚い雲が月を覆いかくした。まだ学生だった頃、やはりこんな秋の夜に、酔っぱらいを狙った強盗の片棒をかつぎかけたことを彼は思い出した。もう遠い昔のことなので、何がどうなったのか正確に思い出すことはできなかったが、たしか、実際に盗みを働いたナイトクラブのドアマンは、警察に捕まったはずだった。旧市街のほとんど家具のない部屋に住んでいて、数フランのレッスン料で中学生たちにタンゴを教えている男だった。似たような思い出が、何故か次々に彼の脳裏に蘇ってきた。七歳のとき、彼はあるバザーで、ゴムボールがたくさん詰まった箱を万引きしたことがあった。父親が彼を叱って、その箱をバザーの出品者に返しに行ったとき、彼は、この万引きを言い訳のしようのないものにしているのはボール一個にしておかなかったことだと考えていた。今、すべてに絶望している彼には、こんな惨めな思い出が限りなく甘美なものに思えた。

彼が大通りを歩いていると、ひどいぼろをまとった乞食がベンチにぐったりと寝そべっていた。彼はそれを見て、ぞっとするような嫌悪感を覚えた。とっさに「今に僕もこうなる」と思ったのだ。どの家の門も閉まっていた。窓も全部閉まっていた。深い夜の中を歩いていると、彼は自分が別人になっていくような気がした。まるで自分の内部の苦しみが、どんどん闇の中に放出されていくみたいだった。突然、彼は何か途方もない出来事がこの世界に襲いかかろうとしているのを感じた。そして、そう感じると、彼の胸に不思議な安堵感が込みあげてきた。戦争が勃発すれば、殺人者は自分の罪が世の中の混乱にかき消されると思ってほっとするだろうが、今、彼の胸に込みあげてきたのも、それとよく似た安堵感だった。「そうなれば」と彼は呟いた、「僕も皆と同じ列に加わることができる。もう誰も僕を仲間はずれにしない。皆と一緒の生活が始まる」垂れこめた雲の隙間から、月がちらりと顔を覗かせた。ふわりと空に漂っているような月だった。その月の光があまりにも悲しく街を照らしだしたので、人々が本当に願っているのは互いに助け合うことだけなのではないだろうか、と彼は考えずにはいられなかった。今、誰かとすれ違ったら、たとえそれがどんなに偉い人でも、きっと何か優しい言葉をかけてくれるにちがいない。そう彼は思った。

ニコラは一時間ほど散歩してから、カヴァルリー街に戻ってきた。ホテルの前の通りから自分の部屋を見あげると、窓が開けっぱなしになっていた。彼はホテルの入口に立って、呼び鈴を鳴らした。だが、いくら鳴らしつづけても、誰もドアを開けてくれなかった。そこで、彼は部屋にいるはずの母親に声をかけた。すると、すぐに窓から母親の顔が現れた。その瞬間、彼は自分自身の体から抜けだして、第三者としてこのシーンに立ち会っているような錯覚に捉われた。彼は顔をあげて道に突っ立っている。その彼を、窓の手すりに肘をついた母親が見おろしている。ホテルの女中には呼び鈴の音が聞こえない。そ辺りはしんと静まりかえっている……このシーンにはほんの僅かながら滑稽なところがあって、それがニコラにはひどく屈辱的なことに思えた。彼は何だかがっかりして、それまで以上に気持ちが落ちこんだ。

「ニコラ、どうしたの?」

「ママンを呼んだんだよ」

「早くあがってきなさい……もう遅いんだから」

「いや、もう一回りしてくる」

彼はまた歩きだした。その彼を、母親は窓の手すりに寄りかかったまま、姿が見えなくなるまで見送っていた。空気はひんやりとしていた。彼はラオス通りをまっすぐ進んでシャン・ド・マルス公園に出ると、公園の中を通っている大通りのうちの一つを選んだ。ときどき空から雨粒が落ちてきたが、風がそれを追いはらった。彼は歩きながら「この頭にピストルの弾を一発撃ちこんでみようか?」と呟いている自分に気がついた。彼の中で、一人きりの対話が始まった。「でも、どうやってピストルを手に入れるんだ?——そんなこと、自分で何とかしろよ——簡単に言うけど、じゃあ、おまえだったらどうするんだ?——探すさ——どこを?——そこらじゅうを——おまえはばかだ——おまえもな」彼は対話を打ちきった。彼はよくこんなふうに一人二役を演じることがあった。こうすると、自分の考えていることが少しははっきりしてくるのだ。ただし、すぐに飽きてしまって、とりとめもない空想に耽りはじめるのがおちだったのだが。彼は対話を再開した。「おまえが頭に弾を一発撃ちこめば、それですべてにけりがつくんだ——おまえがやればいいじゃないか——いや、おまえだ」そこで彼は苦笑して、「こんなの、全部、でたらめだ」と呟いた。急にこの一人二役がメロドラマめいたものに思えてきたのだ。

「全部、でたらめだ」すると、「おまえは僕がそれに気づいていないとでも思っているのか？」と囁く声がした。彼がはっと後ろを振りかえって、「誰もいない。僕は一人だ」と口の中で言うと、また声がした。「じゃあ、この僕は存在していないとでも言うのか？」彼は足を速めて、頭の中で入り乱れている問いかけと応答を追いはらおうとした。もう脳裏に浮かんでくるのはてんでばらばらの思いつきばかりで、対話の体をなしていなかった。彼には自分で自分の体を叩いても、本当に自分が叩いたのかどうか確信の持てなくなるときがあったが、今、それと同じように、自分の発した声が本当に自分の声なのかどうか分からなくなっていた。それに、大きな声で「僕はどうなるんだろう？」とか「これはどんな結末を迎えるんだろう？」とか言えば、その声は彼にもはっきり聞こえてくるのだが、言葉の内容がさっぱり理解できなかった。もはや言葉は彼にとって意味を持っていなかった。まるで頭の中が羽虫のぶんぶん唸る音で満たされたみたいだった。彼は風邪をひいて熱があると、手の指が太くなったように感じることがあったが、今もそんな感じがしていた。まぶたも重かったし、唇がふだんより厚くなっているような気もした。その上、後頭部の瘤がずきずき痛んだ。子供の頃、彼は犯罪者の後頭部には瘤《こぶ》があるものだと聞かされて、自分の瘤をひどく恥じていたのだが、その瘤の辺りの動脈がものすごい勢いで脈打っていた。まるで血管を糸か何かで縛られたみたいで、その縛ったところに血が溜まって、今にも破裂しそうだった。こめかみの血管もひどく脈打っていた。彼は立ちどまった。額に汗が滲んでいた。彼は手を挙げて汗を拭ったが、体がぐったりしていて、手を挙げるのも一苦労だった。掌には、酷暑の季節にできるあの白い斑点が浮かんでいた。突然、彼はめまいを覚えた。体がふらふら左右に揺れていた。それで、彼はまず壁に手をつき、それから体全体をその壁にもたせかけた。周囲の風景が彼を中心にぐるぐる回っていた。ただし、回る速度はとてもゆっくりだったので、「この程度なら、円を描くように歩くのと変わらない」と彼は思った。その回転を止めるために、彼はまるで無線の操作でもするみたいに指をひょいと動かした。だが、どうやら操作を間違えたらしく、回転のスピードが一気にあがった。彼はざらざらした石壁に顔を擦りつけて、「だめ、もうだめ」と呻き声をあげた。「お願い、どうか元に戻して……」石壁のひんやりした感触が彼の全身に伝わってきて、顔の汗ばんでいた部分がすぐに凍りついたようになった。おかげで、じきに彼は息を吹きかえした。「いったいどうなってるんだ？　さっぱり訳が分からない」彼の顔は全体が一様に青かった。「帰ろう。もうだめだ」

呼び鈴を鳴らすと、今度はすぐにホテルの入口のドアが開いた。まるでその直前の数分間に、女中の眠りが徐々に浅くなってきていたみたいだった。アフタリオン夫人は眠っていた。窓のカーテンが開いていたので、外の明かりが僅かに差しこんでいた。ニコラは音を立てないように注意しながら、大急ぎで服を脱いだ。ぼろ着を脱ぎすてるのが嬉しかったのだ。彼はカーテンを引いて、横になり、すぐに眠りに落ちた。だが、三十分後に彼ははっと飛び起きた。恐ろしい夢を見ていたのだ。とても長い夢だったので、彼には何時間も眠っていたように思えた。

それはシモーヌと一緒に眠っている夢だった。彼がひどく汗をかいたので、まずシモーヌが目を覚まし、じきに彼も目を開けた。真っ暗な夜だった。彼は体じゅうがじっとりと濡れているのを感じた。どんなに手を伸ばしても、その手に触れるのは湿った羽布団と毛布だけだった。「眠っているの？」と彼女が訊ねた。「ああ。君は？」「私も」「息苦しくない？」「いいえ。あなたは？」「いや、大丈夫」彼はそれ以上何も言わずに、また目を閉じた。彼の体はもう湿っぽいのに慣れていた。濡れたシーツがぴったり胸に貼りついているのが気持ちよかった。突然、シモーヌが言った。「今夜なのね、あなたが人生にけりをつけるのは？」「とんでもない！」「いいえ、今夜だわ。あなた、言ったじゃない、自殺するんだって。覚えているでしょう？」彼の体が少しずつ柔らかいベッドに沈んでいって、その上に羽布団が何枚もかぶさってきた。「ほら、ここにピストルがあるわ」枕と枕の隙間から覗いている彼の目に、ピストルがゆっくりと落ちてくるのが映った。彼は逃げようとしたが、泥沼にはまり込んだみたいに身動きがとれなかった。もう羽布団はかぶさってこなかったが、彼の体は沈みつづけた。彼は恐怖のあまりパニックに陥りながら、何とか両足で立とうともがいた。そして、深い穴の外に首を突きだして空気を吸い、その空気をできるだけ長く肺に留めておこうとした。苦しくてたまらなくなると、彼はまた首を突きだして空気を吸った。だが、ついに、どんなに口をぱくぱくさせても息をすることができなくなった。彼が目を覚ましたのはその数秒後のことだった。最後の息苦しさがあまりにも強烈だったので、彼は目覚めた後も、ありもしない羽布団を押しのけようとしてしばらくもがきつづけた。

この悪夢を完全に追いはらうために、彼は立ちあがって部屋の中を歩きまわったり、掌の窪みに水を溜めて、胸と顔に振りかけたりした。それからまた横になったが、なかなか寝つけなくて、狭いベッドの上でしきりに寝返りを打った。彼はいろんなものの位置を変えるために、何度も立ちあがった。例えば、薄闇に慣れてきた目に、テーブルの上のコップや、そのコップに差した小さなスプーンが見えてくると、スプーンがそこにある限りぜったいに眠ることができないような気がして、スプーンの位置を変えるために起きあがった。そして、ふたたびベッドに横たわるのだが、すぐにまた別のものが気になりはじめて、同じことを繰りかえした。そんなことを何時間も続けてから、彼はもう何があってもまぶたを開けるまいと決意した。だが、じきに、母親が起きあがって、彼の周囲を歩きまわっているような気がしてきた。どうやら、彼女はかがみこんで、彼の顔を観察しているようだった。彼はぎゅっと両手を握り、全身をわなわなと震わせながら、ぜったいに目を開けるまいとがんばったが、ついにがまんできなくなった。はたして母親はさっきと同じように眠っていた。彼が目をつぶっている間に移動したものは何もなかった。彼はベッドの上に座って、枕にもたれかかった。空が白みはじめて間もなく、近所の小さなカフェの前に一台の車が停まって、一人の男がそのカフェの木の鎧戸をこぶしでがんがん叩きながら、「起床ラッパが鳴っているぞ！」となった。エネルギッシュで、疲れをまるで感じさせないその声と言葉を耳にすると、ニコラの体の中に元気が湧いてきた。見ず知らずの男の上機嫌と健康がそっくりそのまま伝わってきた。「また一日が始まった。ふだんと何も変わらない」彼はそう思うと何だかほっとして、ベッドに長々と横たわった。ときどき薄目を開けると、そのたびに光の量が少しだけ増えていた。昨夜、彼の頭を過ったいろんな考えはすっかり影を潜めていた。そのすべてが彼には何日も前に見た悪夢のように思えた。

ニコラはぐっすり眠った。喧しい朝の往来にも気づかないほどぐっすりと。ただ、かすかに誰かが動く気配を感じた。ときどきドアの前で物音がした。あれはわざとやっているのだろう、と彼は眠りながら考えた。穏やかな朝だった。突然、彼の頭に何かが浮かんだ。彼ははっと目を覚ました。頭に浮かんだのが何だったのか、それはもう分からなかった。ベッドの横の壁に、陽の光があたっていた。椅子の上に載せた目覚まし時計の針は十時を指していた。一瞬のうちに、彼の頭ははっきりした。「何をしよう？」と彼は考えた。振りかえると、もう服を着た母親が窓辺に座っていた。

「どうしたんだ？」とニコラは訊ねた。

「昼になるのを待っているの」

「なんでまた？」

「さあ」

母親の顔には惚けたような表情が浮かんでいた。彼女は口を少し開けたまま、首を伸ばして通りを眺めていた。まるで大きな事件でも起きているみたいだった。

「外で何かあったのか?」

「別に、何も」

彼女は顔の向きを変えた。彼女の目とニコラの目がぶつかった。

「十時だ」とニコラは言った。

「知ってるわ。正午になったら行くの」

「どこへ?」

「病院よ。入院するの」

ニコラは首を振りながらベッドを出て、顔も洗わずに服を着はじめた。どうせ染みだらけのぼろを着るのだと思うと、顔を洗う気にもならないのだった。彼は何分もかけて服を着ると、「うちにはほどほどということがない」と呟いた。「実際、いつも、すべてか無だ」彼は部屋の中を歩きはじめたが、じきに母親の前で立ちどまった。

「入院したいのか?」

「ええ」

「入院して、どうするつもりなんだ?」

「看病してもらうの」

「それなら、まず病気にならないとだめだ」

「じゃあ、私が病気じゃないとでも?」

ニコラは母親の手を取った。

「ママン、でたらめばっかり言わないでくれよ。いいかい、病院っていうのは、病気の人のためにあるんだ。ばかなことを言ってる暇があったら、どこで金を借りたらいいのか教えてくれ」

アフタリオン夫人は立ちあがると、一瞬、まるで初めてこの部屋に入って、どこに何があるのか分からずに困っている人のような顔をした。それから、アルコールランプに火をつけた。

「お茶を煎れるわ」

「ネッケル氏に会いに行こうか？」

「おまえの好きなようにおし」

「彼のところで、僕らはいつも親切にしてもらったじゃないか」

「さあ」

「まさか彼を忘れたわけじゃないよな」

「ええ」

「ママン、今、僕は誰の話をしている？」

「ニコラ、お願いよ、私にかまわないで。私は病気なの。いつか、おまえが部屋に戻ってきても、私はいないんだよ」

14

その日の午後、ニコラはずっとラファイエット街にあるセルクル・ホテルの周辺を歩きまわっていた。セルクル・ホテルというのは、かつてコックレル夫妻の家で嫌がらせを受けてから、ユージェーヌ・マルセル街に家具付きアパルトマンを借りるまでの間、彼ら親子が暮らしていたホテルだった。ニコラにとって、そこの主人のネッケル氏に金を借りに行くのは気の重いことだった。セルクル・ホテルに暮らしていた半月間、彼はネッケル氏とずいぶん親しくしていて、毎晩、ホテルの事務所で長々と話しこんだし、一度などは二人で映画を観にいったこともあった。

ネッケル氏は純朴で、好奇心の旺盛な人物だった。彼は手の空いた時間を自分に欠けている知識の獲得に費やすことに決めていて、ホテルの客の話にいつも敬虔な態度で耳を傾けた。それで、たいていの客は敬意を払ってもらったことに気をよくして、つい饒舌になった。もっとも、彼らの会話の大半を占めるのは、儀礼的な挨拶のやり取りだった。実際、ネッケル氏は、まるで子供がゲームに熱中するように礼儀作法に熱中していた。ある日、突然、礼節こそが上流階級の証だと悟って、それ以来、あらゆる礼儀作法を遵守しようと、覚束ないながらも努力していたのだ。その努力は卑しい生まれを隠すための努力だった。ニコラは何度か銀行が閉まっているときにネッケル氏に金を借りたことがあって、そのたびに彼はきちんと約束の日時に金を返した。すると、ネッケル氏は金のことなど忘れていたといった顔をして、受けとった紙幣もその辺に放っておくのだったが、ただし、ニコラの律儀さに無関心ではないようだった。

ニコラはホテルを出るとき、ときどき遊びに寄るとネッケル氏に約束していた。だが、彼はまだ一度もその約束を果たしていなかった。それだけに、彼にとって今さら金目当てでネッケル氏に近づくのは気の重いことだったのだ。とりわけ、会ったらまず、金のことなどおくびにも出さずに世間話をしなければならないのが煩わしかった。「彼が僕を拒むはずがない」ニコラは勇気を出そうと思って何度もそう繰りかえした。「僕らが払った部屋代を思えば、今、少しくらい金を融通してくれても罰は当たらないはずだ」それでも、彼はなかなかホテルに入ることができずに、近所をぶらぶらと歩きまわった。もちろん、ガラス張りの商店の前を通るときは、自分のひどい身なりが目に入らないように顔を背けた。だが、ついに彼の足がホテルの前に止まった。薬局を改築した事務所には表通りに面した扉があったが、その扉はカーテンで覆われて、使用できないようになっていた。ホテルの正面玄関には、歩行者を保護するガラス張りの庇が張りだしていた。庇の上には窓から落ちてきたいろんなものが載っていて、下から見あげると、黒い染みのような影が点々としていた。

ホテルの廊下には柳の肘掛椅子が二脚と、テーブルと、緑の鉢植えが置いてあって、ちょっとしたロビーのようだった。ニコラは何故か急に元気が出てきて、そのロビーのような廊下をどんどん奥に進んだ。すると、左手に事務所があって、そこでネッケル氏が新聞を読んでいた。

「ごきげんよう、ネッケルさん」

「ああ！　驚きましたよ」

「あなたに会いに来たんです」

「それはそれは」

昔の客がわざわざ訪ねてきたことに有頂天になったネッケル氏は、ニコラの服のほつれや染みに気づきはしたが、そんなものはたんに無頓着なせいに過ぎないと思いこんだ。そもそも、ネッケル氏は日頃から「いいですか、しゃれた格好をしている連中に限って一文無しなんです。あれは全部、見栄ですよ」と口癖のように言っていて、本当に金を持っている客の話になると、その客が自分と同じくらい質素な身なりをしているということを指摘しないではいられない人間だった。そんな彼が、今、ニコラの窮状に気づかないのも、当然と言えば当然だった。

「座ってください。どうぞ、一番お好きな椅子に」

「この事務所、新しくなりましたね。分かりますよ」

「いえ、壁を張りかえさせたんですよ。以前は、壁に縞模様みたいなのが入っていましたからね。覚えていらっしゃいますか？　あれは薬屋の棚の跡だったんです。棚のあったところだけ、他のところより色が明るかったんですよ」

「実際、塗りなおす必要がありましたね」

「まるでガラス張りの仕切りでもあるみたいでしたからね。悪趣味でしたよ。それで、思いきって壁を張りかえることにしたんです」

「実は、僕はここでご厄介になっているときから、あなたにそうお勧めしようと思っていたんです」

「いえ、それには及びませんでした。私自身、ずっと前からどうにかしなきゃと思っていましたから。とはいえ、あなたがそこまで考えていてくださったとは感激です。さあ、どうか何かお飲みになってください。何がよろしいですかな、アフタリオンさん？」

「あなたと同じものを」

「いや、あなたに選んでいただかなくては。そう、ボトルを何本か持ってきましょう。うちで最高のやつをね。そのうちの一本は、あなたもよくご存じのやつですよ」

ニコラは事務所に一人きりで残された。整理整頓の行きとどいた清潔な部屋で、銅製の家具がきらきら輝いていた。机の引出しの鍵穴には、鍵の束がぶらさがっていた。ネッケル氏は事務所を出ていくとき、ちらりとその鍵束に目をやっていた。ニコラは、引出しを開けてみようか、と考えた。だが、彼は立ちあがらなかった。その時間はない、と思いなおしたのだ。実際、すぐにソムリエみたいな手つきで数本の酒瓶を持ったネッケル氏が現れた。「よかった。完全に現場を押さえられるところだった」

「ところで、お母上はどうなさっていますか？　いや、お許しください、もっと早くそれをお訊ねすべきでした。まったく私はどうかしています。とんだ無調法でお恥ずかしい」

ニコラは思わず、「母は重い病気にかかって診療所に運ばれました」と答えそうになった。そう答えれば、金が借りやすくなるような気がしたのだ。だが、診療所の住所を一つも知らないことを思い出して、口から出かかったその言葉を飲みこんだ。

「ありがとう。母はとても元気です。で、ネッケル夫人は？」

「ありがとう。妻も達者です。さあ、アフタリオンさん、飲みましょう。あなたの、そしてもちろんあなたのお母上の健康を祝して」

「そして、ネッケル夫人の健康を祝して」

「妻に代わってお礼を申します」

このとき、一人の女が事務所に入ってきた。女は連れの男を小さなロビーに待たせていた。ネッケル氏は立ちあがると、「すみません、アフタリオンさん。すぐに戻りますから」と言って部屋を出ていった。

ネッケル氏がいなくなると、ニコラはすぐに鍵束を見つめた。足が自然と机に向かった。だが、突然、彼は怯えたような顔で足の向きを変え、机から一番離れた肘掛椅子に腰をおろした。「信じられない。僕は気でも違ったのか？」彼の脳裏に、自分が盗みを働くシーンが浮かんできた。また、人々に追いかけられて、警察に逮捕されるシーンも。さらに、ぼんやりとでも頭に浮かぶと恥ずかしさに息が詰まりそうになる場面を、彼はあえて想像しようとした。それは、警察に連行された後、ネッケル氏に引き合わされる場面だった。実は、彼はひと月ほど前からこの種の悪夢につきまとわれていた。親しい知人や親戚相手に盗みを働き、両手を縛られてその人の前に連れてこられる場面が頻繁に頭を過るのだ。彼はそんな悪夢から覚めるたびに、それがただの空想に過ぎないことに心底ほっとして、「他人に非難されるようなことはぜったいにしないぞ」と胸に誓うのだった。

「仕事は順調ですか？」事務所に戻ってきたホテルの主人に、ニコラはそう訊ねた。

「あいかわらずです。不平を言うこともありませんが、ほくほく顔でもみ手をするほどのこともありません」

「それはもうたいしたものです。例の夕べの集いは続けてらっしゃいますか？」

「アフタリオンさん、あなた、来てくれなきゃ……」

「でも、あなたもよくご存じでしょう、引越ししたばかりってのがどんなものか。いろんな心配事があって、落ちつかなくて、なかなか時間がとれないんですよ」

「ええ、ええ、分かります。私はあなたを責めているんじゃないんですよ。お分かりでしょう？」

「ええ、分かっています」

「許してください。よく考えないで言ったんです。もちろん、いらっしゃるも、いらっしゃらないも、あなたのご自由です」

ニコラは金の話に持っていこうとした。

「自由かどうかってことじゃないんです。遊びに来たくても来られないんです。ネッケルさん、母と私がどんな目に遭ったか、もしあなたがご存じだったら……」

「分かります。人は皆、それぞれ悩み事を抱えているものです」

ニコラはふいに、もう後戻りはできない、と思った。金を頼むなら今しかない。すでにこの人はこっちの腹に勘づいている、と。

「ネッケルさん、どうか私の話を聞いてください。いつも優しいあなたなら、ひょっとして、私たちに少しだけ力をお貸しくださるのではないかと思って……」

「もちろんです。私にできることでしたら」

「千フランほどお貸し願えないでしょうか。週末にはお返しします」

ホテルの主人は即答した。

「ええ……いいですとも」

ただし、こう続けた。

「妻が帰ってくるまでお待ちいただかないと。タンスの鍵を持っているのは妻なんでね。アフタリオンさん、あなた、お急ぎじゃありませんね？」

ネッケル氏の話し方には、どこか冷やかなところがあった。アフタリオン親子がこのホテルで暮らしていた頃なら、ネッケル氏はかならず「もっとお入り用でしたら、どうぞ遠慮なさらずに」とつけ加えたはずだったが、今はこれ以上何も言わなかった。ニコラはネッケル夫人が好きではなかった。彼女と一緒にいると、いつも警戒されているような気がして落ちつかないのだ。だが、さしあたって彼はネッケル氏の冷淡さを拭いさることだけを考えようとした。

「土曜日のお昼にはお返しします。あなたは僕という人間をご存じでしょう？」

「信用していますよ。そうでなければ、お貸ししません」

「信用していただいて大丈夫です」

「信用していますとも」

急にニコラは、口先だけとも思えないこの信頼を裏切らざるをえない自分が恥ずかしくなった。その一方で、彼は何かの拍子に真実が露見して、相手の態度ががらりと変わるのを恐れてもいた。夫人が帰宅するまで、何とかこの人の気を逸らしておこう――そう彼は考えた。

「僕らは素晴らしいアパルトマンを見つけたんです。引越しパーティには、ぜひ来ていただかなくては。部屋が五つあって、まさに快適そのものです。実際、あれ以上の快適さは望むべくもない。もちろん、浴室もある。電話もついている。エレベーターは二つ、台所は湯が出ます。そりゃあ、家賃はちょっと高い。一万六千フラン。でも、何とかなるでしょう。家具は、親戚連中がいろいろ譲ってくれることになっています。窓の外には昔の修道院の庭が広がっていて、まさに傑作ですよ、あのアパルトマンは」

　ニコラには嘘をついているつもりはなかった。実際、もう何か月も前から、このアパルトマンは彼の中に存在していたのだ。彼は心の中で何度も繰りかえした今のセリフに深い愛着を抱いていたので、ネッケル氏に嘘をつくどころか、特別に胸の内を明かしてやった気になっていた。

「ほう、五部屋ですか？」

「サロンに、寝室が二つ、それにダイニングルームと書斎です」

「まさにあなた方にふさわしい住まいですな。ご満足でしょう、お母上も。なにせ、お母上の夢でしたからな。いつも庭に面したアパルトマンの話をなさっていましたよ。で、ずいぶん広いんですか、その庭は？」

「モントロン広場の三倍です」

「悪くない。ほとんど公園みたいなものだ」

「というか、公園でしょう」

　ネッケル氏は顔を赤らめた。彼はつい興を削ぐようなことを言ってしまうと、礼儀に反することをしたと思って、ひどく落ちこむ人間だった。

「私が言おうとしたのは、つまり、ほとんど巨大な公園だということです」

「巨大ってことはない。でも、広いですよ」

　ホテルの主人は返事をしないで、数秒間、何か考えていたが、突然、自分の額を叩いた。

「いやあ、ばかだな、私は。鍵はすぐそこにあるのに」そう言いながら、彼は机の引出しにぶらさがっている鍵束を指さした。

＊＊＊

ニコラは幸福の熱い息吹を全身に浴びているような気分でセルクル・ホテルを出た。彼はネッケル氏から紙幣を手渡されたときにすでに金額を確認していたが、その紙幣をあらためて財布から取りだし、五百フランではなく千フラン紙幣であることをもう一度確かめた。１０００という数字を見ると、彼は目が眩むような気がした。１０００を構成する四つの数字が彼の目の前で跳ねまわった。ゼロをつけ加えさえすれば、千は一万にも十万にもなる。彼の頭の中で、長々と連なるゼロの列が蛇行しはじめ、やがてこんがらがって訳が分からなくなった。だが、じきにこの興奮は冷めてしまった。「こんなものは」と彼は呟いた、「本当に必要な額に比べれば、取るに足らない端金ではないだろうか？」実際、彼に必要なのは本のように分厚い札束のはずなのに、ここにあるのはたった一枚の紙切れに過ぎなかった。「角砂糖を一つもらって、それでもう僕は大はしゃぎだ」この一か月間、ひどい貧乏暮らしをしてきた彼は、今、奇妙な思いを味わっていた。何だかんだ言っても、千フランは彼にとって大金だった。彼が日頃夢みている富とは比べるべくもなかったが、それでも、確かな手ごたえのある財産であることはまちがいなかった。なにせ、現にここにあって、触ることもできるのだから。だが、その肌触りを楽しむ一方で、彼は自分があいかわらず一文無しで、事態がまるで好転していないことをはっきり意識していた。

15

それから二週間が経ち、取りたてのとくに厳しかった借金を返済してしまうと、アフタリオン親子はまた素寒貧に戻っていた。秋が終わろうとしていた。すでにすっかり葉を落とした樹もあって、風が吹くと、街のあちこちに冬の気配が漂った。夜はぐっと冷えこんだ。彼らが窓を閉めると、壁が古びているせいで、むっとする臭いがすぐに部屋じゅうに立ちこめた。彼らの暮らしぶりは日ごとにだらしなくなっていった。水を汲みに行くのを面倒くさがって、二人とももう顔も洗わなかった。以前は残飯がでると、アフタリオン夫人が袋に詰めて、近くの下水渠に捨てに行ったものだが、今では食べかすが部屋じゅうに散らばっていた。それでもアフタリオン夫人はある種の気取りから、昼と夜の区別だけはつけていた。実際、彼女は日が暮れると、かならず不潔な部屋に戻ってきた。そして、すぐにベッドに横たわり、毛布がわりに着古した服を体に掛けて、近所の家の窓に明かりが順々に灯っていくのを何時間でも眺めていた。ときには、突然、はっと立ちあがって、親戚や知人のところに泣きつきに行くこともあったが、行った先でも、ぷいと席を立って、別れの挨拶もしないで帰ってくるのが常だった。一方、ニコラは、もう夜、寝る前に服を着がえようともしなかった。彼は慈善団体の事務所の前を通りかかると、煉瓦の壁とか、格子の嵌《はま》った窓とか、配給時間、開館時間、面接時間の記された立札とかを眺めながら、じっともの思いに耽った。ただし、事務所の前で列を作っている生活困窮者たちがぞろぞろ中に入りはじめると、まるでその動きに嫌悪感を呼びさまされでもしたみたいに、そそくさとその場を離れた。毎日、彼は数フランを求めて、あてもなく街をさまよいつづけた。そして、幸運に恵まれれば、夕方、食べ物を携えて部屋に戻ってきた。すると、母親が「その袋、何が入っているんだい？」と詰まらなそうに訊ねるのだった。

＊＊＊

十二月の初めだった。すでにアフタリオン親子は三週間分の部屋代を滞納していた。ニコラはすっかり気難しくなっていた。彼に言わせれば、彼ら親子がこんな暮らしをしているのは世の中全部のせいだった。笑い声をたてている人とすれ違うと、彼の体は怒りに震えた。彼にはどんな些細な矛盾も許せなかった。

ある晩、彼が部屋に戻ってみると、母親がパニックに陥っていた。彼女は突っ立ったまま、鋭い叫び声をあげたり、すすり泣いたりしていた。髪はぼさぼさで、身につけている部屋着は、ジュネーブ時代から着ているぼろだった。元々、家の中で使うものには金をかけない女だったのだ。彼女は悲しみのあまり誇りも慎みも失って、大きな声で騒ぎたてていながら、それに気づいてもいなかった。

「明日、出ていけだって！」彼女は手足をばたばたさせながら言った。

ニコラは散らかし放題のみすぼらしい部屋を眺めた。テーブルの上のコップには、父親の写真が立てかけてあった。突然、ルイーズは立ちどまると、両手を組んで、アレクサンドルに祈りはじめた。天を目指す代わりに、古ぼけて黄ばんだ写真に向かうこの祈りには、どこか悲痛なものがあった。「お父さん」と彼女はどもりながら言った。「見てください、今の私たちを。これから私たちはどうなってしまうのでしょう？　どうか手を差しのべてください。どうか帰ってきてください。どうか哀れみを。ああ、哀れみを。どうか私たちを救ってください。私たちは限りない感謝の念を抱くでしょう。私たちはあなたについて行くでしょう。私たちはあなたのものです。私たちはあなたの両手に接吻します」アフタリオン夫人は泣きながらベッドに倒れこんで、あえぐように息をした。両手は固く握りしめられていた。どうやら彼女はその手をちょっとでも緩めたら、深淵に墜落してしまうと思っているようだった。切れ切れの言葉が彼女の口から漏れた。ニコラは丸椅子に腰をおろすと、やがてこう呟いた。

「好きなだけ祈っていればいい……何も変わりはしないさ」

彼の顔は青ざめていた。冷淡さを装ってはいたが、泣き叫んでいる母親を目の当たりにして、彼の胸は張り裂けそうだった。彼は同情するまいとして体をこわばらせた。「今度こそ終わりだ」と彼は思った。「明日はこの部屋を出ていかなければならない。どこに行けばいいのだろう？」ふいにルイーズが彼を振りかえった。

「ホテルの主人に会いに行きなさい」

「それで、どうにかなると思うのかい？」

「お願いするの。もうだめ、こんなふうに街中に放りだされるくらいなら、死んだ方がまし。おまえは男の子でしょう。お願いしなさい。おまえならきっと信用してもらえるから」

「だといいけど」

「急ぎなさい。もう私には耐えられない。さあ、急いで。私が今、どんな状態だか分かるだろう?」

ニコラはうす汚れた階段を下りた。途中で、部屋に戻ってきた左官とすれ違った。彼は一階まで下りると、階段のすぐわきのドアを開けて、カフェに入った。ホテルの主人が客と話しこんでいた。

「母から聞いたんですが、もうここに置いていただけないとか」

「まさにその通り」

ホテルの主人はそう言うと、急に態度を和らげて、妻に声をかけた。

「おい、もう置いておけないんだよな?」

「誰を?」部屋の奥から声がした。

「アフタリオン親子さ」

「あんたも知っているでしょう、あの部屋は予約が入っているのよ」

主人はちょっと気まずそうな顔をした。彼は自分のホテルの客にたいして漠然とした敬意を抱いていて、できることなら客を追いだすようなまねはしたくないと思っていたのだ。

「ほら、妻がああ言っとる。となると、もう私にはどうにもならん。だけど、あんた方も不満を言えた立場じゃないでしょう。私たちだって、ずいぶん辛抱したんだ」

ニコラは階段をのぼった。母親はもう泣いていなかった。ただ両頬に斑点のようなものを浮かべて、おどおどした目で彼を待っていた。不安のあまり、何が何だか訳が分からなくなっているようだった。

彼女はもう「どうだったの?」と訊く元気もなく、真っ青な顔で震えながら、質問する代わりに顎を突きだして、ニコラの返事を待った。

「どうにもならないよ」

彼女の体がふっと緩んで、握りしめていた両手が開いた。顔に一瞬、赤みが差した。まるで微笑んだみたいだった。そのまま、彼女は数秒間じっとしていたが、突然、自分の足がどこかに消えてしまったと思ったらしく、がくんと膝をついた。こんなときは何が起こってもおかしくないと考えているようだった。彼女は涙を流してはいなかった。だが、その胸からは、とても人間の息遣いとは思えないリズムで、荒い息が漏れつづけていた。

「ほら、ママン。しゃがみこんでないで。立ってくれよ」

アフタリオン夫人は口が利けなくなっていた。いくら唇を動かしても、まったく声が出てこないのだ。彼女は何度か息子をじっと見つめたが、そのたびに乱暴に顔を背けた。ニコラは歩みよって彼女を立ちあがらせると、ベッドに寝かせてやった。ベッドに横たわると、彼女はすぐにまた膝を折りまげた。まだ床に膝をついているつもりでいるようだった。顔の表情にも変化はなかった。

「ほら、ママン。そんなに深刻なことじゃないよ」

「深刻じゃない?」

「そうさ。すべてうまく行くよ」

彼女の心に一筋の光が差しこんだようだった。実際、彼女は正気を取りもどしそうに見えた。と、突然、彼女はわっと泣きだした。

＊＊＊

深夜、ニコラは窓辺に座って、まばらな通行人を眺めていた。アフタリオン夫人はもう泣いてはいなかった。薄闇の中で、枕に乗った彼女の青白い顔がぼうっと浮かびあがっていた。ときおり彼女の口から短い言葉が漏れた。深い沈黙の中からふいに浮かびあがるその言葉に、何か意味があるわけでもなさそうだった。「ニコラ、聞こえる?」彼女はそう言うと、ずいぶん間を置いてからまた言った。「よく考えてみないと」彼女は身内の顔が分からなくなった瀕死の重病人みたいだった。何度かニコラに目を向けたが、そもそもその目には息子の姿が映っていないようで、彼が目の前で手を振っても、顔の筋肉はぴくりともしなかった。人はあまりにも深い孤独に襲われると、心の最深部の感情を失ってしまうことがあるが、このときの彼女がまさにそうだった。彼女は据わった目をして、腕をだらりと垂らしていた。この瞬間、どんなに悪い知らせが届いても、彼女はまったく関心を示さなかっただろう。

「ニコラ」と彼女は抑揚のない声で言った。

彼は立ちあがると、母親に近寄って、ベッドの足の方に腰をおろした。

「働いておくれ」

彼女が息子に働いてくれと頭を下げるのはこれが初めてだった。その声がふだんとまるでちがっていたので、ニコラは今、耳にしたのが母の言葉ではなく、もっと遠いところから届いた言葉のような気がした。取りかえしのつかないことが起ころうとしている、と彼は思った。これで自由が奪われて、明日から何の喜びもない、働くだけの生活が始まるのだろう。それはきっとこの先、何年も続くにちがいない……。

「僕に何ができるだろう?」

「働いておくれ」アフタリオン夫人はそう繰りかえした。

この言葉を口にしたとき、彼女はほとんど唇を動かさなかった。まるでニコラにではなく、心の中にいる他の誰かに話しかけているみたいだった。

「僕は手に職がないから」

「何でもいいの」

「そう言うのは簡単だけど」

「何でもいいから」

アフタリオン親子はかつてないほど厳しい状況に置かれていた。彼らは皆に借金をしていて、しかも多少の違いはあっても、どれも相当な額の借金だった。彼らに残された唯一の道は、自分たちで金を稼ぐことだった。

「例えば、どんな仕事？」とニコラは訊ねた。

アフタリオン夫人の顔に生気が蘇ってきた。まぶたが素早く閉じたり開いたりして、鼻孔が震えだした。口が少しだけ開いて、上下の唇を吸いこんだ。眉はぴくぴくと痙攣しつづけていた。ふいに彼女はまた泣きはじめた。そして、すすり上げる合間にこう呟いた。

「神様、私がいったい何をしたというのでしょう？　こんなにお苦しめになるなんて、私の何が悪かったのでしょう？」

「ママン、落ちついて」

「放して。もうだめ……もうだめ……ぜったいにもうだめ」

「ママン、頼むよ。もう勘弁してくれ。言っただろう、大丈夫だって。僕が働くから。何もかもうまくいくさ。だから、少し辛抱してくれよ」

アフタリオン夫人は泣きやんだ。彼女にとって、今まで無力な子供に過ぎなかったニコラが、突然、一人前の男に見えてきたのだ。彼女は生まれて初めて息子を頼もしく思った。すると、不思議な感情が彼女の胸に湧いてきた。

「おまえが私を守ってくれの?」

「あたりまえだ」

「すべてまかせていいのね? 守ってくれるんだね?」

「もちろんだ、ママン」

「きっとだね?」

彼女は体をなかば起こして、ニコラの手を取った。そして、穏やかな表情でその手を放すと、また仰むけに寝そべって、天井を凝視したまま動かなくなった。

＊＊＊

ニコラは二週間、パリ郊外の工場で働いた。その間、アフタリオン夫人は案内嬢の仕事を求めて、あちこちの劇場を訪ねてまわった。だが、彼女は劇場の職員の前に立つと、まったく口が利けなくなってしまった。彼女に職探しは無理だったのだ。彼女にしてみれば、支配人の前に連れていかれてあれこれ質問されるより、職員たちの嘲笑に見送られてその場を立ち去る方がまだましだった。どの劇場でも、正確に同じことが繰りかえされた。

毎朝、ニコラは五時半に起きた。部屋が狭くて身動きがとれないことも、水が出なくて顔が洗えないことも、綻びだらけの汚い服を着て、日に日に手が痛んでいくのを見なければならないことも、彼をやりきれない気持ちにさせた。彼は母親にキスもせず、「行ってきます」の挨拶もせずに部屋を出た。カフェのテラスや気に入った店を目印にして歩くのに慣れていた彼は、ビヤンクールの入りくんだ小道に足を踏みいれると、道に迷ったような心細さを感じた。このパリ西郊の町にはいかにも労働者といった風体の人間がうようよしていて、朝早くから、まるで昼日中のように路面電車が走っていた。彼にとっては何もかもが新しく、唖然とするほどの活力と悲哀に満ちていた。背後で工場の門が閉まるたびに、彼は「牢獄に入れられるときはこんな気分だろうか」と自問した。たとえ母親が死んでも、また、たとえ誰かに財宝の隠し場所を教えてもらっても、もうぜったいに外に出られないような気がした。工場では時間が絶望的なほどゆっくり流れた。正午のサイレンが鳴ると、そのサイレンが長々と鳴っている間に、彼は少しずつ自分を取りもどした。長時間の労働には、仕事を忘れさせてくれる数分間のサイレンが必要不可欠だということが、彼にも骨身に沁みてよく分かった。工場の大きな食堂には、「清潔に」とか「時間厳守」とか書かれた紙がところかまわず貼ってあって、昼休みには彼もきまってその食堂に足を運んだが、ただし彼はほとんど何も食べなかった。給料は部屋代にあてなければならなかったし、これ以上返済を遅らせるわけにはいかない少額の借金も方々にあったのだ。彼は食堂を出ると、他の工員たちから離れて、日あたりの良い壁のわきにしゃがみこんだ。そして、大時計を眺めて昼休みがあと何分残っているか計算したり、タバコを吹かしたり、もし金があって自由の身だったら、今ごろ何をしているだろうと想像したりしながら、仕事再開のサイレンを待った。このひとときが、彼にとっては一日の最良のひとときだった。だが、昼休み中は時間の経つのが驚くほど早かった。将来のことを考えていると、十五分くらいはすぐに経ってしまった。そんなときは、せめて残りの時間を少しでも長びかせるために、彼は大時計の短針と長針を何も考えずにじっと見つめた。仕事再開のサイレンが鳴ると、いつも彼の体はびくりと震えた。彼はこのサイレンにだけはぜったいに慣れることができなかった。まだ働きたくない、このままこうしていたいと思っていると、手足が麻痺してしまって、立ちあがるのもひと苦労だった。彼は仕事に戻ると、胸の内でずっとこう呟きつづけた。「あと四時間、あと三時間、あと二時間……もうすぐ終わる。今日が最後だ」

彼の頭がはっきりするのは、工場長が現場に現れたときだけだった。彼は工場長を讃嘆の思いで見つめた。清潔な身なりをして、軽快に資材を跨ぎながらてきぱきと指示を出してまわるこの男が、彼は羨ましくてならなかった。人さし指一本で工員たちを自由に動かし、その同じ指を現場監督に向ければ、ふだんは威張っている現場監督もすぐに駆けよってくるのだ。「それにしても」と彼はいつも思っていた、「現場監督というのは気楽な商売だ。忙しそうなふりをして、工場長の言いなりになっているだけじゃないか」彼は工場長の目を引くために、できるだけ仲間から離れているようにしていた。もっとも、彼も彼以外の工員も、顔を除けば変わるところはなかったから、工場長がちょっと見ただけで彼の人物まで見抜いてくれるかどうかは分からなかった。工員たちはニコラの妙な態度に気づいていたが、これは軽々しく口にできることではないと思って、ぜったいに話題にしようとしなかった。ある日、ついに工場長がニコラに視線を向けた。その瞬間、ニコラは自分の全人生が光に照らしだされたように感じた。だが、工場長はそのままぼんやりと視線をよそに移してしまった。この工場では、自分も一介の工員に過ぎないことをニコラは悟った。

夜、ニコラは部屋に戻ってくると、ちょっとしたことにも腹を立てて、ぶつぶつ文句を言った。貧相な食事を済ますと、彼はすぐにベッドに寝そべって、タバコをふかしながらその日の朝刊を読んだ。

「もうやってられない」が彼の口癖になった。母親は、彼がそう言うたびに「やめたきゃ、やめなさい」と答えた。アフタリオン夫人には、仕事が辛いとばかり言っている息子に何をしてやればいいのか分からなかった。彼女にできるのは、せいぜい息子に不自由な思いをさせないために、自分が欲しいものを我慢することくらいだった。彼女はこのまま仕事を続けてもらいたいと思う一方で、やめさせてやりたいという気持ちもあって、何一つはっきりしたことが言えなかった。

仕事を始めて一週間もすると、ニコラはときどきめまいを覚えるようになった。ほんの数秒間、目が眩むだけだったが、それでも彼はめまいに襲われるたびに「このまま倒れますように。働けなくなって、病院に運ばれますように」と祈った。ある日の午後、ついに彼は立っていられなくなって、現場でばたりと倒れてしまった。もっとも、その気になれば立ちあがれることは自分でもよく分かっていた。彼は工場の医務室に運ばれて、コップ一杯のアルコールを飲まされた。作業場に戻ってくると、現場監督が言った。「おまえが働かない分、他の人間が働くんだ」彼の周囲には同情と敵意が渦まいていた。彼を軽蔑して、女々しい奴だとか、気どり屋だとか、ずる賢いとかと言う者もいたが、彼に好意を持って、「上に話して、もっと楽な仕事に替えてもらうといい」と助言する者もいた。こうして彼は二週間耐えた。だが、十五日目に、どうしてもベッドを出られなくなった。母親は彼のために朝食の支度を済ませると、何も言わずに彼を見つめた。彼はベッドの中で丸くなりながら、もし工場に行かなかったらどんな騒ぎになるだろうと考えた。七時になると、聞こえるはずのないサイレンの音が聞こえてきた。人の波が工場に吸いこまれて、門がゆっくりと閉まるのが見えるようだった。彼の脳裏に、「ほら、おれの言ったとおりだろう」と皆に言ってまわっている現場監督の顔が浮かんだ。昨日まで好意を示してくれていた工員の顔も浮かんできた。八時になった。仕事が始まって一時間が経っていた。もう終わりだった。皆、彼のことなど忘れてしまっているにちがいなかった。彼は自由で孤独だった。彼はホテルの主人のことを考えた。彼を見たら、きっと「今日はお休みですか?」と訊いてくるだろう。そのホテルの主人に、今晩、部屋代を渡しに行かなければならないのだった。

16

ある晩、ニコラは疲れ果ててホテルに帰ってきた。しばらく前から、彼は少し歩くと、すぐに両肩の間に痛みを感じるようになっていて、とくにコートを着ているときがひどかった。一日の終わりには腕や首までしびれたようになって、ちょっとでも手をあげたり、首をひねったりすると激痛が走った。その晩は、雨で重くなったコートを一日じゅう着ていたせいで、体じゅうがほとんど麻痺していた。彼は大儀そうに後ろ手にドアを閉めると、そのまま椅子に倒れこんだ。昼からずっと、ほんの数フランの金を借りるために歩きまわっていたのだ。もちろん、誰一人として彼を迎え入れてはくれなかった。偶然、電話帳にボンガルトネールという名の薬剤師を見つけて、「きっと父がいつも話していた例の奴にちがいない」と喜び勇んでその男を訪ねてもみたが、不審そうな目で見られ、適当にあしらわれただけだった。彼の靴は泥水でぐしょぐしょになっていた。顔はてかてか光る汗と、埃と、雨粒で覆われていた。風呂に入りたい、と彼は思った。日あたりのよいテラスでのんびりしたい、と。だが、彼が今いるのは、薄汚れた壁に囲まれた、腸のように細長い部屋の中だった。窓枠が湿気で反りかえっていて、そのため窓を閉めるのにも苦労する部屋だった。母親はベッドに腰をおろして、アルコールランプにかけた湯が沸くのを待っていた。ハーブティーを煎れるつもりのようだった。彼ら親子は絶望的な状況にいた。どちらを向いても、彼らは同じように冷ややかな敵意にしか出会わなかった。もう誰も会ってもくれなかった。

彼ら親子は何時間か離れていてまた顔を合わせると、互いに相手から元気を汲みとろうとした。相手が何かよい知らせを持っているのではないかと思って、その期待を少しでも長びかせるために、話しかけるのもためらった。だが、この晩、ニコラはすぐにこう言った。

「今度こそ終わりだ。どん底だ。まさにどん底だ」

彼の口ぶりには、母親には何一つ期待できないと決めつけているところがあった。アフタリオン夫人は息子を振りかえった。その顔はまったくの無表情で、苦悩の影すら浮かべていなかった。息子が仕事を投げだしてからというもの、彼女にはあらゆることがもうどうでもよくなっていたのだ。「がんばろう」とか「どうにかしよう」といった考えが頭をちらと過ることもなかった。彼女はすべてを諦めきっていた。そして、じたばたせずにおとなしく流れに身をまかせることに、ある種の喜びを感じていた。一方、ニコラは、ことあるごとに世間を口汚く罵った。彼女はいつもそれをうわの空で聞いていたが、ときどき「腹を立てても、何の足しにもならないわ」とか「放っておきなさい」とかと言って息子をなだめようとした。もう堕ちるところまで堕ちたので、これ以上悪いことにはならないと考えていたのだ。今では、彼女はベッドに入るときも服を着たままだった。髪を梳《と》かすこともなかった。外出するときは、ぼさぼさの髪を帽子の中に押しこんだ。鏡は見ないようにしていた。それでも、つい鏡に歩みよってしまうこともあって、そんなときは即座に目を伏せるのだが、一瞬でも老けこんで、てかてかした顔を見てしまうと、その顔が何時間も彼女の脳裏を離れなかった。ときどき、彼女はタバコに火をつけて、ベッドに横たわった。そして、煙の行方をじっと目で追った。

「何も見つからなかったのね？」彼女は淡々とした口調で訊ねた。

「ああ、何も」

彼女はニコラの返事が耳に入らなかったみたいに、じっと黙ったまま、けだるそうにアルコールランプの青い炎を見つめていた。

「もう、お金を探しまわる必要はないと思うの」しばらくして、彼女は言った。

湯が沸騰していたが、彼女は立ちあがらなかった。

「冗談だろう？」

「いいえ」

「じゃあ、気でも違ったのか？」

「いいえ。じっとしていればいいのよ。きっと私たちが飢え死にする直前に誰かがやって来て、車で病院に運んでくれるわ」

ニコラはちょっと本気で考えてみた。この言葉には彼も心を慰められた。貧困生活の行きつく先が見えたようで、何だかほっとしたのだ。これまで底なしだと思っていたものが、実はそうではなかったと判明したときの喜びだった。

「そうだな。でも、病院を出たら、元の木阿弥じゃないか」

「何を言っているの？　繰りかえせばいいのよ」

「いつまで？」

「終わりまで」

「奇妙な解決策だな」

「そう。でも、解決策の一つには違いないわ」

急に、それまで落ちつきはらっていたアフタリオン夫人が震えだした。彼女は首を老婆のようにがくがく揺らし、瀕死の重病人みたいに両手を握ったり開いたりした。その手は何か確かなものを探しているようだったが、痙攣しながら変な位置をさまよっているので、まるで中風か何かで変形した手のようにも見えた。突然、彼女は大声で笑いだして、どもりながら言った。

「そう、最後まで……そんなふうに最後まで……」

ニコラはこんなシーンにはうんざりだった。彼は母親に歩みよると、片手を彼女の腰に回し、もう一方の手で、ぐねぐねと動きまわる彼女の両手を抑えつけようとした。

「ママン、落ちついてくれ。ほら、落ちついてったら。大げさに考えちゃだめだ。何だかんだ言っても、僕たちは健康なんだ。世の中には僕たちよりもっと不幸な人もいる。例えば、治療も受けられない結核患者とか……」

「放して……放して……」アフタリオン夫人はニコラの手を振りほどこうともがいた。「放しなさい!」

ニコラは一歩、退いた。

「そんなに言うなら、放すよ」

それを聞くと、彼女は急に落ちつきを取りもどした。そして、まるで何事もなかったかのようにしばらく息子を見つめていたが、やがて顔を背けると、部屋の何もないところに向かって、悲しげに話しはじめた。

「そりゃあ、私だってそんな終わり方を望んではいないわ。ただ、私に終わりが訪れるのは、そんなに先のことじゃないみたい。何もかも、私たちが考えているよりずっと単純なことなのね。結局、人はとても簡単に死んでしまうものなのよ。それなのに、誰もそれに気づかないの」

彼女はまた息子の方を向いた。

「私がいなくなったら、おまえも少しは楽になるね。私は重荷だろうから」

「でまかせを言うのはよしてくれ」

「私、でまかせを言っているの？」

彼女のこの言葉には、「わたしのしたことはわるいことなの？」と訊ねる幼子の純朴さが滲んでいた。

彼女は唇を噛みしめた。すると、口と顎の間の窪んだところに細かい皺が何本もよって、ぴくぴく震えた。やがて彼女は泣きはじめた。彼女はふだん、色あせた毛布が頬に触れるのをひどく嫌っていたのだが、その彼女も今はベッドに顔をうずめて泣いていた。どうにか息ができるようになると、涙がますます激しく流れた。貧相な部屋の中に、彼女の泣き声が絶望的に響きわたった。もう何を言っても無駄だ、とニコラと思った。だが、突然、彼はあることを思い出して、光の敷布にすっぽりと包みこまれたような気分になった。そう、百万フラン持っていたことを思い出したのだ。彼の目に、それを知ったときの母親の顔が浮かんだ。「夜遅くてもかまわない、今すぐこの部屋を出て、気のすむまで買い物をしよう。そして明日は旅行に出発だ。ああ、うっとりする……」次々に湧きあがってくる妄想を、彼はひどく苦労して追いはらった。

結局、彼は「泣かないで」と母親に声をかけた。「明日、僕が金を見つけてくるから。すべてうまくいくよ」

　アフタリオン夫人は泣きやまなかった。ニコラも平静ではいられなかった。部屋の中は薄暗かった。アルコールランプの火はとっくに消えていた。彼女は枕の下から手探りでハンカチを引っぱりだした。窓は閉まっていた。その窓を叩く雨の音がかすかに聞こえた。こんなに絶望した母親を目の当たりにすると、ニコラにはもう呆然と立ちつくすことしかできなかった。まるで不治の病に罹った病人の枕もとにいるような気分だった。

「ママン、落ちついて。そんなんじゃ、僕らの生活は辛くなる一方だ。泣いてばかりいて、どうやってこの袋小路から抜けだすんだ？」

　彼女はあいかわらず毛布に顔をうずめて泣いていた。

「返事くらいしてくれよ」

「何と言えばいいの？」彼女は早口でそう言った。嗚咽の間隔が狭まっていたのだ。

「言いたいことを言えばいい」

「何の足しにも……ならないわ」

　ニコラは彼女に近づいて、すぐそばに腰をおろした。

「ほら、そんなふうに顔を毛布に押しあててないで」

　彼がそう言うと、彼女ははっと身を起こして、毛布をはねのけた。そして、今度は枕に顔をうずめて泣きはじめた。

「ママン、僕は出かけるよ。もう少しやってみる。もう泣かないで。先に寝ていなよ」

＊＊＊

昼に降りはじめた細かい雨がまだ降りつづいていた。ニコラはどこにも行くあてがなかった。ときどき、非常に高いところで窓が輝いていた。その窓以外は闇の中に沈んでいて何も見えないだけに、彼にはとてつもなく大きな建物が目の前に立ちはだかっているように思えた。街はがらんとしていた。車のヘッドライトは交差点でしか灯らなかった。彼は今すぐ役に立ちそうな住所や名前、顔を記憶の中に探った。そのうち、バンブーラのことを思い出した。バンブーラというのは、彼がカフェ・モナコに通っていた頃、店で何度も顔を合わせた黒人だった。彼はその黒人を虐める側にまわったことは一度もなかったし、からかったこともなかったから、きっと感謝されているにちがいなかった。彼には何故か、バンブーラが動物のように忠実で優しい人間に思えていた。「いくら僕の身なりがみすぼらしくても」と彼は考えた、「奴に限って、そんなことを気にするはずがない。それに、たとえ奴に断られたところで、別にどうということもない。皆に知られる心配もないだろう。ここからなら、小一時間でシャプタル街に着く」彼はカフェ・モナコへ急ぎながら、道々、どんなふうに声をかけようかと考えた。「カフェの前で待ち伏せしよう。奴が店から出てきたら、ちょうど店に入るところだったふりをしよう。そして、人のいないところに連れていこう。奴は僕に金を貸すことを誇りに思うだろう」この時間帯は、ちょうどバンブーラがカウンターでおしゃべりをしにやってくる時間帯だった。ニコラはモナコの前まで来ると、「相棒、ここで待ってるからな」と呟いた。彼はいくら借りるかさんざん悩んだ挙句、百フランに決めた。「まあ、そのくらいが妥当だろう。百フランあれば、三日か四日は心安らかに暮らせる。頭を冷やして、今後の布石を打つこともできるだろう。例えば、シャルルを訪ねてみるというのはどうだろう？　シャルルを訪ねて、しかも、何も頼まずに帰ってくるというのは？　そうすれば、いろんなことがうまく回りはじめるはずだ」ニコラはカフェの前を何度も行ったり来たりした。曇ったガラスの壁の奥に、例の明るいコートをはおって、しきりに両手を天に突きあげている黒人の姿がぼんやりと見えた。黒人はなかなか店から出てこなかった。それに、ニコラは自分の身なりのことを考えると、顔見知りの客に会うのが怖くて中に入れなかった。たとえ店に入っても、金がないので何も注文できなかった。それで、彼は近くの大きな門の暗がりに隠れて店内を窺うことにした。こうして三十分が過ぎた。ついにバンブーラが出てきた。だが、黒人はすぐにはドアを閉めずに、店内の誰かと無駄口を叩いていた。さらに、カフェのテラスに屋台を出している牡蠣《かき》売りの商人に向かってこう叫んだ。

「オマエノ魚、ヨクナイ！」

バンブーラは店先の日よけの下を離れるのをしばらくためらっていたが、やがてコートの襟を立てると、手をすっと前に伸ばした。よくそうやって雨が降っているかどうか確かめる人を見かけるので、まねをしてみたのだ。それから、ようやく意を決した様子で歩きはじめた。ニコラは心臓が高鳴った。牡蛎売りの商人の目が気になって出足が鈍ったが、じきにバンブーラに追いついた。

「ちょっと来てくれないか。話があるんだ」

「俺ニ？」

「そう。いっしょに来てくれよ」

「俺、オマエ、知ラナイ」

「そんなことないだろう？　来てくれ、話があるんだ」ニコラはそう言いながら、人目につかない場所にバンブーラを連れていこうとした。この黒人と一緒にいるところを誰かに見られるのがいやだったのだ。

バンブーラはぴたりと立ちどまった。これは怪しい、と思ったのだ。ニコラが腕を引っぱっても、彼は一歩も動かなかった。それどころか、大声をあげて通行人の注意を引くのが一番だと直感的に悟って、いきなり叫びはじめた。

「オマエ、話ガアル、俺ニ？」

「ああ」ニコラはもっと静かに話せと合図した。

「オレ、叫ビタイ」

バンブーラは、誰にも叫ぶことを妨げる権利はないはずだし、こういうときは大声を出すのが身を守る最良の策だと本能的に知っていた。ニコラは途方に暮れて、もっと遠くまで後をつけてから声をかけるべきだったと後悔した。

「そこの小道まで一緒に来てくれよ」

「イヤダ、俺、動カナイ」と黒人は言った。

ニコラは「この男には何も期待できない」と思った。それでも、気持ちのけじめをつけるために、頼むだけは頼んでみたかった。

「百フラン、貸してくれないか？　週末には返すから」

バンブーラは吠えはじめた。

「貸ス？　百フラン？　オマエニ？　俺、オマエニ、百フラン？」

「ああ、三日後には返すから」ニコラはそう言いながら、もっと声をおとして話すよう強い身振りで命じた。それがバンブーラをさらに興奮させた。

「ナゼ、百フラン？」

「貸してくれるかどうか訊ねたんだよ」

「貸ス？　オマエニ？」

「そう」

「ナゼ、貸ス？」

バンブーラはわざと話が理解できないふりをしていた。ニコラはしばらく粘ってみたが、そのうち、相手のちぐはぐな返答に腹が立ってきた。

「行けよ、このばか。自分の国に帰ったらどうだ？」

彼はこう言いすてて立ち去ろうとしたが、何歩か進んだところで、バンブーラがぴたりとついてくるのに気づいた。バンブーラは険悪な目で彼をにらんでいた。

「ナゼ、バカ？」バンブーラは顔と顔が触れるほど近くまでニコラににじり寄って、そう言った。

「あっち行けよ」

黒人はまた吠えはじめた。

「俺、バカ。金、貸サナイカラ、オマエニ」

通行人が振りかえった。ニコラはどうすればこの黒人をふりはらえるのか分からずに、ただこう繰りかえした。

「あっち行け」

彼は歩くスピードを上げた。バンブーラは大声で叫びながらついてきた。

「俺、金、貸サナイ、誰ニモ。俺、バカカ、教エテヤル、オマエニ」

バンブーラは通行人の注目を集めようとしていた。そして、通行人を味方につけるためにこうつけ加えた。

「俺、証明書、戦争ノ勲章」

ニコラはどんな態度を取ればよいのか分からなかった。下手になだめようとすると、相手をますます怒らせてしまいそうだった。彼は足を止めて言った。

「いったい、おまえはどうしたいんだよ?」

バンブーラは脅すような仕草をした。

「俺、バカ? オマエ、モウ一度、言ウ、俺、バカ」

ニコラは高飛車な態度を改めなければだめだと気づいた。さもないと、この黒人はいつまでもつきまとってきて、何かきっかけがあれば、大騒ぎをまき起こすだろう。

「僕、おまえのこと、言ってない」とニコラは答えた。

だが、バンブーラは譲らなかった。

「ウソ。オマエ、金、欲シイ。オマエ、言ウ、俺、バカ」バンブーラにはニコラが怯えていることも、自分の方が正しいこともよく分かっていた。もしこの言い争いに口を挟んでくる物好きな人間がいれば、きっと自分に理があると判定してくれる。そう思って、彼は誇らしい気持ちになっていた。

「オマエ、百フラン、欲シイ。オマエ、言ウ、俺、バカ。俺、金、貸サナイ、オマエニ」

ニコラはもうぜったいにこの黒人から離れられないような気がして、足が震えてきた。「こいつはホテルまでついてきて、何かとんでもないことをやらかすにちがいない。例えば、ママンに手をあげるとか。そうなったら、こっちまで警察に連れていかれて、身辺調査が終わるまで留置所に繋がれるにちがいない。どうやって生計を立てているのか、洗いざらい調べられるだろう」もはや彼の望みはただ一つ、どんな手を使ってでもこの男を厄介払いすることだけだった。彼は無理に笑みを浮かべて言った。

「おまえ、おかしな奴！　僕、冗談を言った、おまえに」

「オマエ、言ッタ、冗談？」

「そう、笑う、笑う」

バンブーラの顔に驚きの表情が浮かんだ。ニコラと本気で言い争っている間は自信満々だった彼も、今、笑いを前にして、明らかにうろたえていた。誰かが笑いだしたら、それは皆が自分に背を向けるときだと彼はよく知っていた。

「オマエ、俺、馬鹿ニスル」

「ちがう、ちがう。僕、笑う、おまえと一緒に。二人とも、笑う、一緒に。ほら。それじゃあ、また明日」

ニコラが手を差しだすと、バンブーラはしぶしぶその手を握った。ニコラはしっかりした足どりでその場を離れた。バンブーラはしばらく弱々しい声で「オマエ、金、頼ム、俺ニ……オマエ、金、頼ム、俺ニ」と呟きながらついてきたが、やがて立ちどまると、ニコラの姿が見えなくなるまで、雨の中にじっと立ちつくしていた。ニコラは車を目で追うふりをして、二十メートルごとに背後を窺った。

クリシー広場まで来て、ニコラはやっと心からほっとした。雑踏と光の中に逃げこんで、ようやく危機を脱したと実感したのだ。だが、急にカフェに入って熱いものが飲みたくなって、コーヒー一杯分の金もないことを思い出すと、黒人一人を厄介払いして喜んでいるのがばかばかしくなってきた。彼は何故か、あてもなく歩いている姿を人前に晒すと危険な気がして、一番近くの大通りに目標を定めた。雨はやみそうになかった。大通り沿いのカフェにはあかあかと灯がともっていた。ただし、客はほとんど入っていなかった。まるで街の住民が「こんな嫌な夜は、夕食が済んだら外出しないで、家でゆっくり休もう」と暗黙の取りきめを交わしたみたいだった。「せめて数フランあったら、僕も少しは体を休めることができるのに」とニコラは思った。「タバコを買って、食事をして……でも、こんな一文無しでは、セーヌ川に身投げでもするほかない」彼の手は燃えるように熱かったが、両肩は冷えきっていた。

もうずいぶん前から、彼は「シモーヌに会いに行ったらどうだろう？」と頻繁に考えるようになっていた。だが、そう考えるたびに気まずい思いが胸に込みあげてきて、結局、実行に移せずにいた。実際、連絡も取らずに二か月間も放っておいて、今さらこんな惨めな格好で会いに行けるはずがなかった。もちろん、彼も頭の中では、彼女の住んでいるルジャンドル街をときどき訪れていた。どこかの皇族のような服を着て、車で彼女の家に乗りつけるのだ。彼は道沿いの商店の柱時計に目をやった。もうすぐ九時だった。「まだ門番は起きているだろう」いつの間にか、彼の足はバティニョル公園の方、つまり、シモーヌの部屋の方に向かっていた。「今夜はもう遅すぎる。こんな時間にドアをノックしたら、彼女をびっくりさせてしまう」雨の滴が帽子をつたった。疲れきっていた彼は、水たまりをいちいち避けて通る気にもなれなかったが、水の中を歩いてみると、これが案外おもしろかった。ふと、彼は引きかえそうかと思った。だが、今さらカヴァルリー街に戻るのは億劫だったし、母親の泣き言をまた聞かされると思うとたまらない気がした。あらがいようのない力が彼の背をシモーヌの家の方へと押していた。きっと彼女はお茶を煎れてくれるだろう。バターを塗ったパンを添えてくれるだろう。彼女の暖かい部屋でしばらく体を休めよう。その間に、彼女はストーブに火を入れて、濡れた服を乾かしてくれるだろう。もしかすると、こんなに惨めな格好をしていることに同情して、金をいくらか貸してくれるかもしれない。この数か月間会わないうちにすっかり冷めてしまった彼女の愛が、少しずつ息を吹きかえすだろう……建物の門は閉まっていた。ニコラは顔をあげて、シモーヌの部屋の窓に明かりが灯っているかどうか確かめた。もっとも、彼は彼女の部屋が五階の左側だったか右側だったか覚えていなかったが、それは結局、どうでもよいことだった。建物全体が真っ暗だったからだ。彼はどうしたものかと迷いながら、しばらく歩道をぶらぶら歩いていたが、急に顔をあげて「シモーヌ、シモーヌ！」と名前を呼んだ。そして、すぐに近くの家の門の隅に隠れた。窓は一つも開かなかった。そこで、もう一度やってみた。今度は二階の窓がぱっと明るくなった。あたりまえのことだが、やはり五階よりも二階の方が声が届きやすいようだった。その窓から一人の男が身を乗りだした。だが、じきにカーテンが室内の光を覆いかくした。

雨は降りやまなかった。道はがらんとしていて、たまに家路を急ぐ人が通りすぎるくらいだった。「十二時まで待とう」と彼は思った。「彼女はまだ帰ってきていないのかもしれない」彼は門の前を行ったり来たりした。暇をつぶすために、ときにはわざと門から遠く離れたところまで行ってみた。その間に彼女が部屋に上がってしまうのではないかと、はらはらしながら駆けもどるのがおもしろかったのだ。気温はさして低くはなかったが、彼は震えが止まらなかった。サン・ラザール駅の電車の音が、彼のいるところまで聞こえてきた。ときどき、駅から放たれる強い光が、坂道の下の方を照らしだした。陰鬱な機関車の汽笛も聞こえてきた。彼は泣きだしたかったが、がまんした。「なんて落ちぶれようだ、なんて落ちぶれようだ！」と彼は繰りかえした。「信じられない、今の境遇から抜けだす手立てが一つもないなんて！　いくら身の上話をしたところで、誰も相手にしてくれない。こんなことなら、地下で暮らしている方がましだ」彼の両肩がチック症のようにぴくぴく動いた。濡れたシャツがぴったりと張りついてくるのを体が嫌っているみたいだった。

彼の心を慰めてくれるのは思い出だけだった。落ちぶれた彼の胸に蘇ってくる思い出は、どれも驚くほど鮮やかだった。彼はいろんなシーンをもう一度生きなおしながら、「なぜ、僕はあの頃、人生をもっと楽しもうとしなかったのだろう?」と首をひねった。ほんの数か月前の思い出、例えばユージェーヌ・マニュエル街の家具付きアパルトマンの思い出でさえ、今の彼には幸福の色に染まって見えた。実は、しばらく前から、彼の心は完全に過去の記憶に占拠されていた。それはもうほとんど病的なほどだった。母親と話すのももっぱら昔のことだけで、毎晩、彼ら親子はそれぞれのベッドに横たわって、眠りに落ちるまで思い出話に耽るのだった。彼は昔を偲ばせるもの、昔の裕福な暮らしの証拠になるものが、何一つ手もとに残っていないのが悔しくてならなかった。腕時計はとっくに売りはらっていたし、ニースのプロムナードで、海をバックに母や若い娘たちと一緒に撮った写真も、どこかに行ってしまっていた。

ルジャンドル街の一軒の家の入口に、車の衝突から壁を保護する小さな石柱が二つあった。ニコラはその一方に腰をおろした。十一時の鐘が聞こえてきた。先触れにカリヨンが鳴ったりはしなかったが、それでも彼は、かつて旅行中に耳にした大聖堂のカリヨンの音を思い出した。あれは、たしか、どこかの静かな町を横切っていたときのことだった……「もし父さんがこんな僕を見たら」雨の降る夜更けに、道端の石柱にしょんぼりと座っている今の自分を振りかえって、彼はそう呟いた。すると、母親の友人や親戚にたいする憎しみが胸に込みあげてきた。皆、僕に救いの手を差しのべるどころか、会ってもくれない。面倒なことを求めているわけではない。ただ経済的に援助してくれさえすれば、このどん底から抜けだせるのに……ルソー夫妻やその他の連中は、もし自分たちの生活レベルを落とさない範囲で僕ら親子を援助しようと思ったら、どの程度のことができるのだろう――彼はすでにそれを何度も計算していた。どうやら、あの連中にとって住居を提供するくらいは何でもないことのようだった。それなら、何故そうしてくれないのだろう？「もし僕があの人たちの立場に立ったら」と彼は常々思っていた、「ぜったいに金惜しみなんかしないのに」もしそうなったら、彼は今、彼自身が他人に期待している気遣いと優しさ――彼に果てしない感謝の念を抱かせずにはおかないはずの気遣いと優しさ――を、人々に示してやるつもりだった。

突然、足音が聞こえてきた。ニコラは顔をあげた。誰かが車道の真ん中を歩いていた。シモーヌだった。彼女はまだ彼に気づいていない様子だった。彼は深い安堵感に包まれた。すべての苦しみが終わって、新しい人生が始まるような気がした。

「シモーヌ、君なのか？」彼は立ちあがると、声に力を込めて言った。「君を待っていたんだ」

彼女は立ちどまった。真っ暗な部屋の敷居に立って、中に入るのを躊躇している人みたいだった。声の主がニコラだと分かると、彼女は鋭い悲鳴をあげた。辺りはしんと静まりかえっていた。

「僕だよ」彼は強盗か何かと間違えられているような気がして、声をかけた。

「あなたなの？」

「待っていたんだ」

「私の部屋の前で？」

「待っていたんだ」

縒りを戻しに来たわけではない。ただ、ひどい苦境に陥って、どうしても顔が見たくなっただけだ

――そんな気持ちを彼は短い言葉で言い表したかったが、よい言葉が見つからなかった。「彼女の方はまだ僕を愛している」と彼は胸の内で呟いた。「だから、このまま追いかえしたりはしないだろう。ぜんぶ説明すれば、きっとこの気持ちを分かってくれるはずだ」ただ、暮らしに困っていないときに女を捨てて、無一文になったら金めあてにまた近づいてくるような男だと思われるのはたまらなかった。そこで、彼はこんなふうに言ってみたらどうかと考えた。「シモーヌ、僕ら親子は一文無しになったんだ。でも、僕が君に何か頼みに来たとは思わないで。少しだけ元気づけてほしい、ただそれだけなんだ。僕を追いかえさないで。お願いだから、かつて君が愛した男を憐れんでおくれ……」だが、この娘はそんなに甘くはない、いくら言葉を尽くして説明しても、縒りを戻しに来たのだと勘ぐるだろう。彼はそう思うと、実際、自分が心のどこかで彼女とやり直すことを願っているのに気づいて、我ながら情けなくなった。

「私を待っていたって」と彼女は言った、「それ、どういう意味?」

ニコラには本当の気持ちを素直に伝えることができなかった。彼は二本の街灯に挟まれるようにして立っていた。どっから見ても、縒りを戻そうとして女の不意を襲った男にしか見えないことは、彼自身よく分かっていた。

「シモーヌ、雨が降っている。もしよかったら、君の部屋でぜんぶ話すよ。僕を見て。疲れきっているんだ」

「できないわ」

「何が?」

「あなたを部屋には入れられない」

ニコラはよろよろと壁に手をついた。それは彼がよくやる芝居がかった仕草の一つだった。とはいえ、彼が今度こそこの地上のすべての人間に見放されたと本当に思っていないわけではなかった。彼は体をこわばらせた。一瞬、泣きながら逃げだそうかとも思った。だが、突然、その彼の口から、好きでもない金持ち女を相手にしたときのような猫撫で声が出てきた。

「ねえ、どうしてなの、シモーヌ？」

「それで？」

「あなた、いなくなっちゃったじゃない。訳が分からなかったわ」

「それで……私、不幸だったわ。もうあなたは戻ってこないと思ったもの。何故あんなふうに私を捨てたの？」

「捨ててなんかいないよ」

「今、私、独りじゃないの」

この瞬間、シモーヌは彼にとって通りすがりの女と同じくらい遠い存在になった。彼女の体から、穏やかさと、優しさと、暖かさが漂いでていたが、それは目に見えない仕切り壁に阻まれて、彼のもとには届かなかった。彼があてにしていた愛はとっくに消滅していたのだ。たとえ彼女が今もニコラに男としての魅力を感じたとしても、それは、彼とたまたま同席した女が、女同士でいるときとは違った羞じらいを覚えるのと同じ程度のことだった。

「僕を見て」彼は光の方に体を向けて、もう一度そう言った。

同性の前ではこんな弱々しいポーズは取らないと思うと、彼は恥ずかしくなった。結局、相手が華奢な女だから、こんなこともできてしまうのだ。彼には彼女の愛が完全に死んでしまったとはどうしても思えなかった。まだ蘇らせることができるにちがいなかった。彼の顔はやつれて、青ざめていた。眉の下や頬の窪みに、街灯がちらちらと光を投げたり、影をつくったりしていた。雨に濡れた服や、顎の無精ひげや、汚れた襟が、彼のみすぼらしさを際だたせていた。

「かわいそうに。もう私には何もしてあげられないわ」

「僕を見て」今度は屈辱に身を焼かれながら、彼は叫んだ。「僕にはもう何もない。金もない、着る服もない。犬や猫と一緒だ。僕を見て。こんな僕を、君は憐れんでくれないんだね。君はこのまま僕を見捨てるんだね？」

混乱した胸の思いを母親以外の人間にぶつけていると、彼は次第に気持ちが楽になってきた。地団太を踏みながら、心の中のどよめきをぶちまけたことで、体にも人間らしい温かみが戻ってきた。彼にとって、彼女は今や赤の他人も同然だった。その彼女に自分の苦しみを訴えていると、何だか世間の中に入りこんで、その一員になったような気がした。世間と一体になった喜びが胸に込みあげてきた。何週間も前からずっと心に秘めていたことが、彼の口から次々に飛びだした。彼の前には、彼の言葉に耳を傾け、苦しみを分かち持とうとしてくれる人がいた。

「シモーヌ、僕は死んでしまうかもしれない。これ以上の苦しみに耐えることは誰にもできない。もしここで僕と別れたら、君はきっと後悔する。でも、結局、僕が死のうが生きようが、君にはどうでもいいことなんだね。もう、全部忘れてしまったんだね」

「あなた、うちに来たいの？」

「分からない。何も分からない」

「いらっしゃい、もしそうしたいのなら。でも、約束して。明日の朝早く部屋を出ていくって。彼が迎えに来るの。あなたは長椅子に寝ればいいわ。何か温かい飲み物をつくってあげる。かわいそうな子。私にはそれ以上何もしてあげられない」

17

翌朝、ニコラは急ぎ足でホテルに戻った。彼は母親と顔を合わせる瞬間を恐れていた。彼女は昨晩、息子の身に何か起きたのではないかと思って、一睡もしていないかもしれなかったし、彼のいない間にホテルから追いだされて、部屋がもぬけの殻になっている可能性もあった。彼はホテルの周辺がひっそりしているのを見ると、まるでそれが母親の心の静けさを表しているとでも思ったかのように、ほっと胸を撫でおろした。ホテルに入ると、主人がガラス戸越しに客の出入りを窺っていた。ニコラは何か変わったことがあったのだと思わせるために、廊下を小走りで通りぬけた。そして、階段を一段とばしでのぼって、部屋のドアを開けると、母親は服を着たままベッドに横たわっていた。何だかぐったりした様子で、ドアの開く音にもまったく反応を示さなかった。「死んでいる」と彼は思った。

「ママン！」

彼女は深い眠りからようやく抜けでたような顔で上半身を起こすと、息子をぼんやりと見つめた。彼女のやつれた顔には、ふだんは目立たない皺が、長く、深く刻まれていた。まるでそこだけ肉が削りとられたみたいだった。片方の頬は、汚れている部分とそうでない部分にはっきり分かれていた。髪はぼさぼさだったが、後ろのシニョンはそのままだった。彼女は息子に返事をしないで、すっくと立ちあがった。身に着けているブラウスが皺くちゃになっていた。昨夜、濡れたブラウスを着たままベッドに入って、それをゆっくりと体温で乾かしたみたいだった。彼女はまるで誰かの目を気にしてでもいるかのように、本能的に脚を毛布で隠した。

「寒い」

彼女の歯がかちかち鳴った。ときどき彼女の体がぶるりと大きく震えて、両肩が跳ねあがった。すると、その後、顔に一瞬、安らぎの表情が浮かんだが、すぐにまた彼女は小刻みに震えだした。

「ちゃんと服を脱いで、横になりなよ」

彼女は頷いたまま、動かなかった。

「服を脱いだらって言ったんだよ」

「その方がいいわね」

「もちろん、その方がいい」

彼女はしばらく何か考えているようだったが、突然、両手をくねくねと動かしはじめた。

「もうだめ……もうだめ……」

ニコラはずっとシモーヌのことを考えていた。「金さえあれば、彼女とやり直すことができるのに。彼女は奴を愛していない。ただ、僕にそう素直に言えなかっただけだ」彼の脳裏に、彼女と寄りそってベッドに寝ている男の姿が浮かんだ。ちょうど彼がシモーヌを愛したように、その男もシモーヌを愛しているにちがいなかった。彼には女というものがさっぱり分からなかった。そこで、シモーヌの心の中を探るために、立場を入れ替えて考えてみた。「もしシモーヌ以外に僕を愛してくれる女がいれば、僕もその女を愛するだろう。もちろん、その女が美人だったらという条件つきの話だが。ところで、奴はシモーヌを愛している。とすれば、シモーヌは奴に何も拒まないだろうし、奴と一緒にいて幸せにちがいない」だが、男と女では考え方が違うはずだ、この理屈はあてにならないと彼は思いかえした。もっとも、どこがどう違うのかはよく分からなかったが。彼がそんなとりとめもないことを考えていて、ふと目をあげると、母親がうなだれて、苦しそうな息をしていた。

「どうしたの?」

「何でもないの」

「何か買ってこようか? 知り合いに二十フランもらったんだ」

彼女は顔をあげた。だが、何も聞こえていない様子だった。彼女はしばらく表情のない目で息子を見ていたが、やがて返事をした。

「必要ないわ」

「何も欲しくないの?」

「放っておいて」

「クロワッサンでも買ってこようか?」

「何もいらない。放っておいて。放っておいてくれれば、それでいいの」

このとき、誰かがドアをノックした。彼女は飛びあがった。

「ほら……追いだしに来たわ」彼女はたどたどしくそう言うと、脚に掛けていた毛布を乱暴に投げすてた。その顔はまっ青だった。両頬の窪んだ部分が影になっていて、そのため、ぎょろりと目を剝いているように見えた。

「開けちゃだめ」と彼女は小声で言った。「今度こそ、万事休すよ」

彼女は荒い息をしながら、恐ろしいスピードで目玉を動かしていたが、ふと窓に目をやると、そのまま視線を動かさなくなった。窓から飛びおりたものかどうか思案しているようだった。

「もうだめ……もう耐えられない……ニコラ、お水をちょうだい。ああ、息が詰まる……こんなことが続いたら、死んでしまうわ」

またドアを叩く音がした。ニコラの顔も青ざめていた。彼は怯えているのを隠すために、部屋の中をぐるりと見まわした。客を中に入れられる状態かどうか確かめている人のまねをしたのだ。彼はしばらくためらってから、結局、ドアに歩みよった。郵便配達夫が一通の書留郵便を差しだした。

「手紙だよ」両手で顔を覆っている母親に、彼はすぐに声をかけた。

彼は封筒を開けた。差出人はネッケル氏だった。ニコラが約束通りに現れないことに驚いたネッケル氏が、貸した金のことには一言も触れずに、できるだけ早くお越しいただきたいと書いてよこしたのだった。末尾には、くれぐれもアフタリオン夫人によろしくと記されていた。

彼ら親子は茫然と立ちつくした。窓から一筋の灰色の光が差しこんでいた。本格的な冬の始まりだった。

「どうしよう？」とニコラは言った。「ネッケル氏に会いに行こうか？」

「私に訊かないで。何も考えたくないの」

「せめて、どうしたらいいか言ってくれよ」

「おまえの好きになさい」

「例えば？」

「おまえの方がよく知っているでしょう。お願いだから、そっとしておいて。今さら、どうにもならないもの。それにしても、今、私たちがどんな境遇にいるか、少しは考えてごらんなさい。おまえときたら、埒もないことばかりしゃべって……」

「僕にだって話をする権利くらいはあるだろう？」

「それなら、ずっと話していなさい」

「僕を怒らせたいのか？」

「放っておいて。私はただそう言っているだけ。お願いだから、煩わせないで。何もできないなら、せめて私を放っておいて」

「だけど、助言の一つもしてくれたっていいじゃないか」

「何の足しにもならないわ」

＊＊＊

じきにニコラは部屋を出た。歩いているうちに、彼はむしょうに何かに逆らいたくなってきて、「もうすぐ終わる」と呟くと、「終わらせてやる、終わらせてやる、終わらせてやる」と呪文のように繰りかえした。彼は大きなカフェの地下に降りて、雨で布きれみたいに柔らかくなった革靴を磨かせた。突然、彼の脳裏にモラッチーニの顔が浮かんだ。「モラッチーニなら、まだいくらか貸してくれるかもしれない」朝の十一時だった。太陽を覆った雲が、裏側に陽の光を浴びて、濡れたような輝きを放っていた。彼はバスに乗って、ブルー街のすぐそばで降りた。

彼がモラッチーニの住んでいるホテルの事務所のドアを開けると、テーブルの上に載っている新しい箱が目に飛びこんできた。中身はロウソクにちがいない、と彼は思った。箱のふたに描かれている火花と星の絵に見覚えがあったのだ。彼がそのロゴを目にしたのは、子供の頃のクリスマスの日だった。事務所の中はガラスの衝立で二つに区切られていて、衝立の奥ではホテルの主人がメイドたちと話をしていた。主人の妻はカーテンを縫っていた。ニコラは誰も彼を見て驚かないのを不思議に思いながら、後ろ手にドアを閉めた。いつもなら、誰かが「アフタリオンさん、よくいらっしゃいました」と声をかけてくるはずだった。一瞬、彼はこのまま帰ろうかと考えた。「僕が一文無しだということが、すでに知れわたっているのだろうか？」数人の客が小さなロビーを行ったり来たりしていた。椅子に座って、何か読んでいる者もいた。ニコラにはすべてがよそよそしく思えた。だが、すぐに引きかえす勇気もなかったので、彼はホテルの主人の妻に近づいて、すぐに用件を切りだした。いつものように世間話から入らないのは、温かく迎えてもらえなかったことへの仕返しだった。

「モラッチーニは部屋にいます？」

主人の妻は顔をあげると、縫い物をしている女に特有の目、つまり本当に見る前にちょっと休憩する目で彼を見た。

「あなた、知らないの？」

「何をです？」

「死んだのよ、あのかわいそうな子は」

ニコラは卒倒しそうになった。

「彼が死んだ?」

「ええ、死んだの。昨日の三時に」

ニコラは思わず何歩か前に足を踏みだした。彼はそのまま何キロでも歩きつづけたいような気持ちに捉われたが、同時に、座りたいという強烈な欲求も覚えて、自分でも訳の分からないまま、結局、電話機のわきの椅子に倒れこむように座った。ホテルの主人があいかわらずメイドと話しているのが目に入った。ニコラの脳裏にいろんな考えが浮かんだ。「ちぇっ、ついてないや」と心中で舌打ちしてしまったりもして、我ながら恥ずかしくもなった。彼はじっと座っていられなくて、事務所の中を歩きまわった。ふだんなら客がぜったいに足を踏みいれない奥の方にも行ってみた。

「彼が死んだ?」ニコラは機械的にそう繰りかえした。

「昨日の三時十分に」

「モラッチーニが死んだ?」

「昨日、あの子は一時にここに降りてきて、私たちと一緒にお昼を食べたの」と主人の妻は話しはじめた。「あの子はすぐにこう言ったの。『ひどい顔をしているだろう。気にしないでくれ。ひげを剃ってないんだ。それに、さっき、例の発作が起きたからさ。今回のはひどかった。どうも最近、よくないんだ』あの子は卵が食べたいって言ったの。でも、手を付けようともしなかったわ。ただ、ね、そんなに具合が悪そうでもなかったのよ。やっぱり、朝の五時や六時に部屋に戻るような生活が祟ったのね。眠れないのもよくなかった。あの子がこう言っているのを何度聞いたか知れないもの。『昼間、眠れないんだ。妙な話だけど、朝の十時になると、眠っていても光を感じて、目が覚めるんだ』私たちといっしょにお昼を食べるとき、あの子がいつも怖いような顔をしていたのもそのせいね。毒ガスを浴びて、いろんな苦労をして……無理だったのよ、鋼の体でも持っていない限り。それに、ああいう病気は秋の終わりが一番危険なの」

「彼はまだ部屋に?」とニコラは訊ねた。

「ええ、どうすればいいのか分からないの。あの子の両親に電報を打ったんだけど、正確な住所を知らないから、宛先はただトゥーロンとしたの。きっと電報が届かなかったんだわ。まだ返事がないもの。そりゃあ、辛かったわ。だって、あの子は自分が死ぬと分かっていて、それでも溺れた人間が藁に縋るように生命にしがみついていたんだもの。『今度こそ終わりだ。不幸だよ、この歳で死ぬなんて。だけど、どうしようもない』って言ってたわ。何度も発作が起きて、痰を吐いたの。見ていられなかった。でも、あの子はできるだけ多くの人にそばにいてもらいたがったの。咳が鎮まると、あの子はほとんど意識のないまま呟いたわ、『大丈夫かもしれない』って。そして、悲しそうに笑うのよ。それから、また、咳の発作が始まって、のたうちまわって……そんなことを繰りかえすうちに、だんだん、あの子は病気と闘う力を失っていったの。かわいそうに。今は穏やかな顔で眠っているわ。まるでちっとも苦しまなかったみたい。もしあの子の部屋に行く気がおありなら、ご自分で確かめてごらんなさい。あの子の恋人がずっとそばにいるわ。他にも何人かいるの」

ニコラは部屋に行くかどうか迷った。浮浪者のような格好でクロクロたちに会いに行くのは気が進まなかったのだ。それに、モラッチーニの遺体は見てみたかったが、それは敬虔な気持ちからというより、むしろ好奇心からのような気がして、何だか後ろめたかった。

「ええ、行きましょう」結局、彼はそう言った。そして、咎《とが》める人などいるはずがないのは分かっていたが、それでも言い訳めいた言葉をつけ加えた。

「最後のお別れが言いたいから」

部屋のカーテンは閉まっていた。暖炉の上にも、家具の上にも、ロウソクが灯っていた。燭台はどれも、ホテルの主人が停電に備えてまとめ買いした青いエナメル製の燭台だった。モラッチーニはベッドに横たわっていた。きちんと服を着せた体に白いシーツが掛けてあって、頭は枕に載っていた。枕は一つだけだった。もう一つの枕は、死の床がダブルベッドに見えないようにと、メイドが気を利かせてどこかに隠したのだ。タキシードの胸当てが皺だらけなのは、服を着せた人が硬直した胴体に手こずった印だった。こわばった首に黒いネクタイを巻きつけたのは主人の妻で、結び目は少女のリボンのそれみたいになっていた。髪には一本の白い分け目が入っていた。整髪剤をつけているせいか、薄暗い部屋の中で、その髪が生きている人間の髪のように輝いていた。胸の上に組んだ両手は十字架を握っていたが、その手が眠っている人の手のように緩んできて、今にも十字架が落ちそうだった。モラッチーニの周囲には、肉体の発散する熱気の代わりに、穏やかな空気が漂っていた。その空気には不思議な威圧感があって、生きている人間は皆、部屋の隅に追いやられていた。彼の顔にはほっとしたような表情が浮かんでいた。口と目は閉じられていたが、まだ息をしているみたいだった。この安らぎの下に死が横たわっているとは誰にも思えず、むしろ、彼の夢みた幸せが、今、ゆっくりと花開いてくるような感じだった。

ニコラは帽子を被っていなかったので、部屋の奥に足を進めるのをためらった。部屋の中には花の匂いが漂っていた。低い話し声が聞こえてきたが、彼はモラッチーニの顔から目が離せなかった。二重顎の生気のない肉や、口の端や、まぶたの上に、はっきりした死の証拠を探していると、突然、ああ、この頬も、髪も、何もかも、もう生きてはいないのだな、と思えてきた。だが、そんなことはあり得ないような気もして、彼はもう一度、まだ完全に死んではいない人、深刻な病気に冒されてはいるが、まだ生きている人の体を眺めるような目で、モラッチーニを観察した。それから、ようやく後ろ手でドアを閉めると、窓の近くに集まっていたクロクロや、オデットや、フレッドに、ぎこちない足取りで近づいた。クロクロは目を腫らして、たえず頬をつたう涙を手で拭っていた。オデットはそんな彼女の腰に手を回していた。フレッドは恋人の黒い絹のケープを手に持ったまま、一定の間隔で「何てことだ！」と繰りかえしていた。

モラッチーニの持ち物は部屋の隅にまとめてあった。部屋ががらんとしたおかげで、洗面所のドアを隠している金色の衝立の唐草模様が、今まで以上に壁紙の色調とマッチしていた。

「今、話を聞いたんだ」ニコラは口ごもりながら言った。

「皆でモラッチーニの両親に会いに行きましょう」とオデットが言った。「彼らのせいよ。モラッチーニの代わりに、彼らがこの部屋で死ねばよかったのよ」

フレッドは恋人をにらんだ。

「そんなこと、本人たちの前で言うなよ」

「いいえ、はっきり言ってやるわ。だって、少しでも優しさがあったら、自分の息子をこんなところに放っておくはずがないもの。何の世話もしないで」

「誓ってもいい、君は奴の両親に会いに行ったりしない。そうだろ？」

「そうよ、私が行くんじゃないわ。皆で行くのよ」

突然、クロクロがベッドの足の方でがくんと膝をついた。

「モラ、私のかわいそうなモラ、あんた、今、どこにいるの？」

恋人の手や顔に触れる勇気のない彼女は、遺体を覆っている毛布を無意識にさすっていた。

「ねえ、どこにいるの？　お願い、モラ、何か言って。一言でいいから」

フレッドがオデットの耳もとで「慰めてやれ」と囁いた。オデットはクロクロのそばに行ってしゃがむと、彼女の肩を抱いて言った。

「ほら、クロクロ、元気を出して。もう何もしなくていいの。彼、穏やかな顔をしているもの。それに、私たちは彼なしで生きていかなきゃならないの」

フレッドも体を屈めて、クロクロに言った。

「ほら、立って。もう何も考えないで。しっかりするんだ」

フレッドは彼女の両脇の下に手を入れて立たせようとした。彼女は茫然とした顔で、されるがままになっていた。

「ここを出よう。それが一番だ」

フレッドはそう言うと、オデットの手を借りながら、クロクロを支えて歩きだした。ドアのそばで、クロクロはベッドの方を振りかえった。

「放して。最後にもう一度、彼の顔が見たいの」

「いや、だめだ。もう終わったんだ」

ニコラも彼らと一緒に部屋を出た。階段を下りている途中で、クロクロは急に生気を取りもどし、自分を支えている手を振りほどくと、目をこすりながらフレッドに言った。

「彼は二日前にも、南仏に旅行しようって言ってたの。それを思い出すと……」

「忘れるんだ。もう彼の話はするな。俺の忠告だ」

「そんなに簡単なことだと思うの？　私たち、三年以上も一緒に生きてきたのよ」

ロビーまで来ると、フレッドたち三人はちょっと立ちどまってから、ホテルの事務所に入っていった。ニコラはそれまで誰からも話しかけられなかったので、ついて行こうかどうか迷ったが、結局、事務所の連中が三人を取りまいている間にホテルを出た。この別れ方は彼の心をかき乱した。皆に疎んじられているような気がしたのだ。彼は神経が高ぶっているのに、体の力が抜けてしまって、泣くのをがまんするのが精一杯だった。

18

一つのランプが部屋の中を照らしていた。もう何分も前から、アフタリオン夫人は憔悴した顔を光の方に向けたまま、じっとベッドに座っていた。その顔のところどころに影が凹凸を施していた。あらわな首筋は病みあがりの人のように痩せていて、窪んだこめかみと髪の間には隙間ができていた。突然、彼女は両手を組みあわせて、一人きりで話しはじめた。まるで少女がその日の学課を暗唱しているみたいだった。じきにニコラが帰ってきたので、彼女は口をつぐんで、息子に目を向けた。

「おまえなのかい？」彼女は微笑みを浮かべながら言った。

「見てのとおりさ」

「おまえ、私の独り言を聞いたね。私はね、あんなことを言っているのが楽しいんだよ」

ニコラはモラッチーニのことが頭から離れなかった。母親がモラッチーニに会ったことがないのは分かっていたが、それでも彼はこう訊ねずにはいられなかった。

「モラッチーニって分かるかい？」

「さあ」

「ガスにやられた奴だよ。あいつ、死んだよ」

アフタリオン夫人は返事をしなかった。彼女はちょっと考えこんでいたが、まるで息子がそこにいるのを忘れてしまったみたいに、また一人で話しはじめた。どうやら、彼女を憐れんで、救いの手を差しのべに来た女を演じているようだった。「マダム、いつまでもこんな生活をお続けになっていてはいけません。あなたはもう、心安らかに残りの人生を楽しむお歳なんです。どうしてご自分をもっと大切になさらないんです？　私には、心ある人間なら誰もがするようなことしか、してさしあげられません。さあ、どうか我が家にお越しください。さあ、早く。ご一緒しましょう」

アフタリオン夫人は立ちあがって、一歩、足を前に踏みだした。と、突然、叫び声をあげた。

「誰が死んだの？」

「いや、誰も」

彼女の顔にひどい恐怖が浮かんでいたので、ニコラは返事をするのをためらった。

「でも、おまえ、誰か死んだって言っただろう？」

「そんなこと言わないよ」

「じゃあ、いよいよ私は頭が変になったんだね。でも、おまえ、本当に言わなかったかい、誰か死んだって？」

「ぜったいに言わない」

アフタリオン夫人はまた腰をおろすと、ニコラとの会話などなかったかのように、さっきの独り芝居の続きをはじめた。今度は、彼女が慈善家の婦人に返事をする番だった。「どうお礼を申し上げればよいやら……ご恩は一生忘れません。ただ、この部屋を出ていく前に、ちょっと荷物をまとめさせてください。すぐに済みますから」彼女はまた慈善家の婦人になりきって、「いえ、お待ちすることはできません」ときっぱり答えた。「ええっ？　そんなの、ひどいわ。本当にすぐですから」「いえ、お待ちできません」「それではご一緒できないわ。でも、あなた、本当にそんなにお急ぎなの？　少しくらい待ったところで、どうということはないでしょう？」「自分のことは自分が一番よく知っていますから」「お怒りになったの？」「いいえ。もうお暇《いとま》します。さようなら、マダム」「行ってしまうんですか。待ってください。お願いだから、待って」「さようなら、マダム」「おお、私を捨てないで。あなたが行ってしまったら、私は死んでしまう。破滅だわ。伏してお願いします、どうか行かないで」アフタリオン夫人は最後のセリフをほとんど呻くように言うと、絶望に身もだえしながら、部屋のあちこちにきょろきょろと視線を走らせた。ニコラは母親に歩みよった。

「ママン、いったいどうしたんだ？　ここには誰もいないよ。それに、僕はどこかに行ったりしないし……」

「誰もいない？」アフタリオン夫人は急に落ちつきを取りもどして訊きかえした。

「もちろん、僕はいるよ」

「おまえ、いるのかい？」

彼女は息子を頭のてっぺんから爪先まで眺めた。それから、彼の両手を握った。

「おまえ、いるのかい？」

「ああ。見れば分かるだろう？」

彼女の顔から驚きが消えて、いつもの表情に戻った。彼女はぶつぶつ言いはじめた。

「ニコラ、おまえは分かっちゃいないよ。遊んでいるんじゃないか。おまえも誰か知らない人みたいに話しかけてくれなくちゃ。例えば、あの慈善家のご亭主になるとか」

「ママン、ふざけるのはよしてくれ。そんなことをしている場合じゃないだろう」

「それなら、おまえは何がしたいの？」

もうママンには夢と現実の区別がつかなくなっている、とニコラは胸の内で呟いた。もし彼女がこのまま正気をとり戻さなかったらと思うと、彼は背筋が寒くなった。一言でも彼女が道理に適ったことを言ってくれれば、それで彼も安心できたはずだったが、いくら彼が彼女の理性を呼びさますために質問を重ねても、彼女は何も答えずに、ただ詰まらなそうに彼を見つめているだけだった。彼にしてみれば、完璧な沈黙とはどんなものかを見せつけられているようなものだった。ふいに、彼ははっきりと悟った、ママンは自分が啞《おし》になったと思っているにちがいない、と。彼は母親に歩みよると、ぎゅっと彼女を抱きしめて、キスをした。

「ママン、疲れているんだね。そうだろう、疲れているんだろう？」

彼は頷いてくれることを期待してそう話しかけたが、彼女は石のようにおし黙っていた。

「ママンは疲れているんだ。見れば分かるよ。ママンのことはよく知っている。何といっても、僕は息子だもの。ママン、眠いんだね。だけど、そう言いたくないんだね」

やはり彼女は返事をしなかった。彼は母親のコートと服を脱がせてやった。彼女はまったく抵抗しないで、されるがままになっていた。ときには息子がやりやすいように、自分から体を動かすこともあった。彼はベッドの毛布をめくった。そして、母親をベッドに運んで、ていねいに毛布を掛けてやった。もちろん、靴を脱がすのは忘れなかった。彼女は目を大きく見開いて、息子の手の動きを興味深そうに眺めていたが、突然、一すじの光が頭の中を過ったみたいに、無邪気な表情を浮かべてこう言った。

「おまえが寝かせてくれたんだね」

「そうだよ、ママン」

「優しい子だね。こうしていると気分がいいよ。いいかい、ニコラ、どこにも行っちゃいけないよ。もしおまえが外出したら、何が起こるか分からないからね」

「どうしたの？」

「私の話を聞いているかい？」

「もちろん」

「私のそばにお座りなさい」

彼は母親の言うとおりにした。母親は彼の手を取って、自分の胸に持っていくと、まるでその手を温めようとするみたいに、優しく握りしめた。

「ニコラ」

「何？」

「もうどこにも行っちゃだめ」

彼女は頭を枕で少し高くして、口をぼんやり開けたまま、前方を見つめていた。その顔には安らぎが漂っていた。ニコラはそれを乱さないように、体を固くしてじっとしていた。彼女は何度か目を閉じたが、すぐにまたその目を開いて、部屋の侘しい光をじっと見つめた。彼女はまるで暗闇を恐れているみたいだった。というのも、目が光を反射してきらきら輝くと、顔の他の部分が笑ったように見えたのだ。彼女は深く息を吸いこんだり、息子の手がちゃんと自分の胸に載っているかどうか、はっとした顔で確かめたりしていたが、そのうち、しきりに瞬きをするようになって、ついにまぶたを閉じたまま開かなくなった。彼女が寝返りを打つと、ニコラの手が彼女の胸からわき腹にずれたが、彼女は何の反応も示さなかった。彼女は規則正しい寝息を立てていた。まるで伏せたまぶたが顔全体を覆うベールになったみたいだった。ニコラはそっと手を引っこめた。母親はびくりとして、「おまえなの?」と小さく叫ぶと、また眠りに落ちた。

ニコラは爪先立ちで母親のベッドから何歩か遠ざかった。起きていても、眠っていても、いつも同じように打ちひしがれている母親が、彼は哀れでならなかった。彼は自分のベッドに腰をおろした。額に手をあてて、指で両方のこめかみをぎゅっと押すと、気持ちがよかった。彼ら親子の置かれた状況は悪化の一途を辿っていた。彼にはもうがんばろうという気力もなく、ただ「どうしよう? どうしよう?」とうろたえていることしかできなかった。もはや借金をするあてもなかった。彼は立ちあがった。この部屋にいると息が詰まりそうだった。外に出れば、この人生をひっくり返すような、思いがけない事件に遭遇しないとも限らなかった。彼は急に部屋を暗くして母親が目を覚ましてはいけないと思って、ゆっくりとランプの火をおとしてから外に出た。

真っ暗な夜だった。だが、空を流れる雲は青い光に縁どられていた。時刻はおそらく十時頃だった。歩きながら、彼はこの一日を振りかえった。他の日と違って、どこか乱暴なところのある一日だった。まさに、自分の人生をコントロールできなくなった人間にふさわしい一日だった。彼は一人の配達人のことを思い出した。小さな手押し車を押しながら、デモ行進の波を横切ろうとした荷物の配達人のことを。その配達人はあともう少しというところまで来ていたのだった。あと五十メートルも行けば、静かな界隈に辿りつけるはずだったのだ。そこまで、デモの参加者たちはぶつぶつ文句を言いながらも、彼に道を空けてやっていた。だが、突然、一人の男が彼にぶつかった。別の男が手押し車に足蹴りを喰らわせた。あっと言う間に手押し車は押し倒されて、壊されてしまった。配達人も地面に投げだされて、めった打ちにされていた。

ニコラは自分がその配達人に似ていると思った。これまで人々は彼を大目に見てきてくれたが、今にとんでもない事件が起こりそうだった。母親は長びく貧窮生活に心も体も弱りきり、明日のことを思って震えるだけの人間になってしまった。もはや彼女には闘う気力は残っていなかった。モラッチーニは死んでしまった。彼の周囲のものが徐々に崩れていくようだった。今、彼を破滅から守ってくれているものが何なのか、それは彼自身にも分からなかったが、とにかく、崩壊寸前の建物を支える一本の木の杖と同じくらい脆いものであることだけは確かだった。彼はまるで啓示を受けた人間みたいに、ひたすら前へ、前へと足を進めながら、歩行のリズムに合わせて「破滅だ、破滅だ」と繰りかえした。突然、彼の脳裏に、さっきの母親の安らかな顔が浮かんできた。こんな絶望的な気分でいるときに、あの安らかな顔を思い出すと、胸が張り裂けそうだった。大時計の鐘が鳴った。今夜は、鐘の音の余韻がいつまでも彼の耳を離れなかった。彼が動揺しているせいか、鐘の音だけではなく、あらゆる物音の余韻が耳に残った。匂いもしつこくつきまとってきた。人は皆、知らないうちに病気と闘ってくれる神秘的な力の恩恵にあずかっているものだが、今、その力が彼のために働きだし、彼の五感を研ぎすましたようだった。これで、たとえ頭がぼんやりしていても、聴覚や嗅覚が彼の肉体を監視して、危険をいち早く察知してくれるはずだった。彼は立ちどまって、「どこへ行けばいいだろう？」と呟いた。しばらくして、彼はまた立ちどまり、「どこかに行かないと！」とどなった。「ルソー氏のところか？——いや、違う」母親の友人だか親戚だかの名前を一つ口にしてみると、芋づる式に五、六人の人の顔が浮かんできた。

その中に、母親の弟の顔もあった。「そうだ、シャルルだ。もし彼が家に入れてくれたら、もう梃子でも動くまい。何があっても居座ってやる。なるようになれだ……でも、居座って何をすればいいのだろう？　いや、とにかく居座ることだ。彼は警察を呼ぶだろうか？　かまわない。警察でも何でも呼べばいい。どこへでもしょっぴいていけ。知ったことか。もうがまんの限界だ。これ以上は耐えられない」西の空には星が煌めいていたが、東の空には巨大な雲の塊が浮かんでいた。そのため、奇妙な暗がりが生まれていた。一方の空は嵐ぶくみで不穏な雰囲気を漂わせているのに、反対側の空を見あげると、雲の切れ間が「こっちへおいで」と呼びかけてくるのだ。これから向かうテルヌ街は、まさに雲の切れ間の方角にあった。

＊＊＊

ニコラは何度もシャルル・ペリエの家のベルを鳴らした。すると、ようやくドアの奥から女の声が聞こえてきた。ニコラにはすぐにアリスの声だと分かった。

「どなた？」

「ニコラです」

「あら、ニコラ、あなたなの？」

「ええ、ニコラ・アフタリオンです」

ドアが開いて、ガウン姿のアリスが現れた。彼女はすべての部屋の明かりをつけていた。たぶん怖かったのだろう。

「あなた、いつも信じられない時間にやって来るのね」

「まだそんなに遅くもありませんけど」

「ご用は何？　でも、まずはお入りなさい。ドアを閉めるわ」

「シャルルさんはいらっしゃいます？」

「まるで何も知らないみたいな言い方ね！　あの人、今、ルーアンに行っているじゃないの！」

ニコラがサロンに入ると、クリスタル製のシャンデリアが輝いていた。円錐形の布のシェードをかぶせた小さなランプも二つあって、それも両方とも明かりが灯っていた。暖炉の上には、スタッコ細工の小さな像がいくつか置いてあった。彼は刺繡の入った華奢な肘掛椅子に腰をおろした。すぐ手の届くところに、工芸品をたくさん載せた小型の円卓があった。鏡や、金箔の装飾や、陶磁器や、クッションを眺めているうちに、彼は頭がぼうっとしてきた。窓にはずっしりと重いカーテンがかかっていたが、ときどき、表を通る人の足音がかすかに聞こえてきた。壁を通して、管理人室で鳴っている呼び鈴の音も聞こえた。管理人が門を開けるまで、呼び鈴は鳴りやまなかった。

「彼は明日、戻るわ。たぶん午前中に」

「明日？」

「あなたが無駄足を踏んだってことにならないように、せめてお茶くらい煎れるわね。お茶はお好き？」

「優しいんですね」

「お茶は好きかって訊いたの」

「好きですよ」

「そっけない言い方をして！　私をばかにしているのね？　悪い子だわ。いいわ、あなたがきちんと質問に答えられるようになるまで、みっちり鍛えてあげる。ちゃんとした受け答えができないのは、だめな子なんだから」

こんなふうに甘ったるい言葉をかけられると、ニコラにはますます自分の身の上が辛く感じられた。「僕がここから出ていかなかったら、何が起きるだろう？」と彼は考えた。「大騒ぎになって、外に叩きだされるだろうか？」

「シャルルさんは明後日にはまちがいなく帰ってきますか？」

「言ったでしょう」

「でも、もし帰ってこなかったら？」

「そうなったら、私が真っ先に心配するわよ。それにしても、あなた、変わっているのね！　ややこしいことを考えて！」

ニコラはアリスが差しだしたティーカップを受けとった。彼の頭の中で無意識が働きだして、まだ自分でもはっきり意識していないある考えのために、彼の体が汗をかきはじめた。息も苦しくなってきた。椅子にじっと座っていても、顔にときどき痙攣が走って、上唇の端がめくれた。

てんでばらばらな考えが彼の脳裏に押しよせてきた。栄養失調で徐々に弱っていく人の姿とか、断末魔の苦しみを味わっている男の顔とか、憎みあった者同士が激しく殴りあうシーンとかが浮かんだ。ときおり、そうしたシーンがすっと背景に退いて、代わりにモラッチーニの生々しい顔が現れた。「奴は死んだ。でも、奴も生きていたんだ」突然、モラッチーニがぱちりと目を開けて、立ちあがった。だが、彼は何歩か前に進んだところで、ばたりと倒れてしまった。体の内側がすでに腐りはじめていたのだ。

彼は何とか立ちあがろうとしたが、だめだった。蘇生するのが遅すぎたのだ。「奴は死んだ。僕は生きている。でも、僕が死んで、奴が生きているってことになる可能性もあったんだ」

ニコラはティーカップを円卓の上に置いた。彼は突然、大声で笑いながら、意味のない冗談を言ってみたくなった。真面目な話をすると見せかけて、何か突拍子もないことを言ってみたかった。だが、母親の顔を思い出すと、そんな気持ちも薄らいでいった。今ごろ、ママンは眠っているだろうか？　まさか、最後の手段に訴えるつもりで、窓辺に歩みよっているところではないだろうか？……「眠っている、ママンは眠っている」と彼は自分に言いきかせた。さっきからずっと、アリスは一人で話しつづけていた。彼女の言葉の最後の部分が彼の耳に入ったが、意味は分からなかった。

「……なんてことを考えるとはね」

アリスは口をつぐむと、長椅子に腰をおろした。シャルルがパーティで一緒になった友人を連れてきたとき、ベッド代わりに使っている長椅子だった。部屋の中を行ったり来たりしながら話しつづけていた彼女は、今、一息ついて、ようやくニコラの身なりのみすぼらしさに気づいたようだった。

「あなた、今もお金に困っているの？」と彼女は訊ねた。

ニコラは微笑みを浮かべながら、自分でも知らないうちに、服の傷んだ箇所を手で隠した。あちこちに綻びがあるので、手があちこちに移動した。暖かい部屋にいると、彼も元気が出てきた。ただ、この部屋があまりにも居心地がよいので、いつアリスが帰ってほしそうな顔をするかと心配になった。

「ほら、答えなさい。怒るわよ」

「あいかわらずですよ、マダム」

「あなた、昼間は何をしているの？」

「さあ」

「さあってどういうこと？」

「さあ」

「ほら、また！　おチビさん、あなたは本当に子供ね」

ふいに、ニコラはもう一人ぼっちではないような気がしてきた。アリスと話していると、世の中には彼よりも強くて、聡明で、彼のことをよく分かってくれる人、「君のケースは絶望するには及ばない」と言ってくれる人がいるにちがいないと思えてきた。昔、彼はある恥ずかしい考えを家庭教師に打ち明けたことがあって、その家庭教師はろくに勉強も見ないで無駄口ばかり叩いているような人物だったのだが、そのときだけは優しい声でこう言った。「私は君と同じことを考えている若者をたくさん知っている。いいかい、自分が他人より劣っていると思ってはいけないよ。君は優秀なんだ」この言葉を聞いて、彼は心からほっとしたのだが、今、彼は同じような安堵感を覚えていた。

「いいこと、おチビさん、そんなふうに投げやりになっちゃだめ」

彼はアリスを見つめた。いつも微笑みを絶やさない彼女が深刻そうな顔をしていた。彼は何か話がしたかった。だが、喉が詰まって言葉が出てこないので、優しさと、幸福と、安らぎに包まれたこの若い女性を、ただじっと見つめた。この数か月間に、彼は何度か泣いたことがあった。泣くときはいつも、少しずつ涙が目に溜まってきた。だが、今日は打ちひしがれて、神経が高ぶっていたので、いきなりわっと泣きだしてしまった。それは彼自身にとっても驚きで、こんなふうにいきなり泣けてくるのは、予期しない病気の前兆かもしれないと思って、一瞬、泣くのを止めたほどだった。

「いったいどうしたの？」

彼は返事をしないで、啜りあげる合間にこう呟いた。「神様……僕はどうなってしまうのでしょう？もう終わりです……誰一人、僕に同情してくれません……ああ、神様」

アリスは立ちあがって、彼に歩みよった。

「ニコラ、冷静になって。あなた、まだ若いんだから」

この言葉は彼を落ちつかせるどころか、絶望感を煽っただけだった。もう何か月も前から、つねに周囲の顔色を窺って、誰にも胸の思いを打ち明けず、鈍感なふりをして生きてきた彼は、こんなふうになりふりかまわず泣けることに大きな慰めを見いだしていた。彼の頭の中には、涙が蒸発してできた靄のようなものが立ちこめていた。ただし、彼はアリスを観察するのをやめてはいなかった。彼女は幸福そうで、ときどき、指で喉を掻いていた。彼女の軽い息遣いが聞こえた。青い目はほんの僅かに潤んでいた。

「マダム……マダム……どうか優しくしてください」

「もちろん……優しくしてあげるわ……私にできることは何でもしてあげる」

ふと彼は、今こうして彼女と一緒にいるのも、しょせんは人生の一つのエピソードに過ぎないと思った。実際、これは一時間もすれば幕の下りるエピソードで、これで何が変わるわけでもなかった。彼は泣いているのがばかばかしくなってきて、顔をあげた。そして、しばらくそのままの姿勢でいたが、やがてすっくと立ちあがった。アリスは彼を励まそうとして、「元気を出して……何もかもうまく行くわ……今に分かる、本当よ……」と繰りかえしていた。ぶ厚いカーテン越しに、どこかの大時計の鐘の音が聞こえてきた。ニコラは鐘の数を途中から数えはじめて、数えおわると「全部で、この二倍は鳴っただろう」と考えた。「とすると、ふつうならもうお暇する時間だ」彼は何歩かドアの方に足を進めた。

耳の奥ではまだ鐘の音が鳴っていた。両手は汗でびっしょりだった。彼はうまく呼吸ができなかった。彼の周囲だけ空気が薄くなって、かろうじて生きていられる程度の酸素しか残っていないみたいだった。彼は訳もなく、何かを指さすときのように片手をあげた。すると、背筋に悪寒が走って、体がぶるりと震えた。それをアリスに感づかれたのではないかと思うと、彼は恥ずかしくなって目を伏せた。「外では悲しみが僕を待っている」と彼は思った。「これからどこに行こう？　何をしよう？」ふと振りかえると、背後にガラス張りのもう一つのドアがあって、そのドアを覆っているカーテンの隙間から、隣の部屋の穏やかで暖かい明かりがちらりと見えた。どうやらこの家には、このサロンと同じくらい快適な部屋が他にもあるらしい……彼はさらに一歩、足を前に進めた。体の中で何かがひき裂かれるような感じがした。まるで乱闘騒ぎに巻きこまれて、屈強の大男たちに羽交い締めにされたみたいだった。大男たちは周囲の混乱をよいことに、彼を殴ったり、地面に叩きつけたり、踏みつけたりした。「明日は？　明日はどんな一日になるだろう？」突然、彼の顔がぱっと輝いた。すぐそばに、アリスの顔を見つけたのだ。彼女は励ましの言葉を口にしながら、巧みに彼を玄関の方へいざなっていた。彼はうっとりと彼女を見つめると、子供っぽい無邪気な仕草で、彼女の額にそっと手をあてた。

「何をするの？」アリスはそう言いながら後ずさりした。

彼はおもちゃを取りあげられた子供のように顔を曇らせた。

「僕が何か……？」

「あなた、頭がおかしくなったんじゃないの？」

こう言われても、彼は表情一つ変えなかった。目だけはぎらぎらと輝いていたが、彼に動揺している様子はまるでなかった。というのも、彼にとって、アリスは近づいて話しかけることのできる最後の人間だったから、彼女が蔑んだ顔をしたり、怒ったりしても、そんなことにいちいちかまってはいられなかったのだ。彼にしてみれば、彼女の言葉や態度は幼い子供のそれと同じだった。つまり、まともに相手にする必要のないものだった。どっちみち、彼はもう彼女のそばに居座ることに決めていた。彼は荒い息をして、額に汗を浮かべながら、彼女に近づいた。もう彼には何も聞こえなかったし、何も見えなかった。理性の働きもストップしていた。彼の頭の中にあるのはただ一つ、今すぐアリスを抱きしめようという考えだけだった。彼は何日でも彼女をずっと抱きしめているつもりでいた。もちろん、できれば彼女には抵抗しないでもらいたかった。息がかかるほど近くから彼女の顔を見つめながら、彼は何かを待つつもりだった。何を待つのかは自分でも分からなかったが、とにかく、彼女を抱きしめながら何かを待っていれば、それですべてに片がつくような気がしていた。もう苦しまなくて済むはずだったし、自分がこの世に存在していることも忘れてしまえるはずだった。

彼はさらにアリスに近づいた。今度は、鳴き声が聞こえると思ったらもう遠くの枝に飛びうつっている小鳥を追うような足取りだった。彼女はまた後ずさりした。何も見えなくなっていた彼の目に、突然、慣れない足取りで、後向きにさがっていく彼女の姿がはっきりと映った。彼はよろよろと倒れるように肘掛椅子に座りこむと、両手で顔を覆った。

「あなた、おかしいわ。ねえ、おチビさん……あなた、おかしいわ……もうお帰りなさい……もう遅いもの」

彼女がそう言っているうちに、彼は泣きはじめた。彼は目尻からこぼれそうになる涙を一粒ずつ指先でふきとった。まるで頬をつたう涙を一粒ずつ拭う子供のようだった。

「大げさよ!」とアリスは言った。彼女はこんなシーンがいつまで続くのかと心配になっていた。今にこの訪問者が完全に自制心を失うのではないかと恐れてもいた。

「ねえ、おうちに帰って、お休みなさい。そんなふうになるのは、疲れているからだわ」

それまでぐったりとうなだれていたニコラは、急に背筋をぴんと伸ばして、驚いたような目で周囲をきょろきょろ見まわした。

「何故そんなことを言うんです?」

「あなたのためよ」

彼女は暖炉のわきに立って、ぼんやりした顔つきで調度品の位置を直しはじめた。どうやら、早く一人きりになってこの作業に集中したいと思っていることを、ニコラに分からせようとしているようだった。

「帰れってことですか?」

「今、何時だと思っているの?」

「さあ」

「十二時よ。私は明日の朝早く、シャルルを駅まで迎えに行くの」

ニコラはついにこの安らぎの場を去るときが来たことを悟った。彼は立ちあがった。また一人きりで街をさまようのかと思うと、彼の背筋に寒けが走った。アリスは玄関口の部屋に来るまで、彼に近づこうとしなかった。彼はコート掛けに掛けてある自分の帽子を見て、思わず飛びあがりそうになった。それまで霧の中に霞んでいた自分の境遇が、いきなり目の前にくっきりと立ち現れてきたのだ。右手にある玄関のドアを開ければ、この建物の廊下が伸びているはずだった。たしか、家具のない、壁に鏡を貼っただけの廊下だった。そして、その廊下を抜ければ、がらんとした夜の街が広がっているはずだった。

そこで人は、言葉を交わす相手にめぐり会うこともないまま、体力の続くかぎり自由気ままにさまようことができる。一方、この家にあるのは、かろうじて歩きまわれる程度のスペースだったが、それは暖かくて、明るくて、喜びと休息のためにある空間だった。

「私が開けるわ」とアリスが言った。「変な人が入ってこないように、複雑な錠がたくさん付いているの」

彼女は錠前に手を伸ばした。

「開けるんですか？」とニコラは訊ねた。その声が震えていたので、思わず彼女は手を腰の位置に戻した。

アリスは本能的に一歩退いた。彼女はニコラよりも小柄だったのだ。一方、孤独を目前にしたニコラは、今ならまだ安全な場所にいるし、ドアも閉まったままだと考えた。「どうしてここを立ち去ったりするだろう？」と彼は胸の内で呟いた。「今、僕はここにいる。それなら、ここに居座るだけのことだ。外に出てから後悔しても後の祭だ」こういう状況に置かれた人間の考えることは不可解なものだ。心の奥底の思いが、理性のフィルターを通さずに、そのまま揺るぎない決意となってしまう。ニコラの場合も例外ではなかった。彼はアリスに近づくと、抵抗する暇も与えずに、思いきり彼女を抱きしめた。彼女は鋭い悲鳴をあげた。彼は弱々しく囁いた。「アリス、静かにして。怒らないで。このままにさせて。僕は悪い人間じゃない」

「出ていきなさい。シャルルがあなたの相手になるわ。行きなさい。さあ、早く」だが、彼女は彼の腕を乱暴に振りほどいた。

彼女はドアを開けた。

「さあ、出ていきなさい。あなた、気が狂ってる。明日、シャルルが会いに行くわ。釈明するなら彼になさい」

「彼には何も言わないで」

「出ていきなさい」

ニコラは帽子を手に取った。彼が外に出ると同時に、ドアが音を立てて閉まった。

19

ニコラは一時間ほど街を歩いてから、一軒のカフェに入った。ちかちかと明滅する街の灯と、風にかき乱される大気、それにどこも似たような外観の家並みを後にして、コップのように透明な電球がいくつもぶら下がった店内に足を踏みいれると、何だか安全な場所に逃げこんだような気がした。店の内壁には目を楽しませてくれる絵も描かれていた。だが、彼の顔はあいかわらず青ざめていた。まるで間一髪で事故をまぬがれた人のようだった。彼は店の眩しい明かりの下で自分の服装をチェックすると、少し奥に進んで、一番目立つ席に堂々と座った。「こうすれば、僕が何者かにつけ狙われているとは誰も思うまい」と呟きながら。もちろん、彼の念頭にあるのはシャルル・ペリエのことだった。今、彼は極端に狭い世界に生きていた。つい昨日までは人波に呑まれて呆然としていたのに、このカフェにいると、世界の中心にいるような気がするのだった。彼は椅子に座るとすぐに脚を組んだ。心安らかな客なら脚を組むはずだと思ったのだ。帽子は被ったままにした。子供じみた考えだったが、身に着けているものの位置を変えると、正体がばれてしまいそうな気がしたのだ。だが、結局、他に客は一組のカップルしかいないのを知って、彼は帽子をとり、柱の鏡を覗きこんだ。すると、ふいにボーイがつかつかと歩みよってきた。彼はひどい恐怖に襲われた。夢の中でレールに縛りつけられて、汽車の影がだんだん大きくなるのを見つめているときのような気分だった。だから、一メートルほど手前でボーイの足が止まったとき、彼は心の底からほっとした。彼は息を深く吸って、ボーイの目を覗きこんでから、早口でコーヒーを注文した。ボーイは彼のそばを離れずに、こう訊きかえしてきた。

「コーヒーというと……」

「ブラックです、ブラック……」と彼は慌てて答えた。

ボーイは不思議なほど落ちついた足取りで下がっていった。まるで誰かがニコラの慌てぶりと比べて楽しむために、ボーイに「ゆっくり歩け」と指示を送ったみたいだった。ニコラは額の汗を拭った。彼にはまだシャルルの家で起こったことがよく理解できていなかった。彼は目を閉じた。しばらくして目を開けると、一人の男が店の入口に立ちどまっていた。どうやら仲間を探しているようだった。じきに男は立ち去った。ニコラはボーイが運んできたコーヒーカップに口をつけた。すると、一瞬、誰かに水を浴びせられたのではないかと思ったほど大量の汗が顔から吹きだした。彼は喉頭が痙攣して、口に含んだコーヒーを飲みこむことができなかった。何度も無理に飲みこもうとしたが、とうとう息が詰まりそうになったので、体を屈めて口の中のものをテーブルの下に吐きだした。少し間を置いてから、彼はまたコーヒーを口にしてみた。今度は吐き気が込みあげてきた。手足が急に動かなくなった人のように、あるいは、突然口が利けなくなったり、目が見えなくなったりした人のように、彼はパニックに陥った。もう終わりだ、と彼は思った。無理な節制が祟ったにちがいない、と。ひょっとすると、人間の運命をつかさどる不思議な力が、もうそろそろ彼をどこかの深淵に突きおとす頃だと判断したのかもしれなかった。その手始めに、「何も飲みこむことができない男」という極印を打って、人目につくようにしたのだろう。これで、どこに行ってもすぐに正体がばれてしまうわけだ……彼は絶望的な目で周囲の様子を窺った。誰かに見られているような気がしてならなかった。だが、誰も彼のことなど気にしていなかった。彼は汚したテーブルと椅子をハンカチで拭くと、「店を出たら、すぐに溝に捨てよう」と考えながら、そのハンカチをポケットに押しこんだ。「それにしても、いったい僕はどうしたんだろう？　もしこのまま何も飲みこむことができないとしたら……」ふと彼は、子供の頃にこっそり父親の机の中を物色していて、もう罰を逃れることはできないと覚悟したときのことを思い出した。あのとき、彼はつい引出しを手前に引きすぎて、床に落としてしまったのだ。中に入っていたインク壺が割れて、すべての書類が染みだらけになっていた。

それでも、彼の不安は少しずつ治まっていった。彼はまたコーヒーカップを手にとって、そっと少しだけ口に含んでみた。今度は飲むことができた。無数の光線が彼を貫いた。飲むことができる、救われたのだ……だが、浮かれている彼の頭に、アリスとの一件が蘇ってきた。「信じられない、あんなふうに彼女を抱きしめてしまうなんて。でも、僕にも言い分はある」ボーイが近づいてきた。彼は本能的に体を後ろに引いた。足が勝手に震えだした。だが、足をテーブルの下に伸ばしてみると、震えが止まった。そこで、ボーイの方を振りかえって鷹揚さを装おうとすると、今度は上半身が動かなかった。「ほら、これでもう店から出ることもできない」実際、体が彼の言うことを聞かなくなっていた。右手も震えだした。彼はその手を呆然と見つめた。震えはなかなか止まらなかった。彼はその震えを止めようともしなかった。もしだめだったらと思うと、怖くて止めようとする気にもなれないのだった。「いったいどうなってしまうんだろう？」彼は顔を上げたり下げたりした。また、訳の分からない欲求に衝きうごかされて立ちあがりかけ、すぐにまた椅子に腰をおろした。突然、店の一番奥にいる男が、横の女を片手で乱暴に抱きよせ、もう一方の手でその女の脚を撫でた。それを目撃して、ニコラは真っ青になった。「きっと彼女は皆の前であの男を罵るにちがいない。それがあの男には分からないのだ」ニコラの手の震えは止まっていた。彼は右手で額に触れてみた。何の問題もなかった。彼は立ちあがった。だが、店を出るとき、急に膝の力が抜けて倒れてしまうのではないかと心配になって、大量の汗をかいた。

薄い霧が街を濡らしていた。街灯には青白い暈がかかっていた。空は雲に覆われていたが、ときどき月が顔を出した。彼はさっきから誰かにつけられているような気がしてならなかった。「数人の男が、霧に姿を隠して僕をつけてくる。きっとシャルルが恋人を驚かせようとして、予定よりも早く帰宅したのだろう。今ごろ、彼は僕を捜しているはずだ。皆にも僕を見かけたら教えてくれと頼んだにちがいない」彼はいてもたってもいられなくなって、またどこかのカフェに逃げこもうかと考えながら、歩道にふと立ちどまった。その瞬間、彼は自分を支えているのが二本の生身の足であることに気がついた。このあたりまえの事実が彼の心を離れなかった。一歩、足を前に踏みだしたら、その足が地面を離れている間にバランスを崩してしまいそうな気がした。彼は一種のめまいに襲われた。まるで体がふわりと浮きあがって、屋根の上にでも着地したみたいだった。深淵から放たれた光が、ゆっくりと彼の方に昇ってきて、そのまま彼を通りすぎると、空で踊りはじめた。彼は目を閉じた。背筋を伸ばして立っているはずなのに、だんだん頭が垂れてきて、その重みで体が前のめりになってきたように感じた。彼は目を開けた。今度は、空で踊っていた光が彼の体にまとわりついてきた。彼は足を一歩、前に踏みだした。さらに、もう一歩。こうして、彼はどうにかまた歩きだした。

彼は疲れきっていた。もう「何とかしないと」という気もおきなかった。ただ、頭のどこかで、地震でも火事でもかまわない、とにかく大惨事が起きてくれれば、と願ってはいた。大惨事の後の、陽光に満ちた静けさの中で、すべてを始めからやり直したかったのだ。彼はまっすぐ前を見て歩きつづけた。曲がり角では後ろを振りかえりたくてたまらなくなったが、がまんした。辺りは静まりかえっていた。ときどき闇の中に、どこかから偶然この街に落ちてきたような青白い光が漂っていた。その光に照らされた家々を眺めていると、彼は不思議な気持ちになった。初めてなのに、なぜか親しみを覚える風景を前にしたときのような気持ちだった。今、彼は眠りこんだ街の真ん中を一人きりで歩いていた。ふと足を止めると、目の前に下り坂がまっすぐ伸びていて、その先に数本の樹が立っていた。「これ以上の苦しみは」と彼は思った、「この世に存在しない」彼の脳裏に父親の面影が浮かんだ。いろんなことのあった思春期の数年間、彼は父親が死んだというのは作り話で、どこか遠くの国に身を隠しているにちがいないとずっと思っていたのだが、今またそんな気がしてきた。空を見あげると、大きな黒い雲が流れていた。彼はその雲に吸いよせられるように空へ舞いあがった。寄宿舎でいじめられっ子がベッドからベッドへ放りなげられるみたいに、彼は雲から雲へと放りなげられた。ただし、痛みは少しも感じなかった。それから、彼は秒速数千キロメートルのスピードで空を飛んだ。ブランコにでも乗っているみたいで、気持ちがよかった。だが、突然、彼は石ころのように墜落した。夢から覚めたのだと思って、ベッドに横たわっているつもりで目をしばたたくと、彼の眼前に夜の街が広がっていた。「熱があるにちがいない」と彼は呟いた。「帰ろう。それが一番だ」空はすでにうっすらと明るんでいた。何軒かの商店の奥の方に、穏やかな明かりが灯った。「早くベッドに横になって、夢のようなことをあれこれ考えよう」彼は読みまちがえないように注意して通りの名前を確認すると、足早にホテルに向かった。母親が心配して待っているにちがいなかった。

＊＊＊

彼は部屋に入ってドアを閉めた後、しばらく立ちつくしていた。何をしたらいいのか分からなかったのだ。母親は眠っていた。明け方の微光が、みすぼらしい家具や、床に転がっているいろんなものをぼんやりと浮かびあがらせていた。結局、彼は服を着たまま横になった。こめかみの辺りがぶんぶん鳴っていた。ひどい騒音と、鐘の音と、汽車の走る音と、サイレンが聞こえた。彼は寝つくことができずに、何度もはっと目を開けた。その目は血走っていた。突然、鋭い悲鳴が聞こえたような気がして、彼はベッドを飛びだした。「ママンなの？　今、叫んだのは」誰も返事をしなかった。彼は不安に胸を締めつけられながら、しばらく耳を澄ましていた。部屋の中は静まりかえっていた。考えてみれば、彼の問いかけに母親が何の反応も示さないのは変だった。「とすると、僕は何も言わなかったのだろうか？」彼はまたベッドに横たわると、しばらくして「眠ろう」と口に出して言ってみた。薄目を開けると、窓ガラスに灰色の光があたっていた。何だか澄んだ水の中にいるみたいだった。「日が昇ったらしい」彼はまぶたを閉じた。じきに彼の呼吸が規則正しくなった。だが、ようやくうとうとしかけたとき、彼は息が詰まるような感覚に襲われた。実はそれはいつものことだったのだが、それでも、彼はとっさに「死んでしまう」と思った。実際、いくらもがいても息ができなかった。彼は半狂乱になって立ちあがると、椅子を蹴たおしながら前に突き進んで、開けっぱなしになっていたクロゼットの扉に頭からぶつかった。その衝撃で彼は息を吹きかえした。彼の全身が汗でびっしょり濡れていた。夜明けの光が、ベッドに座って「ニコラ！　ニコラ！」と叫んでいる母親を照らしだしていた。彼はすぐに正気をとり戻した。と同時に、すべての記憶が彼の脳裏に蘇った。

「ママン、このホテルの住所をシャルルに教えたかい？」すぐに彼はそう訊ねた。

「どうしたの？」

「住所を教えたのかと訊いているんだ」

「さあ、覚えてないわ」

「イエスかノーで答えてくれ」

「そうね、教えたんじゃないかしら」

彼は目を見開いて、母親をまじまじと見つめた。彼女は深い静謐さに包まれていた。いつもと何一つ変わらない夜——見慣れた家具や小物に囲まれた夜——に洗われて、すっかり疲れのとれた顔をしていた。彼女はいつからか、この部屋の乱雑さや不潔さに親しみを感じるようになっていて、もうぜったいにこの部屋を離れようとしなかった。何しろ、ここには彼女に悪意を持つ者が一人もいなかったのだ。彼女はここで、毎日、決まった動作を繰りかえして生きていた。今朝も服を着替えるときはパジャマをベッドに放るだろうし、夜が来れば、やはりいつもの夜のように、枕の下に古いコートを敷いて頭の高さを調節するだろう。そうしている間にも、シャルルがこのホテルに向かっているかもしれないというのに……ニコラはこの何か月かの夜を思い出した。ぼんやりと窓の外を眺めて過ごした、長くて退屈な夜を。それももう終わりだった。今や、彼は釈明して、身を守らなければならない立場に立たされていた。一フランにもならないことのために、額に汗を浮かべて言い訳しなければならなかった。

「ニコラ、どうしたの？」

「何でもない」

「もう一度ベッドにお入りなさい。まだ早いわ」

「もう眠くないんだ」

「おまえ、眠ったのかい?」

「今、帰ったばかりだ」

「何か見つかったの?」

「いや、何も」

「ニコラ、ひどいじゃないか。それなら、なぜ私を起こすの? できるだけ長く眠らせてくれなきゃ。まるでわざと私にいろんなことを思い出させようとしているみたいだよ。時間なら、昼間いくらでもあるのに」

アフタリオン夫人は壁の方に寝がえりを打って、また眠ろうとした。ニコラはベッドに腰をおろすと、体の両わきに手をついて、自分の足先をじっと見つめた。しばらくして、母親が彼に声をかけた。

「もう横になった?」

「いや、眠くないんだ」

彼女はニコラに向きなおると、片方の腕の上に、もう一方の腕の肘をついた。

「横におなりなさい。今、何時なの?」

「六時……いや、七時か」

「まだ早いわ」

「ホテルの主人はどうした?」

「その話は後にして」

「ああ、いったい何なんだ！　僕は眠りたくないんだ。好きにさせてくれ。何をしようが、僕の勝手だろう？　もううんざりだ。こんな暮らしはもうたくさんだ。身投げでもした方がましだ。僕は二十四歳だよ。同じ歳の連中は皆、遊んでいるよ。犬みたいな生活を送っているのは僕だけだ。僕には何もない。昔から何もなかった。僕にできることと言えば、皆に金を貸してくれと頼んでまわることくらいだ。今にとんでもないことが起こる。あたりまえだ、路面電車に乗る金もない人間に、何も起こらない方がおかしいんだ」

「じゃあ、私はどうなるのかしら？」

「同じことだよ。他にどう言えばいい？　だけど、ママンは部屋から出ないからな」

「私だって外に出たいわ」

「それなら出ればいいじゃないか。僕みたいに外に出ればいい。どんな目に遭うか分かるから。ああ、いやだ。もう耐えられない。けりをつけようじゃないか。でも、どうすればいい？　どうすればけりがつけられる？　さあ、教えてくれ、どうすればいい？」

「知らないわ。知っていたら言うわ」

「ママンは僕よりも経験があるはずだろう。何か一つくらいアイデアがないのか？　いや、もちろん、ないんだろうな。それに、そんなものはなくていいんだ。出口がないときはない。簡単なことさ。出口を探す必要もない。人はすぐに何かを探したがるものだけど、本当は探したってしかたがないんだ。時間を無駄にするだけだ。もっとも、僕が時間を無駄にしようがしまいが、同じことだ。出かけてくる」

「どこへ行くの？」

「どこだっていい」

「ニコラ、お願い。私のそばにいて。こんな時間にどこへ行くつもりなの？　少しは考えてごらんなさい」

「考える必要はない」

彼はドアを開ける前に、背後を振りかえった。すると、母親が何も言わずに彼を見つめていた。母親の顔に悲しみと諦めの表情が浮かんでいるのを見て、彼は出ていく勇気を失った。彼は彼女のそばに戻ってきて、ベッドの端に腰をおろした。

「ニコラ、いいこと？　私はおまえが出ていくのを止めはしないよ。おまえは自由なんだもの。私はね、私のせいで不幸になったとおまえに思ってほしくないの」

「分かってる」

彼は胸が締めつけられるようだった。疲れきって、神経質になっていた彼の頬を、涙がつたった。彼は何か月かぶりで、幼い子供のように母親に甘えたくなった。彼は彼女に身を寄せると、丸くなって彼女の胸に顔をうずめた。

「ねえ、ママン、こんな生活がずっと続くんだろうか？」

「分からないわ、私のかわいいニコラ。せめて私に何かできることがあれば……」

「分からないの？」

「私のかわいそうなニコラ！　いいえ、分かるわ……今にすべてうまく行く。私を信じなさい。いいこと？」

「でも、どうやって？」

「それは、今はまだ分からないの。でも、すべてうまく行く。きっとよ」

彼は立ちあがった。

「やっぱり、外に出てくるよ。でも、ママン、気にしないで」

「いいんだよ。おまえの好きになさい」

＊＊＊

ベンチや鉄柵がかすかに露に濡れていた。朝靄がゆっくりと晴れていって、青白い太陽が地平線すれすれに顔を出した。雲ひとつない寒い朝だった。昼になったら、きっと陽光がそこらじゅうに降りそそぐ。そんな予感のする朝だった。

シャン・ド・マルスまで来たところで、ニコラは一瞬、足を止めて、どっちに進もうか考えた。結局、彼はトロカデロ宮殿の方に歩きだした。靄の奥に、宮殿の二つの塔が見えていた。一軒の屋敷の丸屋根が朝日を浴びて輝いていた。すっかり葉を落とした木々のシルエットが、青空をバックにくっきりと浮かびあがっていた。ニコラにはこの人生がかぎりなく美しいものに思えた。彼はこれまでのことをすべて忘れて、どこか遠い国へ旅立ちたくなった。彼の中でさまざまな願望が目を覚ました。ひんやりとした風に頬を打たせていると、何だか酔ったような気分になった。だが、母親を残してきたホテルの部屋や、自分の置かれている状況、明日の生活のことなどが頭に浮かぶと、穏やかな朝の景色が、突如として許しがたいものに見えてきた。実際、この朝の安らぎは、彼の現実とあまりにも鮮やかなコントラストをなしていて、とうてい彼には耐えられなかった。彼は今すぐ空が雲に覆われて、雨が降りはじめることを願った。

やがてセーヌ川が現れた。水は静かに流れていた。すべての街路樹が、まるで川面に吸いよせられたみたいにセーヌ川の方に傾いていた。彼はしばらく河岸通りを歩いていたが、そのうち土手を下りてみた。こんな惨めな思いでいるときに、川のほとりに立つのは気分がよかった。この川は一瞬でこの苦しみに終止符を打ってくれる。そう考えると、彼も少しは元気が出てきた。今の生活がまったく無価値なものではないような気もしてきた。彼は川の流れに沿って百メートルほど歩いたところで、ふと、ぎりぎりまで川のふちに近づいてみようか、と考えた。そして、実際にそうしてみた。視線を落とすと、小さな波が石の壁にあたって砕けていた。太陽はさっきよりも高く昇っていて、眼下にはきらきらと輝く滑らかな水面が広がっていた。「一歩、足を前へ踏みだすだけだ。それですべてに片がつく」そう思うと、彼は自分の数メートル下の水面にできた小さな渦巻から目が離せなくなった。知らず知らずのうちに、彼の頭の中に妙な考えが形作られていった。「もし川に飛びこんだら、どうなるだろう？」と彼は自問した。「とても簡単なことのはずだ。一歩、踏みだすだけのことなのだから。たった一歩、足を前へ踏みだすだけ。その一歩を、いったい何が妨げているのだろう？」病んだ心に襲いかかる好奇心が、彼の中でも目覚めはじめていた。彼は自分にもまだできることがあると思うと、嬉しくてたまらなかった。しかも、彼は自分が自殺などするはずがないと思いこんでいて、そうなると、彼の生存本能にはもう為す術がなかった。「一歩、足を前へ踏みだしたら、どうなるだろう？」と彼はまた自問した。「すべてに片がつくのだろう。だが、いったいどんなふうに？」ほんの一瞬、彼は遠くを散歩している人の姿に気を取られた。そして、その一瞬の間に、その一歩を踏みだしたのだった。墜落していく彼の目に、光りかがやく空が映った。太陽はまるでさざ波に映った影のように揺れていた。と、突然、彼は視界を奪われた。いったん水に触れてしまうと、もう彼には自分の体をコントロールすることができなかった。

何やら分からない暗い力、凶悪な強盗グループよりもっと恐ろしい力に、完全に体の自由を奪われていた。実際、相手が強盗ならせいぜい手足を縛られる程度のことだろうが、今、彼は、足の先から頭のてっぺんまで、何かにすっぽりと包みこまれてしまっていた。それでも、流されだす直前にどうにか体をひねると、透明な水の層の向こうに空が広がっていた。青かったはずの空はどんどん暗くなっていた。このとき彼の頭にあったのはただ一つ、「泳いで岸に戻ろう」という考えだけだった。彼はその岸が自分の右手にあるものと思っていた。だが、実際は逆だった。彼はむなしくもがきつづけた。彼を川に飛びこませたすべての理由は消えうせていた。彼は頭の片隅で、「この世でどんな辛い目に遭おうとも、溺れて死ぬよりはましだ」と考えた。彼は息を吸おうとして本能的に口を開け、水を飲んでむせかえった。その水を吐きだしてから、また息を吸おうとして、さらに大量の水を飲みこんだ。こうして激しくむせた後、彼に一瞬の安らぎが訪れた。この世では、どんな苦しみの後にも慰安のときが訪れるものだが、それによく似た安らぎだった。彼の眼前に、これまでに出会ったすべての人の顔がいっせいに現れた。まるで人生がすでに彼を見放して、過去が時間の流れに沿った一連の出来事であることを止めたかのようだった。彼はすべての顔を見わたして、一秒の何千分の一くらいの間に、中学時代のある同級生の顔を探しだそうとした。そんなことをしたというのは、まだ彼の人格が完全には消滅していなかったことの証だろうか？　その同級生は、彼の人生においてどんな役割を演じたわけでもなかったのだが、ある不可解な理由によって、この瞬間、その同級生の名前が彼の心に蘇ったのだった。だが、彼には探している顔を見つけだすだけの時間が残されていなかった。すぐに息苦しくて何一つ考えられなくなったのだ。ふいに、彼は自分が川底から水面に向かって上昇しているような感覚に捉われた。たしかに、彼の頭のすぐ上で、水が光を浴びて輝いていた。彼はその光を吸おうとして、また口を大きく開いた。

そして、激しくむせかえって、そのまま意識を失った。

訳者あとがき

両大戦間のフランスで活躍した作家エマニュエル・ボーヴ（一八九八〜一九四五、本名エマニュエル・ボボヴニコフ）は、死後、批評家からも一般読者からも長い間ほぼ完全に忘れられていたのだが、その彼が一九七〇年代後半に〈復活〉を遂げてから、すでに四半世紀以上の時が経つ。「忘れられた作家の中で一番凄い奴」（リベラシオン紙）といった派手な言葉の飛び交う〈復活劇〉の賑わいはすでに去ったが、今でも彼の作品は着実に新たな読者を獲得しつづけていて、アカデミックな研究も徐々に活発になってきたし、映画化されたり、舞台に載せられたりする作品も少なくない。数年前、名バイプレイヤー、ジャン＝ピエール・ダルッサンの初監督作品「予感」がフランスの映画ファンの間で話題になったが、それも原作はボーヴの同名小説だった。外国への紹介も進んで、とくにドイツ語圏ではボーヴの主要作品のほとんどが翻訳で読めるという。残念ながら日本ではまだそこまで至ってはいないが、それでも本書でボーヴの邦訳はすでに四作を数える。既刊書を刊行の順に挙げておけば、拙訳で『ぼくのともだち』と『きみのいもうと』、そして昼間賢訳『あるかなしかの町』である（すべて白水社刊）。

『のけ者』の原著が刊行されたのは一九二八年のことである（正確には前年十二月の刊行だったとも言われる）。刊行当初からこの作品は評判を呼んで、多くの新聞、雑誌の書評で取りあげられ、作者の顔写真が紙面を飾ることもあった。もちろん、すべての記事が好意的だったわけではなく、中には辛辣な批判もあったのだが、とにかく話題になったことだけは間違いなく、『のけ者』の出現はこの年最大の文学的事件だったと言ってよい。二八年十一月には、ボーヴはこの小説と『ぼくのともだち』(一九二四)の二作によってフィギエール賞を受賞している。マルローやドリュ・ラ・ロシェルなど手強いライバルを抑えての受賞だった。当時、ボーヴは三十歳、すでに異色の新進作家として一部の批評家や文学ファンの熱い視線を集めてはいたが、彼の名前が広く知られるようになったのは、やはりこの受賞によってである。

ボーヴは『のけ者』には相当の思い入れがあったようで、「僕の一番大切な作品」と呼んでいるほどだが、その「一番大切な作品」は四か月ほどで一気呵成に書き上げられたと伝えられる。だからというわけではないが、ストーリーは単純で、全十九章の第二章、つまりニコラの父親の生涯が語られる章を別にすれば、これは要するに、母と息子が知人に借金しては踏み倒し、やがて行き場がなくなって破滅するという物語である。それだけの話をよくも作者は(手書き原稿で)四〇〇枚にも渡って書きつづけたものだと呆れるほどだ。

それにしても、暗い小説である。この救いのなさは尋常ではない。泥沼にはまった人間の運命をこれだけリアルに描いた作品もちょっと珍しいのではないだろうか。当時のフランス人読者を仰天させたのも、まずはこの小説の暗さ、救いのなさだった。例えば批評家のポール・レオトーは一九二八年一月二十四日の日記に「まさに悪夢だ。完全に打ちのめされた。まさかこんな小説を書こうと考える人間がいるなんて」と悲鳴に近い言葉を記しているし、それからひと月近く経ってもまだ彼はこの「悪夢」を忘れられなかったようで、やはり日記にこう書いている——「この本を読むと、読者はこの種の零落に自分自身が落ちこんだような気になる。これは読まない方が良い本だ」そして刊行後八十年以上が経った今も、レオトーを驚かせたこの小説のインパクトは少しも弱まってはいないようだ。オーストリアの現代作家ペーター・ハントケは熱心なボーヴ・ファンの一人で、ボーヴの作品をいくつもドイツ語に翻訳しているのだが、何故か『のけ者』だけは翻訳することをためらい、その理由をあるインタビューでこう述べている——「この小説を訳すのには大変な勇気がいります。そもそも、私にはこんな本は書けません。こんなに暗くて、しかもこんなに正確な物語を書くということは信じがたい神秘です。とうてい私の耐え得るところではありません」要するに、刊行当時にフランスの一批評家に「読まない方が良い本だ」と言わせ、今もドイツ語圏の作家・翻訳家を尻込みさせている本、それがこの『のけ者』なのである。世の中に思わず顔を背けたくなる小説というものがあるとすれば、これは間違いなくその一冊だろう。

ただし、そうは言っても、『のけ者』はただ暗いだけの小説ではない。これはいろんな味わいがブレンドされた作品で、そこには笑いのテイストも欠けてはいないはずだ。確かに批評家の中には、この作家特有のユーモア――『ぼくのともだち』で十全に発揮されたそれ――が『のけ者』においては影を潜めていると考える人もいて、彼らの意見に従えば、ボーヴはここで自分の最大の武器であるユーモアをかなぐり捨てて、人生の暗部にしゃにむに迫ろうとしたということになる。だが、ではこの小説にはつい笑ってしまうような場面がないかといえば、けっしてそんなことはないのである。ニコラがシモーヌのことで恋の妄想を膨らませる場面はその最たるものだろうし、ニコラが黒人に金をせびって逆につきまとわれてしまうくだりも笑わずにはいられない。もちろん、それはあくまで苦笑、失笑であって、明るい笑いにはなり得ないのだが、この苦いユーモアがこの作品の魅力の一部をなしているのは確かだろう。

ところで、『のけ者』という小説はわざわざ断るまでもなくフィクションなのだが、ただし、作者が自分の素姓を振り返りながらこの作品の想を練ったこともほぼ確かであり、その意味ではいくらか自伝的な性格を持ってもいるのだ。そこを押さえておくのもこの作品を楽しむ上で無駄ではないだろうから、ここで簡単にボーヴの家族――とくに彼の父親――のプロフィールを紹介しておきたい（『ぼくのともだち』の訳者あとがきと一部重なる記述もあるが、ご容赦いただきたい）。

作中のアレクサンドル・アフタリオン、つまりニコラの父親は東欧の片田舎からフランスにやってきた移民だったわけだが、ボーヴの父親もまたパリに流れてきた移民である。彼は一八六八年にキエフのユダヤ人ゲットーで生まれた。ポグロムを逃れて故郷を離れ、長い放浪の末にパリに辿りついたのが一八九七年、そのパリでじきにルクセンブルク出身の若い女中と結ばれ、翌年にはボーヴが誕生する。更にその四年後にはボーヴの弟レオンが生まれている。

この一家は凄まじいほどの貧乏暮らしを送っていたという。それというのも、ボーヴの父親がだらしなかったからだ。おめでたい夢想家の彼は、友人、知人に金を借りていろんな事業に手を出すものの、何一つとして長続きしなかったらしい。どうやら、この点もアレクサンドルとよく似ていたようだ。ちなみにアレクサンドルは死の直前にギャンブルにのめり込むのだったが、ボーヴの父親はもっと早くからギャンブル三昧だったようで、詩人のアンドレ・サルモンの回想によれば、パリのサン・ミッシェル界隈の賭博場で彼を知らない者はなかったという。

ボーヴの父親にとって人生の転機は、パリでエミリーという裕福なイギリス人女性と出会ったことだった。エミリーといい仲になると、彼はあっさり家庭を捨てて愛人とジュネーブに越していくのだが、その際、何故かボーヴだけは一緒に連れていくので、未来の作家は少年時代の一時期をスイスで過ごすことになる。ボーヴの父親が病に倒れるのはそのジュネーブでのことである。やがて彼はジュネーブからレーザンのサナトリウムに移送され、結局、その地で一九一五年十月六日に息を引き取った。この辺の経緯もまたアレクサンドルの最期を思い起こさせずにはいない。なお、アレクサンドルが亡くなるのは一九一六年十一月七日だったから、ボーヴの父親の死亡日とは一年一月一日ずれているが、この一ずくめのずれは作者の遊び心の表われだろう。

こんなふうに簡単に経歴を辿っただけでも、ボーヴの父親がアレクサンドルのモデルだったことはまず間違いないようだが、では、ニコラには誰かモデルがいたのだろうか。おそらく、ニコラには特定のモデルを想定せずに、せいぜい〈作者の想像上の分身か〉くらいに考えておくのがよいだろう。ただ、実は、「ニコラは俺だ！」と言い張っている人間が一人いるのである。ボーヴの弟レオンである。レオンは父親が愛人とボーヴを連れてジュネーブに去ってから、ずっと母親と二人きりでどん底の貧乏生活を送っていたのであり（部屋代が払えずに部屋を追いだされることなどしょっちゅうだったらしい）、しかも、成人してからも定職に就こうとせず、ひたすら他人に（とくに兄のボーヴに）金を無心して生きていた。そんな彼が『のけ者』を読んで、「兄貴の奴、俺と母さんをモデルにこんな悲惨な小説を書きやがった！」と思ったとしても無理はないのである。ひょっとすると、実際に『のけ者』を執筆中のボーヴの脳裏をレオンと母親の姿が過ることもあったのかもしれない。ニコラとルイーズが安ホテルの薄汚い一室で口げんかをしたり、呆然と顔を見合わせたりしている場面を描きながら、ふと自分の母と弟のことを考えたりしたのだろうか……それにしても、このレオンといい、父親といい、こんな小説に出てきそうな人物に囲まれて生きていたボーヴの胸中を思うと、何だかますます暗い気持ちにさせられる。

ボーヴの素姓の説明をしたついでに言えば、おそらく両親がともにフランス語の不得手な外国人だったせいだろうが、彼の書くフランス語には少しおかしなところがある。といっても、ボーヴ自身はパリで生まれているわけだから、あくまでたまに変な表現を用いることがあるという程度のことで、その変というのも、意味が通じないほど変ということではないのだが。ところで——少しだけ歴史の授業のおさらいじみた話になるが——、『のけ者』が刊行されたのは、フランスの移民政策に重要な変化が生じた時期だった。一九二七年八月に外国人の帰化を促進する法律ができたのだ。第一次大戦後、フランスでは人口減少が深刻な問題になっていて、この問題の解決のためには外国人を積極的に自国民として取り込む必要があった。それ故の法律なのだが、しかし、これにたいして一部の国粋主義的な立場の者から猛烈な反発が起こり、やがてその反発は文芸批評の世界にまで及ぶようになる。そして、そこで槍玉に挙がったのが誰あろう『のけ者』の作者だったのだ。この作家は外国人の子だ、まともなフランス語が書けない。こんな奴を好き勝手にさせていると、フランス語の存亡に関わる——そんな調子で彼を攻撃する者が現れたのである。例えばラ・ヴィクトワール紙には、「フランス語の危機」という仰々しいタイトルでボーヴのフィギエール賞受賞に難癖をつける記事が載っている。そんな記事を読んで、ボーヴはいったい何を思ったのだろう。彼はこの件については遂に沈黙を守ったが、だからといって彼が自分の出自に関わる批判を超然と聞き流せる人間だったということではない。むしろその手の批判には人一倍敏感だったはずだ（何しろ、本名ボボヴニコフをわざわざボーヴとフランス風に変えているくらいなのだ）。ただ、彼には移民やその子供たちの文学の意義を訴える言葉の持ち合わせがなかったから、ひたすら嵐が通りすぎるのを待つしかなかった。それ故の沈黙だったのだろう。この騒動はいわば『のけ者』の番外編であって、要するに『のけ者』で評判をとり、文学賞までとって目立ってしまったのが祟ったということだろうが、この番外編もやはり気の滅入る話ではある。

「のけ者」という邦題については一言お断りしておかなければならない。この小説の原題は La Coalition である。これは「同盟、連立、協定」を意味する言葉だが、どうしてこの言葉がタイトルに選ばれたのか、すぐにピンと来る人はそう多くはないだろう。批評家のエドモン・ジャルーは、〈世間の奴らは僕ら親子をのけ者にする協定を結んでいるにちがいない、というニコラの被害妄想に由来するタイトルではないか〉という趣旨のことを言っていて、そうと聞けば「ああ、なるほど」とも思うのだが、なかなか捻りの利いたタイトルではある。何しろ本文中にこの coalition という単語は一度も出てこないのだから。そこで、訳者は日本語版にはもう少し分かりやすいタイトルを、と考えて「のけ者」としてみたわけだが、違和感を覚える読者もおられるかもしれない。この点、ご寛恕を請う。なお、ボーヴは元々この小説を「アフタリオン家」

と題するつもりだったのだが、出版元の編集者が首を縦に振らず、かといって編集者が提案した「悪い仲間」では彼自身が納得できず、考えあぐねて友人の作家ピエール・ボストにタイトル選びを依頼した、という経緯がある。それで結局、La Coalition という題でこの小説は出版されたわけだが、では最終的にこのタイトルに落ち着いたかと言えば、必ずしもそうではなく、六年後に別の出版社からこの小説が再版されたときには「ある自殺の物語」という題になっている。要するに、この小説のタイトルは一つに定まらずに揺れ動いていたのである。

タイトルの話に絡めて付言すると、実はボーヴにはもう一つ La Coalition と題する作品がある。これは本書の第二章を独立させて、短編小説として書き改めたもので、一九二八年に刊行され、今日では同じタイトルの作品が二つあると紛らわしいという理由から「アフタリオン、アレクサンドル Aftalion, Alexandre」と改題して再版されている。主人公の父アレクサンドルの生涯が語られる本書の第二章は他の章と比べて格段に長く、内容的にもここだけ時空の設定が異なっていて、この章のおかげで作品全体に深みが生まれているとも言えるだろう。放浪の途中でボンガルトネールなる人物と一緒に暮らし始めたアレクサンドルが、明け方、仕事に出かける前に窓の外を眺めるシーンや、ボンガルトネールに読み書きを教わりながらつい居眠りをしてしまって、はっと気づくと目の前に湯気の立つティーカップが置かれているシーンなど、抒情的な――あるいは読んでいて胸が切なくなるような――場面にも欠けていない。そんな印象的な第二章の変奏曲とも言うべきなのがこの『アフタリオン、アレクサンドル』である。この短編小説は、本書第二章の抒情的な味わいをそのまま保ちながら、しかも本書では具体的に描かれなかった場面、例えばアレクサンドルがパリでルイーズと出会って恋に落ちる場面などにも読者を立ち会わせてくれるという、なかなか興味深い作品である。そこではアレクサンドルとニコラの親子関係の描き方も微妙に異なっていて、本書ではどちらかと言えば父親にたいして息子が抱く嫌悪感に力点が置かれていたが、短編小説ではむしろ息子の心の奥底に潜んだ父への愛情に光が当てられている。アレクサンドルのモデルが作者の父親であったことを思えば、この『アフタリオン、アレクサンドル』はボーヴが亡父に宛てた一種の詫び状だったと言えるかもしれない。

さて、主人公ニコラについてもう少しだけコメントしておきたい。今も昔も批評家がニコラについて指摘するのは、キャラクターがボーヴの他の小説の主人公のそれとちっとも変わらない、ということである。中には〈この作家、少しは違った人間が描けないものか〉とこぼす者までいるほどだ。実際、ニコラという人物は、妄想癖があって、朝が苦手で、仕事を持たず（あるいは仕事についてもすぐに辞めて）、けっこう女好きで、社会的地位の上下に敏感で、無趣味で（あるいは、趣味があるとしても、せいぜいその日の食事を事細かに思い出すことくらいで）……といった感じで、ボーヴの他の作品の主人公とまさに双子の兄弟のようなのだ。要するに、この作家はダメ男の話ばかり書いているということである。

ただし、双子の兄弟がよく似ているようで実は微妙に違うのと同様、ニコラにはニコラなりの特徴がないではない。一言で言うと、彼はボーヴ作品の他の主人公よりもダーティーな色合いが強いのである。実際、ニコラは他のどの主人公よりも経済的に厳しい状況に置かれているだけに、ときどきせっぱ詰まって、ぞっとするほど卑劣なことを考えてしまうし、それを実行に移すこともある。障害を持った子を捜す父親の動揺につけ込んで、金を巻きあげたりもする。かなり悪辣なのである。そんなわけで、読者にしてみれば、例えば『ぼくのともだち』や『きみのいもうと』の主人公にも増してニコラには共感しにくい、ということになるのかもしれない。

だが、世の中にはいろんな人がいるもので、ニコラの嫌らしさを知った上でなお「愛おしい」と思える人もいれば、彼の内に自分自身の姿を見出す人までいるようだ。一例を挙げれば、詩人のマックス・ジャコブがそうだった。彼は一九二八年十二月にボーヴに宛てた手紙の中で、『のけ者』は偉大な本、そう、まさに画期的な本です」と讃えてから、「私はニコラに自分自身を見出しました。彼は私の青春そのものです」と言っている。これはまた、たいへんな入れ込みようである。さすがにそこまでニコラに思い入れをするというのは誰にでもできることではないし、だいたい、皆が皆ニコラは自分だと思うようになったら世も末だという気がしなくもないが、それでも、訳者としては、どうか哀れなニコラが日本の読者に少しでも温かく迎え入れられますようにと祈らずにはいられない。

最後に小さな注を二つ。一つ目はニコラが行きつけのカフェで出会った男、バンブーラのこと。バンブーラ Bamboula というのは彼の本名ではなく渾名だったわけだが、この渾名は普通名詞としては「太鼓」とか「(太鼓に合わせた激しい)黒人の踊り」を意味する言葉である。ちなみに、カフェの常連客のジュリアンが「フランス語と隠語とアラビア語がごちゃ混ぜになった言葉」でバンブーラを罵るシーンがあるが、「スィディバルカモスタガネム!」とか「トラヴァッジャラムケール!」といった罵言はマグレブの人にたいする差別的な言葉のようで、この挑発的な音の連なりの中にはアルジェリアの港町の名も混ざっている。ことによると、バンブーラはアルジェリア(当時、フランスに植民地化されていた)出身の男だったのかもしれない。

もう一つは第一章の冒頭に記された献辞のこと。H・ド・Sというのは Henriette de Swetschine、即ちボーヴの愛人アンリエットのイニシャルである。ボーヴは二十歳そこそこで結婚しているから、当然、この頃はもう妻帯者だったが、ただし夫婦仲は冷えきっていて、数年前から愛人がいたのである。ただし、アンリエットとの関係も長くは続かない。というか、皮肉なことに、この献辞を付した本が書店に並んだ頃には、二人の関係はほぼ終わっていたらしい。ボーヴが別れの挨拶のつもりで献辞をしたためた可能性もある。なお、彼はアンリエットと別れるとすぐにまた別の女性と付き合うようになる。今度の相手はルイーズ(ニコラの母親と同じ名前だ!)といって、やがて彼の二人目の妻となる女性である。ボーヴはけっこうもてる男だったのだ。

翻訳の底本にはEmmanuel Bove, *La Coalition*, Émile-Paul frères, 1928を用いた。また、訳者あとがきを書くにあたってRaymond Cousse et Jean-Luc Bitton, *Emmanuel Bove, la vie comme une ombre*, Le Castor astral, 1994を参照した。

最後になりましたが、今回もまた白水社編集部の鈴木美登里さんにはたいへんお世話になり、貴重なアドバイスをたくさんいただきました。心からお礼を申し上げます。

二〇一〇年四月

渋谷　豊

訳者略歴
渋谷豊（しぶや・ゆたか）
一九六八年生まれ
早稲田大学第一文学部フランス文学専修卒
パリ第四大学文学博士
信州大学人文学部准教授
専門は、フランス現代文学、比較文学

訳書
エマニュエル・ボーヴ『ぼくのともだち』『きみのいもうと』（ともに白水社、この二作で第十三回日仏翻訳文学賞受賞）
フランソワ・ヴェイエルガンス『母の家で過ごした三日間』（白水社）

のけ者

二〇一〇年　五月一五日　印刷
二〇一〇年　六月　五日　発行

著者　エマニュエル・ボーヴ
訳者 ©　渋谷豊
発行者　及川直志
印刷所　株式会社理想社
発行所　株式会社白水社

東京都千代田区神田小川町三の二四
電話　営業部〇三（三二九一）七八一一
　　　編集部〇三（三二九一）七八二一
振替　〇〇一九〇—五—三三二二八
郵便番号一〇一—〇〇五二
http://www.hakusuisha.co.jp
乱丁・落丁本は、送料小社負担にてお取り替えいたします。

松岳社　株式会社　青木製本所

ISBN978-4-560-08067-2

Printed in Japan

『のけ者』へとつながる、ボーヴ〈ダメ男三部作〉の前二作

ぼくのともだち

■エマニュエル・ボーヴ　渋谷　豊訳

きみのいもうと

■エマニュエル・ボーヴ　渋谷　豊訳

「孤独がぼくを押し潰す。ともだちが欲しい。本当のともだちが！」パリ郊外、孤独で無為な日々を送る青年ヴィクトールは、すれ違う人々となんとか心を通わせようとするのだが……。

どん底の貧乏生活を送っていた「ぼく」も、今では悠々自適な未亡人のツバメ。しかし、惨めな旧友とその妹に出会い同情と優越感を覚えた瞬間、彼の心の平安は音を立てて崩れ始める……。

あるかなしかの町

■エマニュエル・ボーヴ　昼間　賢訳

通勤電車、移動遊園地、謎とは無縁の生真面目で心配性の住人たち——都会でも田舎でもない大都市周縁部の現実を一早く的確に活写した詩的散文。ドアノーによるパリ郊外写真収録。写真解説＝今橋映子

母の家で過ごした三日間

■フランソワ・ヴェイエルガンス　渋谷　豊訳

前金に手をつけながらもう何年も書きあぐねている作家フランソワ59歳。最愛のママンの家に足を向けられないまま、ひたすら過去の甘い記憶・文学談義・お色気話に耽溺するのだが……。